KB241112

중국 현대희곡 연구 및 번역 총서 2

중국 항전 희곡사

중국 현대희곡 연구 및 번역 총서 2

중국 항전 희곡사

남해 저, 한상덕 역

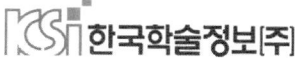한국학술정보㈜

　중국의 항전희곡은 중일전쟁으로 인해 생겨난 그 부산물이라 할 수 있다.

　주지하다시피, 중일전쟁은 1937년 중국 북경 교외의 蘆溝橋 부근에서 중국과 일본 군대가 충돌함으로써 시작되었다. 당시 일본군의 공격은 정치적으로 내전 중에 있던 공산당과 국민당을 규합시켜 '국공합작'이 이루어지도록 하였고, 이 합작에서는 중국의 인민들을 규합하고 항일 항전을 선전·선동하기 위한 수단으로 항전희곡과 공연의 대 활약을 절박하게 필요로 하였다. 그 결과 중일전쟁 발발 직후 공동으로 창작된 <保衛蘆溝橋>는 당시 관중들의 항전 열정을 격려하고 고무시켜 주는데 대단히 큰 역할을 할 수 있었고, 이로부터 시작된 항전희곡은 계급과 계층, 극의 종류와 유파를 초월하여 다양한 모습으로 항전구국에 동참시키는 중추적 역할을 하기에 이르렀다.

　그러나 항전 초기, 무엇보다 선전과 선동이 급선무였고 정치적 임무가 절박하였던 결과 극작은 질적 수준을 제고시키는데 등한할 수밖에 없었다. 따라서 당시 항일 구국을 최우선 목적으로 삼았던 대부분의 항전희곡 작품들은 공식화되고 개념화되는 폐단을 피할 수가 없었다. 그럼에도 불구하고 1920년대부터 30년대까지는 시가와 소설이 현대희곡보다 창작 면에서 우위에 있었다고 한다면, 항일 전쟁시기에는 반대로 희곡 창작이 더욱 활발하였고, 그 성취도 시가와 소설을 훨씬 능가하였으니 중국현대희곡의 발전과 저변 확대라는 점에서 큰 소득이었다고 말할 수 있다. 이런 점에서 중국의 각 시대 시기마다 대표적인 문학 양식이 있었던 것처럼 항일 시기의 대표적인 문학양식은 역시 현대희곡이라고 할 수 있다. 이 책은 바로 이상과 같은 중국의 항일전쟁 시기 '항일구국'이라는 목적 하에 창작되고 공연되었던 현대희곡 작품들의 개략을 살핀 책이다.

원래 이 책은 藍海가 중국의 항전 문예에 관한 역사적 자료들이 기록도 되기 전에 사라져버릴 것을 염려하여 1946년부터 1980년대 초충까지 수정과 보충을 통하여 쓴 <중국항전문예사>라는 책 중에서 '中國抗戰戲劇' 부분을 발췌하여 번역한 것이다. 우리는 이 책을 통하여 먼저 중국현대희곡이 어떠한 발전과정을 거쳐 그 창작 수준이 심화되어 가게 되었는지를 살펴볼 수 있을 것이며, 나아가 해방구에서의 항전극 창작, 주요 작가들의 역사극 창작 경향, 그리고 이 시기에 나온 평극과 신가극의 창작 등등에 대하여 그 대체적인 모습을 조감해 볼 수 있을 것이다.

그리고 책 뒤에는 두 개의 부록을 첨부해 두었는데, 첫 번째 부록은 본 역자가 조우의 <태변>을 공부하면서 썼던 소논문 한 편을 참고용으로 실은 것이고, 두 번째 부록은 조우가 항전시기에 창작하였던 네 번째 작품 <태변>의 원문이다. 우리는 이 <태변> 작품을 통해 항전극이 어떠한 특징을 가지고 있는지 그 실례를 살펴볼 수 있을 것이다. 물론, 조우 개인에게 있어서 이 <태변>은 그가 항전시기에 쓴 '항전극'이라는 점에서 큰 의의와 가치가 있기는 하지만, 항전희곡 전체 속에서 볼 때는 가장 대표적인 작품이라고 할 수는 없다. 그러나 중국 현대희곡사에서의 조우의 위상을 감안하여 이 작품을 부록으로 실어 참고하게 하였다. 다만 작품은 총 4막으로 되어 있으나, 부록의 양을 감안하여 앞 1. 2막만

수록하게 되어 아쉬움이 남는다.

잘못된 부분에 대해서는 제현들의 질정을 바란다.

2007년 10월

한상덕 삼가 씀

|차 례|

중국 현대희곡의 4단계 발전

1. 중국 현대희곡의 4단계 발전

혹자는 중국의 현대희곡 발전을 네 단계로 나눈 적이 있다. 제 1단계는 1919년 五四운동으로부터 1921년까지로, 이는 신문화 운동의 초기단계로서, 현대희곡의 계몽시기이다. 제 2단계는 1921년부터 1927년까지로 이 시기에는 "五卅", 省港 대파업, 국민당개조, 북벌전쟁 등의 사건이 있었으며, 반제반봉건의 투쟁이 가장 첨예했던 시기이다. 제 3단계는 1927년부터 항전직전까지로, 이 시기에는 "四一二"정변, "九一八"사변, "一二八"淞滬戰爭 등의 사건이 있었으며, 극작가들이 어려운 투쟁을 하던 시기로 反帝로부터 反蔣 反日로 전환되었던 시기이다. 제 4단계는 1937년 "七七"사변과 함께 전면적인 항전을 시작하고부터 1945년 "八一五"일본 제국주의가 무조건 투항할 때까지로, 이 시기는 현대희곡이 찬란했던 시기이다. 이로부터 분명히 알 수 있듯이 현대희곡의 발전은 네 단계로 나눠지지만, 이 20여 년 동안의 발전은 시종 하나의 궤적을 따라 전진하였다. 현대희곡이 시작될 때는 신문화운동의 최선봉으로 존재하면서 발전하였고 계속하여 신민주주의 혁명의 반제 반봉건을 위해 투쟁하면서 희곡 예술의 사회적 기능을 발휘하였다.

(1) 제1단계

제 1단계는 신문화 운동이 활발하게 진행되던 시기로, 한동안 쇠퇴했던 현대희곡 운동이 다시 부흥되기 시작하여 일부 신문화 관계자들은 구미 희곡의 새로운 방법과 새로운 형식을 직접 취하여 현대중국의 새로운 생활을 반영하고 五四시대 정신을 표현해 내었다. 당시 신문화운동은 과학과 민주를 제창하고, 개성해방을 주장하고 미신사상을 반대하고 구예교와 구문화를 반대하고 봉건 사상을 맹렬히 공격하여 이전에 볼 수 없었던 사상계몽운동과 반제 반봉건의 정치투쟁이 크게 일어났다. 희곡은 무기를 가진 예술이라는 인식으로 활용되어 그 특유의 전투적 역할을 충분히 발휘하였다. "이제는 새로운 사회를 창조할 희곡이 있어야하며, 지난 날 쓰여졌던 희곡은 유지하지 말아야 할 것이다. 중국인들을 철저하게 각성시키고, 현대희곡의 역량을 중시해야 할 것이다. 고대 희곡은 버리고 현대희곡을 창조해야만 한다. 다시 말해 구사회의 교육기관은 반드시 뒤엎고, 새로운 사회의 최선봉을 반드시 창조해야만 한다"는 것이었다. 이것이 바로 그 당시 신문화 운동의 전사들이 주장하던 바였다. 비록 이런 주장에는 중국전통 희곡에 대한 분석 비판정신이 결핍되어있었지만 이것은 현대희곡의 사회적 功利를 뚜렷하게 강조한 것이었고 인생을 위한 "문제극" "사회극"을 공개적으로 제창한 것이었다. 신문학 작자들은 이런 주장을 구체적으로 실천하고, 현대희곡 창작을 시도하였으니, 예컨대 胡適의 <終身大事>(1919), 田漢의 <瓛珢璘與薔薇>(1919)와 <咖啡店之一夜>(1920), 汪仲賢의 <好兒子>(1921) 등이 바로 그런 예라 하겠다. <終身大事>는 田亞梅와 진선생의 혼인문제를 중심으로 하여 봉건 미신과 包辦 혼인제도를 정면으로 비판하는 동시에 자유연애와 혼인의 자주성을 찬양하고 있다. <咖啡店之一夜>는 낭만주의 서정 색채가 충만한 작품으로, 자산계급 청년이 금전을 중시하고 애정을 경시하는 저급한 정신을 비판하고 있다. 뿐만 아니라 여자 주인공의 불행한 조우를 동정하고 자유와 자립을 요구하는 부녀자들의 정신을 찬양하고 있다. 이런 희곡들은 비록 뚜렷한 서구화 경향을 가지고 있고, 설교적 의미가 강했으나, 이들은 오히려 사회 문제를 반영하고 어떤 시대정신을 體現함과 동시에 신선한 氣息을 보여줌으로써 중국 현대희곡이 자리 매김을 하는데 튼튼한 기초가 되어 주었다.

(2) 제2단계

두 번째 단계는 중국 공산당이 성립된 후에 反帝反封建 투쟁이 점차적으로 새로운 高潮를 향해 달려갈 때 工農 대중들이 오랜 기간동안 혼미하게 잠들어 있던 상태에서 깨어나 奮起하고, 신민주주의 혁명 운동이 시대의 요구에 따라 보조를 맞추어 전진하던 시기이다. 이 때는 신문화 운동과 신문학 운동도 더욱 발전하여, 현대희곡 운동에 새로운 기미가 보이게 되었다. 沈雁冰·陳大悲 등이 "民衆戲劇社"를 조직하고 ≪戲劇≫ 잡지를 창간하였으며, 田漢 등이 "南國社"를 조직하고 ≪南國≫ 半月刊 등을 만들어냈으며, 뿐만 아니라 현대희곡 창작도 양과 질적인 면에서 五四時期보다 훨씬 능가하였다. 특히 주목할 만한 일은 현대희곡 창작에서 노동자 계급이 주인공의 모습으로 등장하였다는 점이다. 田漢이 쓴 <午飯之前>(뒤에 와서 <姊妹>로 제목을 바꿈)에서 처음으로 여공의 형상을 묘사해 내었는데, 이것이 현대희곡 문학에서 처음으로 노동자 계급 투쟁을 주제로 부각시킨 작품이다. <獲虎之夜>는 田漢이 초기에 쓴 秀作으로, 이 작품에서는 암울했던 전제적 봉건 세력과 혼인 자유를 주장하던 민주적 요구 사이에 벌어지는 투쟁을 반영, 黃大傻와 魏蓮姑의 비극을 통해 농민 출신의 청년 남녀가 혼인의 자유를 요구하고 불굴의 반항정신을 보여주는 바를 열렬하게 歌頌하였다. 歐陽予倩의 <潑婦>는 부부간의 관계가 평등하지 못하다는 각도에서 접근, 봉건 도덕의 허위와 폐해를 폭로하고, 봉건세력에 의해 "무지막지한 여자"로 인식되어진 여성의 반항정신을 긍정적으로 표현하였다. 洪深의 <趙閻王>은 趙閻王 일생의 비극적 조우를 통하여 사회가 개인의 죄악에 대하여 마땅히 책임을 져야한다는 것을 예술적으로 설명하면서 봉건 군벌 혼전이 사회와 백성들에게 어떤 재난을 주게되었는지를 꼬집고 있다. 丁西林의 <一只馬蜂>과 <壓迫>은 喜劇 형식으로 구사회의 市儈習氣와 허위에 차 있고 庸俗한 도덕 관념을 풍자하고 있다. 어쨌든 이 시기 희곡운동은 새롭게 발전하여, 희곡 단체들이 나오게 되었을 뿐만 아니라 희곡 창작과 이론적 토대도 마련이 되었으며, 또 선명한 사상적 경향과 어느 정도의 희곡 예술 특징을 가진 극본들도 나오게 되었다. 그렇기는 하였지만, 아직까지도 중국 현대희곡은 개척단계에 있었기 때문에 성숙하지 못한 모습을 보이고 있었다. 그럼에도 시대가 부여한 희곡 예술을 완성시키겠다는 사명감에 있어서는 사회적 기능을 충분히 발휘하였다.

(3) 제3단계

세 번째 단계는 중국 혁명이 새로운 역사적 시기로 들어서고, 또 무산계급 문학운동이 興起하게 되자 중국 현대희곡은 좌익 문예운동의 발전에 따라 더욱 발전이 되었고, 현대희곡 창작은 날로 성숙해져서 전문 극작가들이 출현하게 되었던 시기다. 특히 "9·18" 사변 때 일어났던 反日 高潮는 연극에서의 感傷主義를 일소시키고, 극작가들로 하여금 反帝反封建의 통일된 步調를 맞추게 하였으며, 희곡문학으로 하여금 다음과 같은 새로운 특색을 가지게 하였다. 첫째는 희곡이 시대적 생활을 반영하는 민감성을 충분히 보여주었던 점이다. 9·18 사변 후의 민족 모순과 계급 모순이 날로 격화되어가던 현실은 모두 작품 중에 그 즉시 즉시 반영이 되었던 것이다. 둘째는 대형 多幕劇이 비교적 많이 나왔는데, 이런 多幕劇들은 강렬하게 전개되는 극적 갈등을 통해 각종 유형의 인물 성격들을 묘사하는데 중점을 두었던 바, 이런 특징은 여러 작가들이 노력하는 방향이 되었다. 셋째는 희곡 예술의 민족형식을 탐구하기 위해 노력함으로써 서구화 경향이 약해지는 모습을 보여주었다. 넷째는 현실주의 혹은 낭만주의 창작 방법이 희곡에 운용되어, "혁명" 사상이 빛을 발하게 되었을 뿐만 아니라, 처음으로 독특한 풍격을 가진 작가와 작품들이 나오게 되었다. 曹禺의 <雷雨>와 <日出>은 이 시기에 나온 작품으로, 이 작품들은 생활의 심도를 반영한 점에서, 혹은 인물형상의 전형화란 점에서, 혹은 구성상의 숙련된 기교면에서, 혹은 희곡 언어의 운용면 등등에서 모두 놀랄만한 현실주의 성취를 보여주었다. 田漢은 <湖上的悲劇>·<古潭的聲音> 등에서 보여주었던 감상적 색채를 일소하고,

秀作 <名優之死>에 이어 1931년 초에 노동자와 자본가가 투쟁하는 바를 그린 <年夜飯>을 내놓았고, 梅雨 시기에는 자본가의 착취 본질을 폭로하고 노동자 계급의 출로를 지적해 주고 있는 <梅雨>를 창작하였으며, 5월에는 고정홍과 노동자 군중들이 "동양자본가"에 반항하는 투쟁정신을 가송한 <고정홍지사>를 내놓았으며, 1932년에는 버스회사 노동자가 외국 자본가와 투쟁하는 바를 그린 <一九三二年的月光曲>, 그리고 동북대학 학생들이 일본군의 침략에 반항하는 바를 묘사하고 국민당의 "무저항주의" 반동현실을 폭로한 극본 <亂鐘>을 창작하였다. 1935년에 쓴 <回春之曲>에서는 조국에 충성하는 高維漢과 高維漢을 사랑하는 梅娘이란 감동적인 형상을 묘사, 화교가 귀국하여 항일투쟁에 참가한 각도에서 더욱 진일보하여 "9·18"사변 후 전국의 인민들이 "매국노가 되기를 거절하는" 反帝 애국 열정을 표현해 내었다. 田漢이 이 시기에 내놓은 극작들 중에는 "'혁명적 낭만주의' 외에도 상당히 '사회주의적 사실주의' 특징을 보이는 작품들도 있다."[1] 洪深은 이 시기 <五奎橋>·<香稻米>·<靑龍潭>을 창작해 내었는데, 이를 모두 합쳐 ≪農村三部曲≫이라고 하였다. <五奎橋>는 중국 현대문학사에서 비교적 일찍이 농민투쟁을 반영한 수작으로 꼽히는 극본으로서, 작자의 엄격한 현실주의 풍격을 보여주었다. 이와 동시에 洪深은 또 "國防戲劇"을 적극적으로 창도하였던 사람으로, 그가 집필했던 극본 <走私>는 공연에서 아주 대단한 효과를 거두었다. 歐陽予倩이 창작한 극본 <屛風後>는 여배우 憶情 모녀가 겪게되는 불행한 조우를 통해 봉건 옹호자가 "屛風" 뒤에 숨기고 있는 이기적이고 허위적이고 殘暴한 도덕적 행위를 심도있게 폭로하였다. 그리고

---

1) 茅盾: <讀了田漢的戲曲>, ≪茅盾散文集≫, 上海天馬書店版, 1933年.

그가 쓴 <車夫之家>에서는 도시 빈민의 비참한 생활을 묘사하여 제국주의와 매판 자산계급의 죄악에 찬 행위를 규탄하였다. 于伶은 이 시기에 등단한 후기 주자 중 秀才로, 그는 <臘月卄四>·<蹄下>·<回聲>·<漢奸孫子>, 그리고 <浮尸> 등의 극본을 내놓았는데, 이 중 항전 직전에 쓴 <浮尸>에서는 일본 제국주의가 天津을 침략하여 중국 인민들을 마음대로 殘殺하는 파쇼적 폭행을 심도있게 폭로하고 장개석 정부의 부패성과 무능함을 매정하게 공격하였다. 夏衍이 1936년에 창작한 풍유 사극 <賽金花>는 庚子事變을 배경으로 한 한 폭의 奴才 군상들을 묘사해 내어 漢奸의 추악함을 폭로하고, '국내에서의 國防'이란 점에 주의할 것을 대중들에게 환기시켰던 것이다.[2] 같은 해에 夏衍은 또 多幕 사극 <秋瑾傳>(원명은 <自由魂>)을 창작하여 鑒湖 女俠 秋瑾의 강렬한 反帝反封建 정신과 살신성인하는 영웅적 기백을 열정적으로 찬양하면서도, 또 경계심이 강하지 못한 그녀의 결점을 비평하였다. 이외에 章泯·尤競 등은 東北의 義勇軍이 항일투쟁을 벌이는 바를 표현한 많은 극본들을 창작해 내었으니 <故鄕>·<秋陽> 등이 그 한 예다. 희곡 창작의 번영은 희곡 운동이 발전해 가는 것을 말해 주는 중요한 잣대였다. 30년대에는 국통구의 희곡운동이 五四 이래 반제반봉건의 혁명전통을 계승하고 이를 발양하였으며, 백색공포 아래에서 혁명투쟁의 희곡운동을 견지함으로써 현대희곡 창작의 초보적인 번영을 촉진시켜 비교적 훌륭한 극본들이 창작되었다. 뿐만 아니라 江西 瑞金을 중심으로 한 蘇區에서는 장개석이 발동을 하려고 하였던 제2차 군사 圍剿를 분쇄시킨 후에 紅軍 俱樂部와 工農劇社·中央劇團 등이 성립되어 <我紅軍>·<紅色間諜>·

---

2) 夏衍: <歷史與諷諭>, ≪文學界≫創刊號, 1936年.

<武裝起來>·<南昌起義> 등을 공연하였고, 1934년 말에는 瞿秋白이 蘇區에서 창작한 주요 극본들을 <號砲集>3)이란 이름으로 묶어 油印 출판하였다. 이런 극본들은 사상성이 강하고 생활의 기식이 짙으며, 짧고 간단하고 통속적일 뿐만 아니라 쓰기도 쉽고 공연하기도 쉬운 특징을 가지고 있었기 때문에 항전시기 항일 민주 근거지의 희곡에 직접적인 영향을 주었다.

(4) 제4단계

네 번째 단계는 항전이 전면적으로 전개되어 救國 희곡운동이 힘차게 전개됨에 따라 희곡창작도 高潮를 보여주었던 시기이다. 國統區든 淪陷區든 혹은 항일 민주 근거지든 解放區든 모두가 군중들에게 환영받는 현대희곡과 사극과 가극 등의 극본들이 상당히 많이 창작되었다. 뿐만 아니라 희곡 간행물도 상당히 많아졌는데, 예컨대 ≪抗戰戲劇≫·≪戲劇崗位≫·≪戲劇戰線≫·≪新演劇≫·≪戲劇春秋≫·≪戲劇月報≫ 등은 희곡 문학의 진지를 더욱 확대시켜 주었다. 이 시기의 희곡 창작은 풍부한 성과와 함께 또 몇 가지 새로운 특색을 보여주었다. 첫째는 대부분 항전과 연관성을 가진 소재들을 취하여 항전의 시대정신과 전국 인민들이 분기하여 항전하는 투쟁의 모습을 반영하는데 진력하였고, 항전이 격렬해질수록 소재의 영역도 점차 확대시켜 나갔다. 두 번째는 새로운 주제와 새로운 인물들이 나오게 되었는데, 國統區나 혹은 淪陷區에서는 처음에 찬양성 주제가 많았고 正面人物 형상들이 많았지만, 뒤에

---

3) ≪號砲集≫에는 韓進의 <犧牲>·<李保蓮>, 鄭貼周의 <非人生活>, 趙品三의 <遊擊> 등이 포함되어 있다.

가서는 풍자성 주제가 많아지고 反面人物들이 많아졌다. 그리고 解放區에서는 시종 찬양성의 주제가 많았고, 工農兵의 정면 형상들이 많았는데, 폭로성 주제나 혹은 반면인물에 대한 묘사는 주로 보조역할을 위한 것이었다. 셋째는 형식이 다양화해지고 군중화 되는 쪽으로 흘러, 거의 모든 희곡 표현 양식이 다 망라되었고, 또 새로운 희곡 형식이 창조되어 나왔다. 넷째는 희곡 창작이 民族化되고 대중화되는 과정에서 새로운 발전이 있어 놀라운 성과를 보여주었다. 이런 점들은 모두 중국 현대희곡 문학이 하나의 새로운 발전 단계로 진입하였음을 말해준다 하겠다.

2

현대희곡 창작의 심화

2. 현대희곡 창작의 심화

    國統區에서 창작된 현대희곡은 소재의 발굴과 주제의 표현에 대한 폭과 깊이가 표면적인 것에서 점차 내부로 심화되는 과정을 거쳤다. 항전 초기, 北平과 上海가 연속하여 적에게 침략 당하자 대부분의 극작가들은 분분히 농촌으로 들어가거나 혹은 군대로 들어갔는데, 이들은 전쟁에 대하여 크게 흥분하였던 바, 무엇이든 항전을 선전할 수 있도록 해야한다는 인식 아래 희곡으로 민중과 사병들을 위해 봉사하였던 것이다. 그리하여 희곡의 역량을 통하여 민중들을 교육시키고 민중들을 각성시켰으며 또 민중들을 조직하여 희곡의 문예 선전 작용을 충분히 발휘하였다. 이런 인식에 입각하여 지도를 해 가고, 당시 정치적 實利가 필요했던 것에 적응하기 위하여 현실을 갑작스럽게 반영했던 결과, 규모가 작거나 통속적인 短劇 창작이 나오게 되었고, 이것이 일시 유행하였다. 따라서 이와 같은 작품들이 항전초기 현대희곡 창작의 절대적 우위를 차지하였고, 또 각 전쟁지역이나 가난하고 편벽된 농촌 등지에서는 아주 폭넓게 유행하였다. 유명한 短劇 <放下你的鞭子>·<三江好>와 <最後一計> 등은 당시 크게 영향을 미쳤던 작품들이다.

夏衍의 <咱們要反攻>·荒煤의 <打鬼子去>·沈西苓의 <在烽火中>·凌鶴의 <火海中的孤軍>·尤競(于伶)의 <省一粒子彈>·章泯의 <戰鬪> 등과 같은 작품들 역시 항전 초기에 창작된 비교적 수준급 短劇들이다. 이런 短劇들은 대부분 항전 현실을 주제로 하였고, 그 내용들을 보면 주로 중국 軍民들이 항전에서 보여준 용맹성을 찬양하고, 敵僞의 殘暴함과 흉악함을 폭로하며, 漢奸의 비열하고 몰염치한 모습을 밖으로 보여주는 내용, 그리고 중국 동포들이 일본의 발길 아래 패가망신하는 모습, 아내와 자식들이 뿔뿔이 흩어지는 비참한 모습과 고통 등을 묘사한 내용들이었다. 예술 표현 면에서는 간단하고 통속적이며 백성들이 즐겨 보고 들을 수 있는 그런 형식들을 주로 택하였다. 특히 주목할만한 바는 여러 사람이 공동으로 창작한 3막극 <保衛蘆溝橋>는 항전이 개시된 후 처음으로 만들어진 대형 현대희곡이었는데, 이것이 바로 항전희곡의 서막을 열어주었다는 점이다. 그래서 <代序>에서 바로 다음과 같이 지적하고 있다.

> 우리 ― 중국극작가협회 ― 는 모든 희곡 종사자들과 서로 연합할 수 있기를 희망하며, 더욱이 어떠한 희곡 형식을 추구하는 사람이라 할지라도 우리와 合作할 수 있기를 절박하게 바라고 있다. 전면적인 총동원이란 구호 아래, 이를 우리 민족을 부흥시키기 위한 신호로 삼아, 우리는 적들의 침략 음모를 폭로하고 낙후된 동포들을 각성시키기 위해 더욱 목청을 높여야할 것이다.4)

---

4) <保衛蘆溝橋·代序>. 我們 ― 中國劇作者協會 ― 願意和每一個戲劇工作者相聯合, 更迫切地希冀着任何戲劇形式的從業員來與我們合作. 在全面總動員的口號下, 加緊我們民族復興的信號, 暴露敵人侵略的陰謀, 更號召落後的同胞覺醒.

작품 전체의 소재는 蘆溝橋를 보위하려는 전쟁에 초점을 맞추고 있고, 그 웅장한 기세는 중화민족이 육탄으로 대적하는 격분의 항일 정서를 잘 부각시키고 있다. 이에 작품은 전국의 수많은 민중들에 "蘆溝橋를 보위하라! 華北을 보위하라! 조국을 보위하라!"는 항전의 외침을 잘 전하고 있다. 뒤이어 얻게된 台兒庄 대첩과 平型關 승리는 전국 인민들의 항전 필승의 믿음을 더욱 견고하게 해 주었다. 항일 투쟁의 현실을 適時에 반영하기 위해 공동 직업을 통해 항전 극작들이 또 나오게 되었으니, 예를 들자면 羅蓀과 錫金 등이 쓴 <台兒庄>, 崔嵬와 王震之 등이 쓴 <八百壯士> 등과 같은 작품들이 바로 그것이다. 前者는 台兒庄 大戰을 소재로 한 것이고, 후자는 百八壯士 孤軍이 四行倉庫를 고수하는 내용을 소재로 한 것인데, 이들 모두 항일 전쟁 중에 나온 새로운 영웅을 묘사하고 있다. 이 외에 또 夏衍 등이 쓴 <黃花崗>, 蕭紅과 端木蕻良 등이 쓴 <突擊> 등도 모두 한 때 유행했던 공동 창작의 多幕劇들이다.

항전 초기 한동안은 모두가 극단적으로 흥분된 정서에 빠져 있었고, 항전에서 하나하나 승리를 하게 되자 일부 작품들은 선동성과 승리의 외침에 치중하여 정치 구호로 현실의 진실을 묘사, 소재의 폭이 좁아진 한편, 주제의 심도가 깊지 않았으며, 인물형상이 유형화되거나 혹은 개념화되는 그런 병폐를 보여주었다. 이런 현상이 나오게 된 원인은 위에서 언급한 내용 외에, 작자들이 현실 생활에 대한 깊은 관찰과 경험이 부족한 것에 기인한다. 소재를 폭넓게 취하고 주제를 제련하거나 혹은 인물을 묘사할 때 모두 사회생활의 겉모습이나 혹은 눈에 보이는 현상에만 머물고 있어서 아직까지 사회생활의 내부나 혹은 사물의 본질로 깊이 들어가지를 못하였다. 물론 항전 초기 극작에서 보여준 이런 현상들은 역사적 분석에서 접근해야지, 어떤 사람처럼 "抗戰八股"를 중심으로 그렇게 악의적으로 부정해서는 안 될 것이다. 夏衍은 ≪此時此地集≫의 <談眞>이란 글에서 다음과 같이 말한 바 있다.

나는 "공식화"란 것이 그렇게 염려할 것도 못되고, 또 그렇게 반대할 가치가 있는 것도 아니라고 생각한다. 항전 중에는 수없이 많은 漢奸들이 있고, 수없이 많은 왜구들의 奸殺이 있으며, 또 필연적으로 민중들의 敵僞 소탕도 수없이 많다. 이는 현대 중국 대중들이 날마다 접하고 있는 일이고, 또 계속해서 접할 가능성이 있는 현실이며, 이는 또 민족 혁명 전쟁에서 필연적으로 겪어야할 "公式"인 것이다. 그렇다면 작가들이 이런 현실을 소재로 하여 극본을 쓰는 것은 차라리 당연한 것이 아니겠는가? 문제는 왜구·한간·민중, 내지는 그들이 처한 환경 등등을 묘사함이 진실적이냐 진실적이지 못하냐에 있는 것이지, 이런 인물과 이야기를 써도 좋으냐 좋지 않으냐에 있는 것이 아니다. 이런 일들은 도시에서도 발생할 수 있고, 농촌에서도 발생할 수 있고, 塞北에서도 발생할 수 있고, 江南에서도 발생할 수 있는 것이다. 왜구 중에는 여러 종류의 왜구가 있고, 한간 중에는 또 여러 종류의 한간이 있으며, 민중들도 역시 서로 다른 민중들이 있게 마련이다. 진실적으로 묘사가 되면 관중들은 진실임을 느낄 뿐이고 그 공식화된 것은 의식하지 못하게 된다. 묘사가 진실적이지 못하면 설령 공식화된 것이 아니라 할지라도 관중들은 역시 그런 묘사가 인간들이 사는 현실 생활에서 찾아볼 수 있는 일이 아니라고 느끼게 된다.5)

5) 夏衍: ≪此時此地集≫, <談眞>. 在我, 以爲"公式"幷不怎樣可怕, 也幷不怎樣値得反對, 抗戰中有的是漢奸, 有的是日寇的奸殺, 必然的也有的是民衆的起來掃除敵僞, 這是現代中國大衆日日遭遇着, 和還有繼續遭遇之可能的現實, 也是民族革命戰爭中所必須經過的"公式", 那麼作家們拿這些現實的題材來寫劇本, 毋寧說是應該. 問題是在于日寇, 漢奸, 民衆, 乃至他們所處環境等的寫法是否眞實, 而不在可不可以寫這些人物和故事. 這些可以發生在都市, 可以發生在農村, 可

武漢이 일본군에게 점령당한 후, 일부 극작가들은 1년 동안의 유동생활을 하면서, 또 前線에서 敵 後方으로 와 생활하면서, 그들은 실제적인 戰地 경험 속에서 항전 현실 중의 생활 표면 아래 감추어져 있던 진정한 내부 문제를 깊이 이해할 수 있었다. 다시 1년 후 극작가들은 생활이 좀 안정되고 한동안 흥분해 있던 열정도 다소 평정되자 항전과 관계된 문제에 대해서도 냉정한 태도로 관찰하고 신중하게 생각하게 되었다. 뿐만 아니라 시끌벅적한 장면에서 한간을 구타하고 나쁜 자들을 죽여버리는 것을 묘사하는 것만으로는 부족하다는 것을 알게 되었고, 그저 맹목적으로 사병의 용감성이나 민중의 적개심을 찬양하는 것만으로는 안 되고, 중요한 것은 희곡이 시대와 전투에 잘 어울리도록 하여 민족의 진보를 가로막고 있는 國統區에서의 불합리한 현상이나 항전의 승리를 가로막고 있는 보이지 않는 위기 등을 폭로하고 제거해야 한다는 것을 알게 되었다. 이와 동시에 敵僞 漢奸의 반동적 면모를 文明戲 형식으로 표현하는 것도 너무 무력하다는 사실을 알게 되었다. 이러한 상황에서 현대희곡 창작은 앞 단계에서 주로 생활의 표면적인 현상에 착안했던 것으로부터 벗어나 점차적으로 생활의 내면으로 들어가 그 주요 현상을 굴착해 냄으로써 비교적 우수한 극본들이 나오게 되었으며, 더 이상 전쟁의 장렬한 장면을 직접적으로 묘사하지 아니하고 사회 현실 중의 중요한 과제를 다루게 되었다. 陳白塵의 <魔窟>은 敵僞 통치하의 어두운 현실을 폭로하면서 淪陷區의 한

以發生在塞北, 也可以發生在江南. 日寇有各種的日寇, 漢奸有各種的漢奸, 民衆也有各種不等的民衆. 寫得眞實, 是這麼一回事, 觀衆便覺得眞實而忘其爲公式. 寫得不眞, 不是這麼一回事, 那麼卽使不是公式, 觀衆也覺得這不是人間現實之所可有.

小縣 份里의 漢奸 군상들을 심도있게 묘사해 내었으며, 宋之的의 <微塵>과 洪深의 <米>, 그리고 吳天의 <孤島三重奏> 등도 역시 國統區 혹은 淪陷區의 추악한 현실을 폭로하였는데, 이런 작품들이 보여준 하나의 두드러진 특징은 극작가가 강한 민족 의분을 가지고 항전의 승리를 가로막고 있는 이런 쓰레기 같은 인간들이나 방해물을 제거시키고자 하였다는 점이다. 항전 진영에서는 새롭게 출현한 항전 영웅도 있었지만, 아직까지도 군벌의 잔여 세력이 일부 존재하고 있었던 바, 그들은 자기들의 실력을 보존해 갈 것을 잠시도 잊지 않고 토지를 할거하고 특정 지역을 독차지하고 있었으며, 심지어는 남몰래 일본과 결탁하여 타협을 하였으니, 예컨대 韓復榘와 李服膺과 같은 사람이 그 당시 대표적인 인물이었다. 작자는 분노의 筆觸으로 그들의 추악한 행실을 작품 속에 그려 넣었으니, <槍斃李服膺>은 한 때 유행했던 活報劇이다. 병역 문제는 항전의 전 과정에서 중요한 문제였다. 체포ㆍ매매ㆍ대체 등과 같은 가장 문란하고 가장 불량한 소문들이 이 병역 문제에서 발생하였다. 그래서 병역 문제를 묘사하고 그 폐단을 폭로한 극본들이 적지 않게 나왔으니, 舒非의 <壯丁>ㆍ洪深의 <包得行> 등이 모두 이런 문제를 반영한 작품에 속한다. 항일 민족 해방 전쟁에서의 승리는 전 민족이 일치단결해야만 가능한 것이었다. 민족간의 단결이나 혹은 계급과 계급ㆍ계층과 계층간의 단결이 모두 항전이란 큰 문제에 연결되어 있었다. 宋之的과 老舍가 합작한 <國土至上>은 민족 단결 문제를 표현, 적들과 충돌이 생길 즈음에 回族과 漢族 두 민족이 서로 미워했던 마음을 버리고 진실된 모습으로 합심하여 함께 대적하는 바를 묘사해 내었다. 극중의 老拳師는 8년 동안의 항전문학 중에서 비교적 성공적으로 묘사된 전형인데, 老拳師형상에

결점이 있다고 한다면 그것은 그의 개인적인 영웅주의를 너무 강조한 것이라고 하겠다. 항전 前期에 大後方의 기관들이 부패로 만연해 있는 것을 어떻게 개혁할 것인지, 또 그렇게 무성의한 태도로 대충 넘어가려고 하는 현상이나 苟且하고 기만적이고 貪汚나 일삼으며 부정을 저지르는 등등의 어두운 현상을 어떻게 극복할 것인지에 대한 문제는 이미 국통구에서 항전을 견지하고 진보를 견지해 가려고 할 때 중요한 정치 문제가 되었다. 曹禺의 多幕劇 <蛻變>은 어느 부상병 병원이 舊態를 벗고 새롭게 태어나는 과정을 그리면서 이런 문제들을 아주 심도있게 전달하였다. 이런 극본은 내용도 없이 그저 헤프게 감정을 발설하고 항전을 선전하는 그런 작품이 아니라, 선명한 정치 경향성과 예술의 진실성을 갖추었으며 비교적 훌륭하게 통일성을 갖춘 예술품이었다. 항전 초기에 주관적인 예술 속임수로 관중들을 가지고 놀던 흥분된 그런 경향도 기본적으로 사라지고, 극작에서 표현된 감정도 깊이를 가지게 되었으며, 주제를 표현할 때 폭과 깊이가 있도록 노력하였을 뿐만 아니라 극적갈등 이나 희곡의 결구 및 인물 소조 등에 있어서도 모두 진전이 있었다.

항전이 서로 버티기 양상으로 전개되어 갈 때, 특히 "皖南事變" 후, 국민당은 적극적이던 反共·反人民의 태도를 더욱 분명하게 드러내었다. 진보적 희곡 운동과 희곡 창작은 완고파의 摧殘과 압살을 받게 되었다. 역경 중에 처해있던 국통구의 진보적 희곡 종사자들은 공산당의 영도와 영향 아래, 또 周恩來의 직접적인 관심 아래, 일치단결된 힘으로 국민당과 투쟁하면서 당시 비교적 큰 영향을 미쳤던 현대희곡 작품들을 창작해 내었는데, 소재를 취한 영역도 넓어졌을 뿐만 아니라, 현실 생활에 대한 반영에 있어서도 더욱 깊이가 있도록 하였다. 특히 풍자와 폭로성을 가진 주제가 더욱 많아졌다. 항전이 4년, 5년째 접어들 즈음에는 경제 문제가 날로 심각해 갔다. 일본군은 광대한 淪陷區에서 燒殺 · 姦淫 · 掠奪을 자행하는 외에, 점차적으로 모든 工商農業의 생산과 유통을 통제하고 조종하여 중화민족의 혈액을 완전히 말려놓고자 하였다. 중국과 일본의 세력 대비가 애초의 계획대로 되지 않자 일본군은 "전쟁을 하면서 전쟁에 유리하게 하는" 조치를 취하였던 바, 淪陷區에서 수많은 물자를 무차별하게 약탈하여 수많은 인민들로 하여금 반 飢餓에 이르게 하였으며, 또 수 없이 많은 奸商들은 매점매석을 통해 물가를 올려놓고 시장을 마음대로 조종하여, 인위적으로 경제를 험악한 상태로 만들어 놓았다. 이렇게 심각한 경제문제를 적지 않은 극작에서 반영하였는데, 章泯의 <夜>가 그런 작품이다. <夜>는 敵人이 淪陷區에서 사람들을 속여서 장사를 하고 생산을 하는 바를 그리고 있는데, 敵人은 철저한 操縱을 통해 모든 이윤을 완전히 자기 손안에 들어오도록 하면서 잔혹하게 경제적 착취를 도모한다. 葛一虹의 <紅櫻槍>은 敵人이 농촌에서 紅槍會를 이용하려고 하다가 마침내는 그 음모가 폭로되는 내용을 그리고 있다. 항전 후기, 국민당은 그들의 부패와 반동적인 모습이 유감없이 폭로되자 고압적인 정책을 실시, 백색 공포를 조성하였다. 이런 무질서하고 잔혹한 현실에 직면한 진보 성향의 극작가들은 정치적 풍자성을 가진 심오한 내용의 극본들을 창작해 내었다. 아무튼, 국통구의 현대희곡 창작은 현실 생활을 반영한 측면에서 볼 때, "겉모습만을 보던 것으로부터 깊은 내면으로 향하는" 그런 심화과정을 서서히 거쳐 갔고, 또 이를 통해 비교적 우수한 작가와 작품들이 나올 수 있었다.

항전 초기에 모든 백성들을 동원시켜 항전을 도모하기 위해 曹禺는 宋之的과 함께 <全民總動員>(일명 <黑字二十八>)을 창작하였는데, 이는 "黑字 二十八"을 가진 일본 간첩이 항일 후방에 숨어 들어와 파괴활동을 펼치다가 중국의 항일 단체에 의해 체포되는 복잡한 劇情을 통하여 前線에서 일본군에 맞서 용감하게 분전하는 將士兵들을 찬양하였을 뿐만 아니라 "항전이란 미명을 내걸고 파렴치한 행동을 하는 그런 무리들"과, 또 영혼을 팔아 적을 위해 충성을 다하는 漢奸들을 풍자하고 있어 극 전체에는 항일의 열정이 넘쳐흐른다. 그러나 아슬아슬한 스토리를 추구하고 인물이 비교적 많아서 인물의 성격이 두드러지지 못한 단점을 보여주었다. <蛻變>은 曹禺가 창작한 극본 중 항전을 반영한 작품으로, 이는 국통구의 어느 성립 병원의 부패를 묘사하고 있다. 그는 작품을 통하여 국민당 관료와 기관에 보편적으로 만연해 있던 부정부패·투기거래·貪汚 및 부정행위, 그리고 구차하고 나태한 모습 등을 폭로하였다. 특히 주목할 가치가 있는 것으로, 극본에서는 부패한 현상만을 폭로하는데 그치지 아니하고 이런 후방 병원이 부패한 상태에서 탈바꿈하여 멋지게 변화하는 과정을 통하여, 이상주의 요소를 가진 현실주의 수법으로 현실 중에서는 찾아 볼 수 없는 모습을 그려냈다는 점이다. 그러나 아마도 어떤 正面人物, 즉 梁專員과 丁大夫와 같이 빛나는 이 두 형상은 국통구 극작 중에서는 정면인물로 쉽게 찾아볼 수 없는 예술형상이다. 梁專員과 丁大夫의 노력으로 병원은 곧 개선이 되었고, 부패분자들도 완전히 제거되었으며, 건전한 근무요원들로 대체가 되었다. 작품은 바로 "중국 민족이 항전 중에 구태를 '벗고' 새롭게 '변신하는' 현상을 반영하였던 것이다." 극 전체에서 두 사람이 아주 결정적인 역할을 하였던 것이다. 梁專員과 丁大夫가 있었기 때문에 모든 것이 다른 모습으로 변할 수 있었던 것이다. 주지하다시피, 梁專員과 丁大夫와 같이 이렇게 훌륭한 형상은 현실 생활 중 어디에서나 찾아볼 수가 있고, 또 아주 많이 있을 수도 있다. 하지만 관건은 그들이 어떤 정치 제도하에 있어야 자기 능력을 발휘할 수 있게 되느냐 하는 것이다. 梁專員과 丁大夫와 같이 부패를 일소하고 부패에 말려들지 않을 수 있었던 것은 그럴 수 있는 환경이 있었기 때문인데, 극작에서는 이 문제에 대해 언급함이 없다. 작가는 사회의 "蛻變"을 자연계의 매미가 신진대사를 하는 것과 같이 보고, "그저 그 옛날의 껍질을 벗어 던지는 고통을 인내하기만 하면 새롭고 유쾌한 생활이 降生하리라"고 보았던 바, 이런 면은 너무 낙관적인 것이었다고 할 수 있다. 1940년에 曹禺는 <北京人>을 창작하였는데, 이것은 1939년에 창작한 <蛻變>과 1년 차이밖에 나지 않는다. 하지만 항전의 형세는 오히려 高潮에서 低潮로 변화되었다. 작자는 깊은 사색 속에서 전투의 筆觸을 棺材와 같이 부패한 사회제도에 초점을 맞춘 후, 부패한 통치 사회의 그 根基를 굴착해 내고 아울러 혁명에 대한 희망을 진지하게 보여 주었다. <北京人>은 사상성이나 혹은 예술적인 측면에서 볼 때, 조우가 <雷雨>와 <日出>을 내 놓은 후 또 다시 하나의 秀作을 내놓은 것이라고 말할 수 있다. 이 작품은 항전 이전, 북경의 어느 봉건가정에서 생긴 분쟁을 소재로 하여, 봉건사회의 부패가 이제 끝나고 필연적으로 붕괴될 것이라는 역사적 운명을 반영한 것이지만, 이 주제 역시 항전 현실을 벗어난 것은 아니었다. 작품은 독특한 각도에서 국민당 정권이 통치해온 사회기초가 棺材처럼 부패한 점, 그리고 일부 선량한 정신을 가진 사람들이 이런 죽음 직전의 사회로부터 탈출,

새로운 삶을 향해 달려나가는 내용을 심도있게 그려내고 있다. 작자가 당시 "아직까지 근본적으로 혁명에 대한 인식이 부족하기는 하였지만" 그러나 그는 "몽롱하게나마 혁명이 어디에 있는지는 알고 있었던 것이다." 이것이 바로 결정적 의미를 가진 새로운 사상적 특색이라 할 수 있다. 瑞貞과 愫方은 어둡고 부패한 曾氏 가정에서 가장 먼저 각성한 인물이요, 新生의 역량을 대표하는 인물이다. 특히 구시대의 비극적 운명을 박차고 나와 용감하게 새로운 생활을 향해 질주하는 愫方이란 이 여성 형상은 작가가 蘩漪와 陳白露를 창조해낸 후 세 번째로 성공시킨 훌륭한 예술 형상이다. 이 형상을 통해 曹禺는 자신의 미학 이상을 구현해 내었다. 극본 전체에는 절실하고 구성진 일종의 詩意가 充溢해 있고, 인물들은 아주 자세하게 묘사가 되어 있다. 또 예술적 結構는 아주 치밀하고, 극적 분위기를 아주 잘 살리고 있으며, 생동적이고 빈틈없는 대화에는 정취가 더욱 물씬거린다. 1942년에는 또 巴金의 소설 <家>를 현대희곡으로 개편하였는데, 여기서는 覺新과 瑞珏 사이에 발생한 혼인 애정상의 불행한 遭遇를 통해 봉건 대가정의 죄악을 비난하고 있다. 이 작품은 소설을 어떻게 극본으로 개편하면 되는 것인지 그 물음에 대한 아주 좋은 해답을 보여주고 있는데, 이는 창조적인 개편이었다.

夏衍은 항전 바로 직전에 <上海屋檐下>를 창작해 내었는데, 이는 작자가 역사적인 소재로 작품을 창작해 오다가 현실에서 소재를 찾아 쓴 "빈틈없는 현실주의" 多幕 현대희곡이다. 작품은 "西安事變" 전후의 사회 현실을 배경으로 삼아, "小人物의 생활로부터 커다란 시대를 반영하고, 당시의 관중들로 하여금 곧 도래하게 될 시대의 발자국 소리를 들을 수 있도록" 하기 위해 노력하였다. 작품에서는 상해의 어느 한 골목 안에 위치한 한 지붕 다섯 가정의 하루 생활을 통해서 항전 전후에 소시민이 보여주는 고통스런 생활을 그대로 생생하게 표현하고, "小人物"의 불행한 운명을 묘사함으로써 국민당의 어두운 통치에 대하여 깊고 강력한 항의를 제기하고 있다. 그러나 작자는 이런 小人物들에 대한 희망을 버리지 않고, 어린애들의 소리를 통해 "모두가 연합하여 나라를 구한다"는 결심을 표현하고, 匡復이 노랫소리에 격려를 받아 다시 일어나 "나라를 구하고자" 인생 大道를 걸어나가는 바를 묘사해내었다. 극작의 구성은 신선하고 독창적이며 스토리는 자연스럽고 빈틈이 없다. 또 풍격은 소박하고 언어는 세련되어 있으며 인물형상이 선명한 특징을 가지고 있어 五四 이래 손꼽히는 秀作 중의 하나다. 항전이 시작된 후 夏衍은 <一年間>(1938)·<心防>(1940)·<愁城記>(1940) 등의 극본을 창작하였는데, 이런 작품들은 각기 다른 각도에서 당시 사회생활을 반영하여 항일을 외치고 있다. 이 중에서 <心防>은 항전 前期에 쓰여진 것으로 내용이 풍부하고 형식이 비교적 完美한 훌륭한 극본이다. 작품은 상해가 일본군의 손에 들어간 후 진보 성향의 문화 종사자가 이 大都市 "500만 중국인의 마음속의 방어선"을 지키기 위해 어려운 투쟁을 용감하게 밀고 나가는 모습을 생동적으로 반영, 불타는 애국열정과 대단한 혁명 책임감을 가지고 죽음도 두려워하지 않고 敵僞에 맞서 투쟁하는 감동적 주인공 劉浩如를 비교적 성공적으로 묘사하고 있다. 1942년 태평양전쟁이 발발한 후, 夏衍은 홍콩에서 重慶으로 가서 대형 현대희곡 <水鄕吟>(1942)·<法西斯細菌>(1942)·<離離草>(1944)와 <芳草無涯>(1945) 등을 창작해 내었으며, 또 于伶·宋之的과 합작하여 <草木皆兵>과 <戱劇春秋>를 내놓았으며, 田漢·洪深과 합작하여 <再會吧! 香港>을 내놓았고, 이 외에도 또 톨스토이의 장편소설 <復活>을 극본으로 개편하기도 하였다. 5막 현대희곡 <戲劇春秋>에서 그리고 있는 이야기는 "五四" 후로부터 시작하여 "八·一三" 항전 이전에 종결되는 것으로 되어 있는데, 작자는 침통한 마음으로 20년 동안 중국 희곡 발전의 과정과 희곡 종사자들의 전투 역사를 표현하였다. 夏衍은 <後記>에서 다음과 같이 말하였다.

> 우리들의 목적은 사회가 알아달라고 하는 것이 아니다. 왜 20년 넘게 이렇게 많은 선량한 사람들이 이런 가시밭길을 선택해야만 했던가? 왜 이렇게 많은 사람들이 어려운 중에서도 후회하지 않고 이러한 일들을 지켜왔던가? 우리들의 목적은 아주 소박하다. 그저 우리 선배들이 적막한 중에서도 한 줄기 따뜻함을 느낄 수 있게 하기 위하여, 같은 길을 걷고 있는 동료들이 딱한 속에서도 옛날의 그 어렵던 시절을 한 번 생각해 볼 수 있게 하기 위한 것일 뿐이다.6)

우수한 현실주의 극작 <法西斯細菌>은 중국 현대희곡운동사에서 아주 손꼽히는 극작 중의 하나다. 작품은 전체 다섯 개 場景으로 되어 있는데, 여기서는 "九·一八"로부터 태평양전쟁이 발발한 때까지의 역사적 시기를 개괄적으로 표현하고 있다. 작자는 광활한 시대적 배경을 바탕으로 세균학 학자 兪實夫의 전형 형상을 아주 성공적으로 소조하여, 兪實夫가 열성적으로 과학 연구에 종사하는 불굴의 정신과 아부함이 없이 올곧게 살아가는 인격을 높이 평가

---

6) 夏衍: <後記>. 我們的目的不是爲了要使社會認識, 爲什麼二十幾年來, 會有這麼許多善良的男男女女, 定要揀擇這一條荊棘的路途? 爲什麼會有這許多人, 九死無悔地守住這一崗位? 我們的目的非常卑微, 卑微到只想使我們的先行者, 在寂寞中感到一絲溫暖, 使同行者在困頓中回想一下過去的艱辛.

중국 항전 희곡사

하는 한편, 그가 정치를 초월하고 계급을 초월한 과학지상주의 관점을 비평하고 있다. 더욱 중요한 것은 兪實夫가 서서히 각성해 가는 과정을 통하여 정치를 멀리한 지식분자에게 과학 연구를 현실 투쟁과 결합시키는 방법을 가르쳐 주고, "파쇼세균을 소멸시키지 않고는 중국을 현대화 국가로 만들려고 하는 것은 불가능하므로" 반드시 지식분자들이 먼저 "파쇼 세균을 박멸하는 실제적인 작업에 뛰어들어야 한다"는 것을 인식하도록 계몽하고 있다. 작품의 전체적인 구성은 웅장하고 또 완벽하며, 인물 형상은 아주 선명하고, 주제 사상은 심오하여 사람을 감동시킨다. <離離草>는 동북 인민들이 무장하여 일본에 항거했던 영웅적 사적에서 소재를 취하였고, <防草天涯>는 "연애를 주제로 한 작품인데" 이들이 이룩한 현실주의 성과는 모두 <法西斯細菌>만큼 그렇게 높지는 않았다.

老舍는 항전 시기에 적지 않은 극본들을 창작하였다. <殘霧>에서는 엽기적인 희곡 스토리를 통해 권력을 탐하고 色을 밝히는 洗局長이란 국민당 관료 형상을 그려내고 있다. 마지막에 가서 그는 여자 한간의 술책에 넘어가 직장도 잃고 체포된다. 그러나 그 여자 한간은 오히려 법망을 뚫고 나가 더욱 거물급 인사와 결탁하는데, 이 과정을 통해 작가는 국민당 정권의 부패와 무능을 폭로하고 있다. <面子問題>는 풍자성 喜劇으로, 말단 관료가 오직 체면만을 중시하여 그 체면을 유지하기 위해 허위적인 모습과 추태를 보이는 것을 비웃고 있다. <張自忠>은 항일 전쟁 중 용감하게 희생된 將領 張自忠을 찬양한 극작이다. <歸去來兮>는 지식분자가 항전 중에 동요하고 미적거림을 풍자하고 있다. 그러나 "그는 근본적으로 항전에 대하여 회의를 가지고 있었던 것은 아니었다. 그는 그저 다른 사람의 행동을 제대로 보지 못하고 약간 비관적이고 의기소

침한 모습을 보였을 뿐이다. 의기소침은 그가 항전을 위해 달려나가는데 장애가 되지는 않았다." 전체적으로 볼 때, 老舍가 이 시기에 쓴 작품들을 보면 강한 풍자적 의미를 담고 있는데, 그는 희곡 창작이란 방법을 통해 엄숙하고 진지한 태도로 항전을 위해 복무하였다고 할 수 있다. 극중의 인물들 역시 상당히 생동적인데, 특히 인물의 대화가 아주 자연스럽고 등장인물의 신분과 아주 잘 부합되고 있다. 그는 <閑話我的七個話劇>에서 이렇게 말한다.

> 나는 늘 소설을 쓰는 방법으로 서술을 하였는데, 무대에서 필요한 것은 "다툼"이다. 나는 인물의 성격은 잘 표현할 수 있었지만 이 "다툼"을 늘 잊고 있었다. 작은 삽화는 아주 감동적으로 써냈지만(역시 소설을 쓰는 방법으로), 그러나 주요 사건은 오히려 자극을 주고 갈등을 일으키는 것으로 승화시킬 수는 없었다. 그 결과 작은 물결은 제법 일렁이게 할 수는 있었지만, 큰 파도가 놀라운 모습으로 하늘을 뒤엎게 할 수는 없었다.[7]

항전 초기에 田漢은 대형 현대희곡 <蘆溝橋>를 창작하였고, 1945년에는 또 <麗人行>을 창작하였다. 前者는 "七七"사변에서 소재를 취하였는데, 장면이 광활하고 인물이 아주 많으며 기세가 충만하다. 전국의 각 계층 인민들이 항일 구국을 위해 투쟁하는 바를 반영하고 있는 이 작품에는 개인이 주인공으로 등장하지 않고 노동자 · 농부 · 상인 · 학생 · 군인 등의 군상들이 주인공으로 등장

---

7) 老舍: <閑話我的七個話劇>. 我老是以小說的方法去述說，而舞臺上需要的是"打架". 我能創造性格，而老忘了"打架". 我能把小的穿插寫得很動人(還是寫小說的辦法)，而主要的事件却未能整出整入的掀動，衝突. 結果呢，小的波浪頗有動蕩之致，而主潮倒不能惊心動魄的巨浪接天!

한다. 後者는 일본 제국주의가 침범하여 점령한 상해를 배경으로 하여 세 명의 서로 다른 계층의 부녀자 李新群·劉金妹·梁若英을 비교적 성공적으로 소조해 내어 당시 잔혹하고 암울했던 사회 현실을 심도있게 폭로하고, 공산당이 영도하던 혁명 투쟁을 찬양하는 한편, 국민당과 美帝國主義가 上海에서 저지른 罪過를 투사해 내었다. <麗人行>은 작자가 이 시기에 강렬한 전투성과 현실성을 가지고 쓴 비교적 우수한 작품으로, 인물에 대한 묘사 역시 현실 중의 투쟁생활 그 자체에 대한 논리를 따라서 표현했기 때문에 그 여인들의 성장과정이 진실되게 묘사될 수 있었다.

于伶은 항전 초기에 "孤島"가 된 상해를 지키기 위한 투쟁에 영향력을 주었던 극작가로, 그는 <女子公寓>·<花濺淚>·<夜上海>·<長夜行>·<心獄>·<女兒國>·<大明英烈傳> 등을 창작하였다. 1939년에 쓴 <夜上海>는 비교적 우수한 극본인데, 이는 梅嶺春 一家가 "八·一三" 滬戰이 발발한 후에 걷게되는 활동을 중심으로 하여, 점령당하고 난 후의 상해 현실을 상당히 폭넓고 심도있게 폭로하고, 민족의 적들이 저지른 죄악을 강력하게 공격하면서 고난 중에 있던 사람들에게 한 줄기 광명의 길을 보여주었다. 그렇지만 일부 인물들의 성격이 선명하지 않고, 스토리 안배역시 세밀하지 못한 점이 있기도 하다. 1942년에 쓴 <長夜行>은 이 시기 于伶이 쓴 작품 중 대표작이다. 작품은 태평양 전쟁이 발발하기 전의 "孤島" 상해를 배경으로 하여 쓴 4막 현대희곡으로, 倭寇와 한간이 통치하는 上海 도처에서 일어나고 있는 암살과 강탈과 약탈, 그리고 奸商들의 폭리를 위한 사재기와 물가 급등, 민생 불안 등으로 인해 암흑천지가 되어 있는 모습을 심도있게 폭로하였다. 이런 전형적인 환경 안에서 작자는 각종 유형을 가진 인물들의 정신 면모와 생활 방법 등을 폭넓게 그리고 있다. 주인공 俞味辛 부부는 아주 애국심이 강한 정직한 지식분자로, 俞味辛이 백절불굴의 정신으로 적에 맞서 투쟁하는 정신은 바로 淪陷區 인민들이 침략자의 압박에 굴복하지 않고 투쟁하는 그들의 의지 표현이라 할 수 있다. 俞味辛 가족들이 새로운 생활의 길을 택하게 된 것에는 더욱 강한 진취적 의미가 담겨있다.

　宋之的은 항전시기에 多幕劇 <自衛隊>·<刑>·<鞭>·<祖國在呼喚> 등을 창작하였는데, 이 중 1940년에 쓴 <鞭>(일명 <霧重慶>)은 그가 이 시기에 내놓은 대표작이다. <鞭>에서는 주로 重慶으로 유랑해온 몇 몇 대학생들의 타락한 모습을 묘사하여 國統區 大後方의 도시생활이 얼마나 썩어 문드러져 있는지를 폭로하고 있다. 더럽고 탁한 사회 풍기가 부식되어 갈 때, 沙大千은 홍콩과 중경 사이를 왕래하면서 國難의 기회를 타서 벼락부자가 된 인물이 되었다. 남편이 타락한 것을 보고 아내 林卷抒는 화가 나서 집을 나가버린다. 老艾는 가난과 질병이 한꺼번에 닥쳐 생명을 잃게 되고, 萬世修는 국민당내에서 권세 있고 지위 높은 자의 졸개가 된다. 이렇게 애국열정을 가슴에 안은 청년들이 중경으로 달려온 후 점차적으로 수렁으로 빠져드는 참담한 모습을 통해 국민당 정치의 부패와 大後方 사회생활의 부패를 강력하게 질타하고 있다. 극본에는 시대적 氣息이 아주 짙게 묘사되어 있고, 스토리의 변화가 많으며, 인물의 성격이 비교적 선명하다. 1943년에 쓴 <祖國在呼喚>은 일본이 점거한 홍콩을 배경으로 하고, 지식여성인 夏宛輝가 생활 속에서 사랑을 하던 중에 부딪치게 되는 모순을 실마리로 하여, 그녀와 남편이 혁명자의 도움 아래 적이 점령해 있던 지역으로부터 떠나게 되는 과정을 그리면서 조국을 위해 희생하는 혁명자를 찬양하고, 조국의 부름에 따른 의학 종사자를 찬양하였다. <祖國在呼喚>은 宋之的이 <鞭>을 내놓은 후 이것에 이어 쓴 비교적 우수한 극작이다.

陳白塵은 풍자희극을 쓰는데 뛰어난 재능을 가졌던 작가로, 그는 항전이 발발한 후 단막극으로 <禁止小便>·<未婚夫妻>를, 그리고 多幕劇으로 <魔窟>·<亂世男女>·<大地回春>·<結婚行進曲>·<升官圖> 등을 창작하였다. 1939년에 쓴 <亂世男女>는 항전 초기의 수준급 풍자극이다. 이는 날카롭고 발랄한 喜劇 수법으로, 항전 초 남경에서 大後方으로 피난 온 한 무리의 "도시 쓰레기"들이 보여주는 각종 추악한 모습을 그리고 있다. 1940년에 쓴 <結婚行進曲>은 여성 지식분자인 黃瑛이 직업을 찾기 위해 노력하는 중 당하게 되는 각종 遭遇를 통하여, 國統區의 부패를 폭로하고 있는데, 극본에서는 너무 지나친 익살 때문에 어떤 면에서 엄숙한 주제가 감소된 점이 있다. 이 시기 그가 상당한 성과를 이루었고 비교적 큰 영향을 주었던 작품으로 4막 현대희곡 <歲寒圖>와 정치 풍자 喜劇 <升官圖>를 들 수 있다. 1944년에 쓴 <歲寒圖>는 고급 지식분자의 생활을 소재로 하고, 항전시기 후방의 어느 한 도시에 있는 병원을 배경으로 하여 강한 직업정신과 利他克己의 정신, 그리고 어려운 사회환경 속에서도 곧게 자란 松柏과 같은 의사 黎竹蓀 형상을 소조하여, 열과 성을 가지고 병자들을 위한 봉사에 전심전력하는 그의 아름다운 정신을 묘사하고 있다. 그러면서 엄동설한과 같은 차가운 舊社會를 규탄하고 있다. 작품의 주제는 극중 인물 沈庸이 黎竹蓀을 격려하는 말에서 잘 드러난다. 그는 "歲寒에 松柏을 알아볼 수 있다! 이 땅 위에 松柏이 있는 이상, 겨울이 영원히 이 대지를 점령할 수는 없는 것이다!"라고 말한다. 1945년에 쓴 <升官圖>는 항전 후기 현대희곡 창작이 예술적으로 어느 수준까지 제고되었는지를 반영한 것이라 할 수 있다. 이 작품은 당시 현실 투쟁의 필요에 부응하기 위해 창작된 대표적인 정치 풍자극으로 한 때 크게 유명세를 날렸던 작품이다. 극은 전체적으로 두 명의 流氓 강도의 夢境을 통하여 국민당이 통치하는 구역에서 그들 탐관오리들이 보여주는 온갖 추악한 행동을 아주 실감나게 폭로하고 풍자하고 있다. "극본을 살펴보면 작자가 중점적으로 규탄하려고 한 것은 도둑 출신의 가짜 비서장인 듯 하다. 이 簒奪者는 凶殺을 통해 정권을 탈취하고 위협과 유혹으로 知縣 부인과 경찰국장 간의 협조관계도 가로채고 금괴와 미인으로 유혹하여 간사하고 교활한 省長까지도 자기의 말을 듣도록 한다. 재무국장과도 이익을 같이 나눈다는 조건으로 '협조'를 약속한다. 작자가 여기서 그려내고자 한 것은 관료와 금융자본가와 流氓이 삼위일체가 되어 수없이 많은 선량한 중국 인민들을 잔혹하게 통치하고 있음과 바로 이런 것이 중국 독재통치의 특징이라는 것이다." 喜劇 예술 방면에서 이 극본은 고골리의 <欽差大臣>으로부터 영향을 받아 과장 수법을 대담하게 많이 운용하고 있다. 또 荒誕에 가깝다 할 정도의 스토리에서 형형색색의 관료들이 보여주는 추악하고 부패한 정신상태를 심도있게 해부함으로써 강력한 희곡 예술의 효과를 거두었다. 이로써 중국 五四 이래의 喜劇 發展史에서 커다란 이정표 하나를 세워놓게 되었다.

喜劇 작가 丁西林은 항전시기 단막극 <三塊錢國幣>와 다막극 <等太太回來的時候>와 <妙峰山> 등을 창작하였다. 1939년에 쓴 <三塊錢國幣>는 교묘한 구성과 風趣가 풍부한 대화 등을 통해 타당한 이유도 없이 여자 심부름꾼을 속이고 억압하는 자산계급의

중국 항전 희곡사

吳氏 부인, 그리고 경찰 중 권세가 높은 사람에게 빌붙어 아부하는 그런 사람들의 추악한 모습을 첨예하게 풍자하고 있다. 만일에 <三塊錢國幣>가 주로 國統區에서 벌어지고 있는 현실생활 중의 불합리한 현상을 폭로하고 있다면, <等太太回來的時候>는 항전 중의 중요한 문제, 즉 애국자가 매국노와 벌이는 투쟁을 다루고 있다고 할 수 있다. <等太太回來的時候>는 1939년의 상해를 배경으로 하여, 漢奸 梁 모씨의 아내와 딸이 漢奸에 반대하여 상해를 떠나 후방으로 가는 이야기를 그리고 있는데, 스토리가 아주 빈틈없이 치밀하고 구성도 상당히 잘 짜여져 있다. 1940년에 창작한 <妙峰山>은 4막 喜劇인데, 이는 1940년 西南의 모처를 배경으로 하여, 妙峰山의 산적 두목인 항일 영웅 王老虎가 국민당 군대의 謀害를 피해 산으로 다시 돌아가 항일 역량을 조직하는 이야기를 그리고 있다. 극작에는 엽기적 색채가 상당하며 낭만주의 수법을 통해 국민당이 모든 항일 역량을 摧殘하려는 음모와 國統區의 암울한 현실을 폭로하고 있다. 작품에서는 또 유머감각이 넘치는 두 형상 王老虎와 華華를 그리고 있는데, 전자는 재능도 뛰어나고 이상도 큰 妙峰에서의 "항전 영웅"이고, 후자는 조국을 너무나 사랑하여 항전 노선에 적극 참여한 "여자 중의 호걸"이다. 작자는 대단히 과장된 수법으로 두 남녀의 성격과 연애를 喜劇的으로 묘사하였는데, 이는 丁西林이 후기에 보여준 가장 걸출한 喜劇 작품이라 할 수 있다.

　吳祖光이 1942년에 쓴 <風雪夜歸人>은 비교적 훌륭한 4막 悲劇이다. 이 작품은 이름난 京劇 여배우 魏蓮生과 관료의 첩 玉春의 연애비극을 통하여 죄악에 찬 구사회를 무정하게 폭로하고 공소하였다. 玉春은 비록 기녀출신이었으나, 모욕당하고 손해 당하는 자신의 슬프고 괴로운 경험을 통하여, 자기는 그저 고관이나 부자들에게 "근심이나 답답함을 풀어주는 노리개"일 뿐이기 때문에, 근본적으로 "사람"노릇을 할 자격이 없다는 것을 분명하게 인식하고 있었다. 그리하여 진정한 자유와 행복을 찾기 위해 그녀는 가난하지만 忠厚正直한 젊은 藝人 魏蓮生을 용감하게 사랑하게 되고, 또 魏蓮生은 그녀의 계몽으로 각성을 하기 시작한다. 그러나 잔혹한 舊社會는 그들의 애정을 무정하고도 난폭하게 훼방하고 말았으니, 魏蓮生은 눈보라가 내리는 밤에 세상을 떠나게 되고 玉春 역시 실종되고 만다. 극작은 아주 진실적으로 묘사가 되었으며, 감정도 풍부하게 표현이 되어 사람에게 큰 감동을 준다.

沈浮가 이 시기에 쓴 <重慶二十四小時>는 東北에서 重慶으로 유랑 온 한 젊은 아가씨를 그리고 있다. 순결하면서도 또 연약했던 그녀는 진보 연극인의 啓導에 따라 나쁜 사람의 유혹을 뿌리치고 나와 항일 희곡 작업에 참가하였다. <金玉滿堂>은 한 젊은 地主 나으리가 식량을 사서 쌓아놓았다가 국가의 재난을 기회로 큰 돈을 벌고 佃戶를 잔해하고 여인을 희롱하며 놀다가 마지막에는 사형을 받는 내용의 극본이다. <小人狂想曲>은 重慶의 관료 계층의 생활을 풍자한 작품이다. 작자는 숙련된 기교로 희곡 갈등을 잘 안배하였던 결과 그의 극본은 당시 공연을 통해 비교적 좋은 효과를 볼 수 있었다.

李健吾는 항전기간에 상해에 있으면서 <黃花>·<雲彩霞>·<秋>·<草莽> 등의 극작을 창작하였는데, 이 중 <黃花>는 홍콩 舞女들의 생활을 통해 도시에 사는 부유한 계층 사람들의 타락하고 荒淫한 모습을 폭로하고 있다. <雲彩霞>는 경극에 종사하는 藝人의 생활을 그리고 있다. 그의 극작은 내용적으로 대부분 항전

과는 무관하고 또 생활을 반영하는 것도 그렇게 깊지가 않았다.

巴人은 "孤島" 상해에 있으면서 대형 현대희곡 <費娜小姐>와 <兩代的愛>를 창작하였다. 前者는 1933년 남경 국민정부 대원의 官邸 생활을 그리고 있는데, 작자는 역사 심판관의 신분으로 남경 국민당 정부의 관료들에게 그들의 자화상을 그려줌으로써, 관료들의 추악한 몰골을 관중들에게 보여줄 수 있었다. 後者는 상해 租界 지역에 위치한 唐公館의 응접실을 배경으로 하여, 五四 시대와 항전 시대를 거친 두 세대의 행복관을 해부하고 있다. 여기서는 현재의 "孤島"를 홍콩·重慶·遊擊區·항일 민주근거지와 연결시켜, 공산당 공작원·노동자·학생·관료·귀부인·漢奸·간첩·流氓 등을 무대에 등장시켜 五四 이래의 역사를 개괄하고 또 격류가 흘러가는 경향을 분명하게 보여주었다. 이 두 극본 모두 정곡을 찌르는 강한 힘을 가진 작품들로 인물 형상의 소조도 독창성이 있고, 특히 雜文美가 뛰어났다.

袁俊이 1944년에 창작한 4막 현대희곡 <萬歲師表>는 五四 운동과 항일 전쟁이란 두 개의 서로 다른 시대를 배경으로 하여, 격동하고 혼란한 암흑사회에서 자기의 중심을 가지고 올곧은 정신으로 교육에 종사하는 감동적 인물형상을 묘사, 수없이 정직한 지식분자들이 五四로부터 항일전쟁에 이르기까지 그들이 걸어온 노정을 비교적 진실적으로 반영해 내었다. 작품에서 주인공인 林桐 교수의 정신에 대하여 심도깊은 굴착이 부족했지만, 작자가 진실적인 생활에서 출발하였기 때문에 생동적인 생활 묘사를 통해 조금도 빈틈없이 교육 사업을 견지해 나가는 林桐의 정신이 잘 표현될 수 있었다.

茅盾이 1945년에 쓴 5막 현대희곡 <淸明前後>는 同年 청명절을 전후하여 重慶에서 발행하여 세상을 크게 뒤흔들어놓았던 "黃金案"을 소재로 하고 있는데, 여기서 작자는 관료 자본가가 민족 자본가를 박해하고 강한 자가 약한 자를 기만하고 욕보이는 사회 현상을 묘사하여 "온통 피비린내 나는" 죄악의 사회를 심도있게 폭로하고, 항전 승리 후 민족 자산계급의 출로 문제를 適時에 제시해주었다. 작자가 창작 수법을 숙련되게 운용하지 못한 관계로 작품이 예술적인 면에 있어서 대화가 너무 쓸데없이 길고 劇情이 답답하며, 인물성격이 선명하지 못한 결점을 보여주었다. 이 작품이 공연되고 나서 진보적 성향의 文藝界에서는 열렬한 토론이 벌어지기도 하였다.

항전 시기 國統區(淪陷區도 포함)에서 창작한 현대희곡들을 보면 그 主流도 좋았고 성적도 대단하였다. 하지만 좋지 못한 경향과 일부 반대 성향의 사상 요소를 가진 두 부류의 극작들이 나오기도 하였다. 이른바 두 부류의 불량한 경향이 나타날 수 있었던 것은 주로 다음과 같은 원인에 기인한다. 즉, 태평양 전쟁이 발발하고 상해와 홍콩을 동시에 빼앗기게 되자 일부 극작가들이 점차적으로 계림과 중경으로 집중되었는데, 이 때는 세계적인 정세로 봐도 파쇼에 반대하는 전선이 형성되어 있었지만, 국통구에서는 국민당이 항전에는 소극적이고 공산당과 인민에 반하는 정책을 적극적으로 추진함에 따라 암울한 국면이 형성되었고, 또 국민당의 각종 압박은 갈수록 심해져 극본을 공연하려면 두 차례의 심사를 받아야 했으며, 또 여러 종류의 부당한 세금 징수로 희곡 운동과 극작은 모두 부득이하게 후방의 몇 몇 도시로 국한될 수밖에 없었기 때문이었다. 이러한 상황하에서 어떤 작가들은 흥행성적을 올리기 위해서, 관중들의 취향에 영합하기 위해서, 또 자기의 작품이 공연될 수 있도록 하기 위하여, 극작 중에 다음과 같은 두 부류의 불량한 경향을 보여주었다. 그 하나는 불필요한 우스개를 많이 넣어서 관중들의 웃음을 이끌어내려고 한 점이고, 또 하나는 애정 장면을 일부러 많이 넣거나 혹은 역사적으로 아름다웠던 여성들을 주인공으로 하여 수준 미달인 일부 관중들의 취향에 영합하려고 하였다는 점이다. 洪深은 <抗戰戲劇的自我批判>이란 글에서 다음과 같이 지적한 바 있다.

> 교육의 목적을 일단 방치하게 되면 희곡 종사자들은 필연적으로 상반된 길을 걷게 될 것이다. 뿐만 아니라 걸어도 아주 관계가 없는 방향으로 멀리 가버리게 될 것이다. 즉, 말은 경영을 한다고 하지만 "게릴라적인 방법"이거나 "전혀 무관심한" 모습일 것이고, 염가로 저급한 작품을 "계약"하여 반질거리는 고액 지폐로 "바꿀 것"이며, 신용과 명예는 아랑곳하지 않고 수단과 방법을 가리지 않을 것이며, 가장 악성의 "시정 모리배 사상"이 일시 횡행할 것이다. 또 말은 극작이라 하지만 역시 "투기"용이요 "아부"용임을 면치 못할 것이요, 그저 관중들을 유혹하고자 애를 쓸 것이고 그들로부터 많은 갈채를 받기 위해 노력할 것이며, 모두가 입장권을 팔기 위해서 장사를 위해 착안할 것이며, 痲醉나 毒害 그 어느 것도 상관하지 않게 될 것이다.8)

국민당 통치의 압박으로 인하여 항전희곡 창작에 불량한 "市儈主義" 경향이 나타나게 되어 극작의 사상 수준에 부정적 영향을

---

8) 洪深: <抗戰戲劇的自我批判>. 敎育目的一經放棄, 戲劇工作者必然會向着相反的道路走; ― 而且會走得不知道有多麼遠! 言經營, 便是 "游擊"、"秋風"; 以廉價"包"勢戲, 以高價"換"榮券; 不顧信譽, 不擇手段; 最惡性的"市儈主義", 橫行一時. 言劇作, 便也不免"投機""討好"; 只求誘致觀衆, 博得他們喝采; 一切爲賣座, 爲生意着眼, 痲醉毒害, 均所不計.

많이 주었다. 田進이 <抗戰八年來的戱劇創作>이란 글에서 통계를 내 놓은 것을 보면 皖南事變이 발생하고 국민당이 반공에 대한 공세를 강하게 밀고 나갈 때를 분수령으로 하여 극작의 사상 내용에 커다란 변화가 있었음을 알 수 있다.

(1) 전기에는 항전을 직접 묘사한 것이 40%를 차지하였으나, 후기에는 항전을 직접·간접적으로 묘사한 것이 8%를 차지하였고, (2) 전기에는 후방을 묘사하면서 적극성을 가졌던 것이 24% 정도를 차지하였으나, 후기에는 후방을 묘사하더라도 반드시 적극성을 가졌던 것이 아닌 것이 27.5%를 차지하였고, (3) 전기에는 역사를 묘사한 것이 14%를 차지하였으나, 후기에는 역사와 半 정도의 역사를 묘사한 것이 20%를 차지하였고, (4) 전기에는 항전과 무관한 것이 7%를 차지하였으나, 후기에는 항전과 무관한 것이 20%를 차지하였다. 이것은 바로 항전을 직접 묘사한 작품이 아주 많이 감소한 반면, 후방을 묘사하거나 특히 역사를 묘사하거나 항전과 무관한 작품이 많이 증가하였음을 말해준다.[9]

이 통계가 반드시 정확한 것이라고는 말할 수 없겠지만, 어느 면에서 볼 때, 항전 시기에 나온 진보적 성향의 희곡 창작에는 시대에 부끄러움이 없는 훌륭한 작품이거나 비교적 우수한 작품도 있었지만, 상당수의 극작이 내용 수준 면에서 어느 정도 소극적인 요소를 가졌던 작품도 있었다는 것을 말해준다.

---

9) 田進: <抗戰八年來的戱劇創作>. (一) 前期直接描寫抗戰者占百分四十二, 後期直接乃間接描寫抗戰者占百分之八; (二) 前期描寫後方而有積極性者占百分之二十四弱, 後期描寫後方而不一定有積極性者占百分之二十七點五; (三) 前期寫歷史者占百分之十四, 後期寫歷史及半歷史性占百分之三十三; (四) 前期與抗戰無關者占百分之七, 後期與抗戰無關者占百分之二十. 這就是說, 直接描寫抗戰的作品銳減, 描寫後方尤其是描寫歷史和與抗戰無關之作品驟增.

특별히 주목할만한 점은 장개석 정부가 통치를 할 때, 국통구에서 나온 희곡들을 보면 국민당 특수 공작원 정치를 송양하고, 그들의 사상을 선전하는 작품들이 상당하였다. 陳銓이 1942년을 전후하여 쓴 <野玫瑰>·<金指環>·<藍蝴蝶> 등의 극본이 이런 경향의 작품들이었다. 茅盾은 <八年來文藝工作的成果及傾向>에서 다음과 같이 말하였다.

반드시 지적해야할 것은, 표면적으로는 항전과 "관계가 있는 것 같았지만" 실제로는 有害한 작품도 있었다는 점이다. 이런 작품들은 곧 "비밀 정보 기관원"의 역할을 과장하고 또 남녀간의 색정에 얽힌 갈등 등을 중간에 삽입시킨 것들로, 이론적으로 볼 때, 淪陷區에서 "비밀 정보 기관원" 노릇을 하는 것이 안 될 것도 없지만, 당연히 민중들의 엄호와 조직을 배경으로 한 "비밀 정보 기관원"이 묘사되어야만 했었다. 이런 "비밀 정보 기관원"이 있어야 두 얼굴의 雜輩가 아닌 사람이 되어 깊은 의미를 가지게 된다. 하지만 우리가 접할 수 있었던 이런 작품들은 결코 그렇지가 못했다. 그것들은 "비밀 정보 기관원"들을 黃天覇·白玉堂과 같이 묘사하고, 또 이른바 "배반자"의 역할을 과장하였으며, 淪陷區의 민중들이 항적 활동을 펼치는 것에 대해서는 오히려 피해가거나 거론을 하지 않았으니, 이는 현실을 왜곡한 것일 뿐만 아니라, 저항은 그저 "비밀 정보 기관원"들만 있으면 되는 것이고 민중을 조직하거나 민중을 동원시킬 필요가 없다는 것을 독자들에게 암시하는 것이 되었다.10)

---

10) 茅盾: <八年來文藝工作的成果及傾向>. 必須指出的, 也還有一種表面上與抗戰"有關", 而實際則是有害的作品; 這就是誇張"特工"的作用而又穿插了桃色糾紛的東西, 理論上, 在淪陷區作"特工" …… 亦未始不可描寫; 但應當從有民衆掩護, 民衆組織的背景上去寫"特工", 也只有這樣的"特工"才不是牛鬼蛇神的兩面人, 才有意義. 可是我們所見的這一類作品却并不如此. 它們把"特工"人員寫成黃天覇, 白玉堂一類, 而又誇張其所謂"鋤奸"的作用, 對于淪陷區民衆抗敵活動却

<野玫瑰>가 창작되어 나왔을 때는 바로 국민당 정부가 "항전에는 소극적이고, 반공에는 적극적이던" 방침을 더욱 확실히 하고, 敵僞와 더욱 긴밀한 관계를 유지하고 있을 때다. 극본에는 국민당이 파견한 여자 특수 공작원 夏艶化를 "감동적인 사업"에 종사하는 영웅으로 美化시키고, 그녀가 육체를 한간에게 바치는 추악한 행동 역시 신성한 짓이라고 칭송하고 있다. 특히 일본이 중국을 침략하는데 도움이 될 수 있도록 충성을 다하는 거물급 漢奸 王立民은 "평범하게 초목처럼 그렇게 썩어 갈 것이 아니라" "영웅호걸"이 한 번 되어봤으면 하고 늘 생각하고 있다. 그리고 그의 입을 통해 파쇼주의 성격을 가진 "힘에는 전쟁으로"란 학설을 적극 선양하였다. 이렇게 有害한 "特務文學"은 항전 희곡이 창작되어 나오던 중에 출현한 逆流로, 이는 "문예의 타락"이라 하겠다. 이런 "特務文學"을 창작하였던 작가의 예술관은 아주 명확하였다. 곧, "추악한 내용을 묘사해도 관계가 없고, 현실을 왜곡하고 독자를 기만하는 내용도 아무런 문제가 되지 않았다. 그저 특무와 상전을 위해 봉사할 수만 있다면 그만이었다. 지식분자도 마찬가지였고, 문예 역시 이런 지경에까지 타락할 수 있었던 것이다."11)

避而不談, 這就不但歪曲了現實, 而且暗示給讀者, 抵抗只要有"特工"就成了, 不需要組織民衆, 發動民衆.
11) 何其芳: <關于現實主義>.

3

解放區의 새로운 현대희곡

3. 解放區의 새로운 현대희곡

항일전쟁 시기에 항일 민주 근거지 혹은 해방구에서 창작된 현대희곡을 보면, 규모 면이나 혹은 수량 면에서 국통구에서 현대희곡이 창작되어 나온 만큼의 많은 양이 나오지는 못했지만, 이들 작품은 또 나름대로 새로운 현대희곡의 어떤 특징을 가지고 있었다. 현대희곡은 五四 문학혁명 이후에 나오게 된 희곡 형식으로, 이는 줄곧 도시를 중심으로 발전해 왔고, 또 외국에서 들어온 희곡 형식이었던 관계로 내용적으로 시민생활과 밀접한 관계를 유지하기가 힘들었다. 또한 형식과 언어 방면에 있어서도 서구화의 경향을 완전히 탈피할 수가 없었으며, 표현수법 면에 있어서도 중국의 전통희곡과 비교적 큰 차이를 보여주었다. 이런 원인으로 인하여 현대희곡은 民族化 群衆化를 위한 노력에 부정적 영향을 주었고, 또 解放區에 있던 工農兵 군중은 주로 농민이었는데 이들 심미 요구와 예술 취미에 적응할 수가 없었을 뿐만 아니라 工農兵을 위한 봉사가 훌륭하게 이루어질 수가 없었다. 혁명의 聖地였던 延安 등의 解放區에서는 1941년을 전후하여 대형 현대희곡을 공연하는 분위기가 형성되었는데, 文藝整風運動 때에는 工農兵 군중과 관계가 없거나 폐쇄적 경향을 가졌던 불량한 작품들은 비평을 받았다. 이는 곧 희곡 종사자들에게 하나의 엄숙한 과제, 즉 '어떻게 신형의 현대희곡을 창조하여 工農兵의 정신적 요구를 만족시킬 수 있을 것이며, 또 어떻게 해야 그들이 이 현대희곡이란 형식을 좋아하고 또 이것에 흥미를 가질 수 있을까' 하는 과제를 안겨 주었던 것이다. 연안 문예 좌담회 이후, 아주 많은 극작가들은 새로운 현대희곡 창작에 대하여 각고한 탐색을 진행, 새로운 생활·새로운 주제·새로운 인물을 표현해 내고자 하였고, 형식과 언어 방면에 있어서는 民族化와 大衆化에 역점을 둔 극본을 창작해 내고자 노력함으로써, 현대희곡 예술이 工農兵 중심의 군중들을 위한 방향으로 나아가는데 아주 유리한 여건을 만들 수 있었다.

胡丹沸가 쓴 단막 희곡 <把眼光放遠點>은 연안 문예 좌담회 이후 비교적 일찍 나온 이름난 현대희곡이다. 이 작품은 1942년 冀中 지역에서 "五一大掃蕩"이 있고 난 후, 일본군들이 猖獗함을 보고 백성들이 분기하여 투쟁하던 모습을 배경으로 하여, 어떤 농민 가정에 사는 두 동서가 항일 투쟁에 서로 다른 태도를 가지고 있음을 통하여 해방구 인민들의 새로운 정신 면모를 표현해 내었다. 큰아들 부부는 원대한 정치적 안목을 가지고 있었기에 일본을 대파시켜야 장래가 보장된다는 인식을 하였고, 이에 따라 자신의 아들이 끝까지 항일을 하도록 지지해 주었다. 그러나 둘째 아들 부부는 안목이 짧아 항일 정세가 역전되자 마음이 흔들렸다. 그래서 아들에게 이르기를 군대가 이동할 때 빠져 나와 "良民"이 되라고 하였다. 작자는 이 가정에서 벌어지는 강한 극적 갈등을 통해 선명한 인물 성격을 묘사해 내었다. 작품의 언어는 통속적인 언어로 精練되어 있고, 형식이 활기차고 생동적으로 되어 있어서 工農

兵 군중들이 좋아했던 현대희곡이었다. 周揚은 <序言>에서 다음과 같이 지적하였다.

> 이 극본은 현실주의 특색을 아주 충분하게 표현해 내고 있다. 작품은 가뿐한 喜劇 형식으로 엄숙한 투쟁 이야기를 전달하고 있는데, 농민 형제가 사는 가정을 통하여 敵後 인민들의 정신세계와 그들이 반드시 걸어야할 투쟁의 길을 반영하고 있다. 여러 가지 갈등이 집중되어 있지만 이 모든 갈등은 투쟁으로 해결이 된다. 작품에서의 행동은 모든 것을 압도하였다. 장황하게 논리를 주장하는 것이 없는데도 세련된 언어를 통해서 인물들의 성격이 행동 중에서 자연스럽게 드러나고 있다.[12]

洛丁 등이 창작한 단막 현대희곡 <糧食>은 항일 유격지구에서의 두 政權을 묘사하고 있는데, 작품은 항일 군민들이 敵僞 간의 미묘한 갈등을 교묘하게 잘 이용하여 30여만 근의 식량을 보존하게 되는 내용을 표현, 八路軍과 인민간의 혈육관계 및 중국 인민의 용감한 지혜를 반영하였다. 成蔭이 쓴 단막극 <打得好>는 敵의 거점 부근에 사는 인민 군중들이 적의 特務를 지혜롭게 打擊하는 바를 묘사하고 있다. 이렇게 喜劇 색채를 가진 단막극들이 延安에서 공연이 되었을 때 연안의 관중들은 호평하여 말하기를, "소재가 아주 신선하고, 공연도 아주 생동적이며, 표현된 생활 장면이나 인물들이 모두 河北 일대 백성들의 생활과 꼭 닮았다."고 하였다. 賈霽 등이 쓴 <過關>은 스토리가 복잡하고 首尾가 일관된 작품으로

---

12) 周揚: <序言>. 這個劇本充分地表現了它的現實主義特色. 它用輕松的喜劇形式傳達了嚴肅的鬪爭的故事, 通過一個農民兄弟的家庭反映出了敵後人民的精神的世界, 他們必然要走的鬪爭的道路. 各種矛盾集中着, 而一切矛盾都用鬪爭來解決. 這里行動盖過了一切: 沒有長篇大論, 語言是精煉的, 性格從行動中顯示出來.

중국 항전 희곡사

많은 관중들에게 사랑을 받았던 다막극이다. 이 작품은 주로 아들이 參軍하는 문제를 중심으로 하여 어느 가정 안에서 일어나는 조그마한 갈등 묘사로 시작을 하고 있는데, 이 微小한 갈등이 "參軍"이란 문제로 격화되기 시작한다. 뒤에 와서는 마을 간부의 지도와 권유에 따라 가족들이 모두 생각이 정리되어 기쁜 마음으로 아들을 전선으로 보내게 된다. 극작에서 參軍은 곧 "功名"을 위한 것이란 그런 인식에 대하여 비평을 가하지는 않았지만, 근거지 인민들이 앞을 다투어 參軍하는 감동적인 모습이 잘 부각되었다.

1943년 吳雪 등이 改作한 <抓壯丁> 역시 농민들의 입대 문제를 다루었는데, 이는 四川 국통구의 사회현실에서 그 소재를 취했기 때문에 <過關>과는 완전히 다른 모습으로 그려지고 있다. <抓壯丁>은 지주와 保長이 서로 결탁하여 장정 징발을 빌미로 농민들을 협박, 재물을 강탈하는 비겁한 모습을 심도있게 폭로하고, 마지막 부분에 가서 장정들의 폭동을 그려내었다. 이는 신랄한 의미를 지닌 풍자극으로 완전히 四川 방언을 쓰고 있다.

杜烽의 <李國瑞>는 군대에서의 전투 생활을 반영한 대표적인 현대희곡 작품이다. 극본은 실제 인물과 사건을 기본으로 하여 李國瑞란 이 인물이 부대에서 낙후된 모습을 탈피하고 변화되어 가는 典型을 그리고 있다. 작자는 주인공의 사상이 변화되어 가는 모습을 부대 整風이란 배경 아래서 묘사하고, 또 그의 변화는 군벌의식을 극복하고 민주적 영도자의 모습을 유지하려는 中隊 간부와 연결을 시키고 있다. 그래서 작품은 李國瑞의 변화가 단지 개인의 내적 투쟁으로 인한 결과가 아니라, 黨이 부대에서 강력하게 정치 사상 교육을 시킨 것과 깊은 관계가 있다는 것을 보여주고, 整風 운동이 부대의 사상 건설에 커다란 변화를 가져다주었다는 것을 설명한다. 이 작품은 "공연 후 관중들의 반영을 볼 때, 아주 교육적 의미가 컸다. 반 달 동안의 교훈을 통해 간부들의 풍기가 바로 서게 되었고, 전사들의 풍기도 질서를 찾게 되었다."고 작자는 말한다.

周揚은 1944년 봄에 발표한 <表現新的群衆的時代>에서 秧歌劇이 민족화되고 대중화되어야 한다고 주장하는 한편, 현대희곡 창작도 민족화되고 대중화되어야 한다는 문제를 제기하였다. 그는 주장하기를 "방언으로 된 희곡을 제창할 가치가 있다. 靑年劇院이 공연한 현대희곡 <抓壯丁>은 아주 성공적으로 만들어진 풍자극으로서, 四川 방언으로 쓰여졌고 또 그렇게 공연이 되어 아주 좋은 효과를 거두었다."고 하면서 다른 희곡을 창작할 때도 "이와 같이 할 필요가 있다."고 하였는데, 이는 역시 희곡 창작에 대한 민족화·대중화 실현을 위한 일종의 시도였다 할 것이다.

1944년 姚仲明·陳波兒 등이 창작한 <同志, 你走錯了路!>는 사상 내용이 아주 엄숙하고 또 예술성이 비교적 높은 민족화·대중화된 극본이다. 여기서는 항전 초기 공산당 내에서 항일 통일전선 문제를 놓고 야기된 갈등과 투쟁, 八路軍의 어느 부서의 정치주임 潘輝善이 실제에서 출발하여 공산당의 통일 전선 정책을 관철시키는 내용, 국민당 군대 중의 애국 장교 王 여단장과 아주 경계심이 많은 완고파 趙司令을 단결시켜 아군을 소멸시키려는 적군의 음모를 분쇄하는 내용을 그리고 있다. 그리고 상급 기관에서 파견된 연락부장 吳志克은 통일 전선 문제에 있어서는 오히려 右傾 기회주의 정책을 펼치고, 국민당 완고파에게 타협적인 태도로 양보를 하며, "통일전선을 앞세운" 잘못된 구호를 제기함으로 인해, 부대가 큰 손실을 입었을 뿐만 아니라 자기 자신도 목숨이 위험한 지경에까지 이르렀다가 마침내는 비통한 교훈 중에 각성을 하게 된다. 潘과 吳를 중심으로 두 종류의 정책이 격렬하게 충돌하는 과정을 통해 작자는 胡 중대장이란 이 감동적인 영웅인물을 그려내었는데, 胡는 좀 덜렁대고 지저분한 면이 있기도 하였지만 지혜롭고 용감하고, 또 혁명 사업에 대하여 한없는 충성심을 가지고 있었다. 그는 특히 吳志克이 주장하는 "말도 안 되는 통일전선"에 대하여 강하게 반발하였다. 그러나 생사의 기로에서 적에게 吳志克이 살해 당하게 되었을 때 그는 또 자신의 생명을 아끼지 않고 그를 보호하려고 하였지 동지를 결코 원망하지 않았고, 또 吳가 원망의 화살을 적에게 돌리게 되었을 때는 그를 격려해주었다. 여기서 胡 중대장의 선명한 계급 입장과 한없이 넓은 무산계급의 가슴이 표현되어 나왔다. 이 극본은 예술 면에서 정교하고 완벽한 수준까지 올려놓진 못했지만 첨예하고 중요한 주제를 표현해 내었고, 여러 성격과 복잡한 인물을 아주 잘 묘사해 내었으며, 생활 중의 활발한 언어를 비교적 훌륭하게 운용하였고, 강렬한 전투 氣息이 풍부하게 하였다. 周揚은 작품을 평함에 있어, 사람들의 "마음을 움직이게 하는" 훌륭한 작품으로, 민족화·대중화의 특징을 갖추고 있는데, 이는 "예술 종사자가 실무진들 및 工農 간부들과 함께 예술을 잘 협조한 결과이며, 예술이 정치 사상 및 정책 사상과 잘 결합된 결과"라고 하였다.

이렇게 새로운 색채를 가진 현대희곡 작품들은 해방구에서 희곡을 창작하던 초기 단계의 성적이었음을 말해주며, 이들은 중국에서 새로운 현대희곡이 발전해 가는데 유익한 경험이 되었다.

4

역사극의 번영

4. 역사극의 번영

(1) 郭沫若과 그의 역사극

郭沫若은 20년대에 <卓文君>·<王昭君>·<聶嫈> 세 역사극을 쓴 바 있고, 夏衍은 30년대에 역사극 <賽金花>와 <秋瑾傳>을 창작하였다. 항일 전쟁 시기, 특히 "皖南事變" 후 국통구에서 문서 검열이 심하던 상황에서, 더욱이 물자가 부족하고 교통 수송이 어려웠으며 또 출판이 여의치 못했을 때 역사극은 현대희곡 운명의 유일한 희망이었다. 이런 역사극은 그 소재를 역사적으로 실재했던 사실에서 취한 것이기는 하였지만 그 목적은 옛날의 이야기를 통해 현실을 비유하거나 忠烈을 널리 기리거나 혹은 간사함을 질책하기 위한 것으로써 모두가 당시 현실과 깊게 연관되어 있었다. 당시 郭沫若·歐陽予倩·陽翰笙·于伶 등이 비교적 우수한 역사극본을 창작하였다.

郭沫若이 창작한 역사극이 항전 시기에 비교적 큰 영향을 주었다. 1941년 12월부터 1943년 4월 이전까지 그는 계속해서 <棠棣之花>·<屈原>·<虎符>·<高漸離>·<孔雀膽>, 그리고 <南冠草>

여섯 편의 역사극을 창작하여 역사극 창작의 풍성한 수확을 거두었다. 그가 이런 역사극을 창작했던 목적은 아주 명확하였다. 즉 "과거 史料 중에서 귀하다 싶은 경험을 찾아내어 작금의 현실 생활에 귀감을 삼기 위함이었다." 그는 말하기를

> 항전 기간 중, 특히 重慶에 있는 몇 년 동안은 완전히 수많은 군대가 임시로 주둔하던 곳에서 생활 하였으며, 7, 8년 동안은 꼼짝도 할 수가 없었다. 그래서 어쩔 수 없이 역사를 다루게 되었고 사극과 같은 작품을 쓰게 되었다.13)

라고 하였다. 郭沫若이 쓴 역사극은 강렬한 전투성과 선명한 정치 경향성으로 관중들의 마음을 감동시켰고, 국민당이 끊임없이 反共에 대한 열을 올리던 환경이었으나 희곡 무대에서 하나의 돌파구를 찾아서, 사극예술로 인민들을 단결·교육시키고 적을 打擊하는 전투 작용이 충분히 발휘될 수 있도록 하였다. 침략 반대, 賣國 반대, 專制 반대, 변절 반대, 항전 견지, 조국 방위, 민주 發揚, 절조 견지, 민족 영웅주의 및 애국주의 그리고 불굴의 희생정신 찬양 등은 그의 사극들이 서로 다른 각도에서 표현해 낸 기본적인 주제였다. 1941년 말에 쓴 <棠棣之花>는 전국 시대 齊나라 협객 聶政이 韓國의 승상 俠累를 찔러 죽이는 悲壯한 이야기를 통해 당시 抗秦派와 親秦派 간의 투쟁을 반영한 것으로, 여기서 작자는 연합을 주장하고 분열을 반대하는 아주 중요한 현실적 의의를 가진 주제를 표현해 내었다. 郭沫若은 일찍이 이런 말을 하였다.

---

13) 抗戰期間, 特別是在重慶的幾年, 完全是生活在龐大的集中營裏, 七八年間, 是不能出靑木關一步. 因而也還是只好搞搞歷史, 寫寫史劇之類的東西了.

<棠棣之花>에 나타난 정치적 분위기는 단합을 주장하고 분열을 반대하는 주제다. 여기에는 두 말할 것도 없이 주관적인 견해가 들어있다. 단결을 바라고 분열을 걱정하던 것은 民國 이래 모든 사람의 공통된 희망이었고, 또 중국의 有史 이래 모든 역대 인물들이 다 소망하던 바였다. 이런 희망은 옛날이나 지금이나 공통된 것이었기에 우리는 지금 현실에 근거하여 옛 것을 살펴볼 수도 있는 것이고, 또 옛날 것을 들추어 지금의 거울로 삼을 수도 있는 것이었다.[14]

1942년 초에 쓴 <虎符>는 "竊符救趙"의 역사적 고사를 중심으로 하여 信陵君과 魏나라의 安厘王 사이에 벌어진 복잡한 투쟁을 묘사, 분명한 大義와 秦나라에 항거하여 趙나라를 구하고자 하는 義勇의 信陵君 형상을 아주 잘 소조해 내었으며, 침략을 반대하고 투항을 반대하며 조국의 존엄과 백성들의 자유를 위해 용감하게 헌신했던 숭고한 인격을 노래하였으며, 또 安厘王의 전횡과 포악함을 규탄하고, 秦나라는 호랑이처럼 무서워하는 우둔하고 잔인하고 천한 몰골을 유감없이 비난하였다. 작자가 이 "작품을 썼던 것은 넌지시 비평을 하기 위한 의도가 있었기 때문이다. 왜냐하면 魏나라의 安厘王이 '秦나라에 대항하는 것은 소극적이었으나 信陵君을 반대하는 것에는 아주 적극적인 모습을 보였는데, 이는 당시의 현실과 상당히 비슷했기 때문이었다." 이는 분명히 국민당 장개석이 항전에는 소극적이고 反共에는 적극적이던 정책에 공격의 화살을 겨눈 것이었다.

1942년 6월에 쓴 <高漸離>는 高漸離가 진시황에 항거한 역사

---

14) <棠棣之花>的政治氣氛是以主張集合反對分裂爲主題, 這不用說是參合了一些主觀的見解進去的. 望合厭分是民國以來的共同的希望, 也是中國自有歷史以來的歷代人的希望. 因爲這種希望是古今共通的東西, 我們可以据今推古, 亦正可以借古鑒今.

적 故事를 그리고 있는데, 작품에서는 高漸離·懷貞夫人 등의 정면인물을 그려, 독단적이고 포악한 폭군 진시황에게 분노하여 반항하고 복수하려는 백성들의 정서를 표현해 내었다. 작자는 작품에서 "진시황으로 장개석을 암시하고자 하였던 것이다."

1942년 9월에 쓴 <孔雀膽>은 元末, 梁나라 내부에서 일어난 민족 갈등을 소재로 한 작품인데, 민족이 분열되게 한 세력의 죄악을 폭로하고 민족이 투쟁하고 있는 중에 타협을 하려고 하던 타협주의를 비판하였다. 작자가 이 작품을 쓰게 된 것은 阿蓋에 대한 동정 때문이었는데, "주제는 '善과 惡', '公과 私', '分과 合'의 투쟁이다." 뒤에 곧 알게 된 것이지만, "이런 역사적 비극은 역시 타협주의가 異族 통치의 압박을 당해내지 못하고, 타협 투항주의의 선량한 소망이 異族 통치자의 殘暴한 수단과 猜忌的 심리를 고칠 수가 없었던 것으로 인한 것이었다." 이는 마치 畵龍點睛하는 것과 같았다. 즉 역사에 불을 붙여 현실의 정곡을 찌르고 현실을 풍자함으로써 사극의 역량을 增强시켰던 것이다.

1943년 4월에 쓴 <南冠草>는 明末의 어느 한 젊은 시인이 애국지사인 夏完淳과 군사를 일으켰다가 한간에게 밀고를 당해 장렬하게 순국하는 영웅적인 事迹을 그려, "당당하게 정의를 지킴으로써 만고에 길이 빛날 완벽한 인물 夏完淳"의 높은 절개를 가송하고, 異族 침략자와 한간 매국노의 추태와 악행을 폭로하였다. 이는 항전 시기 국통구 인민들이 애국주의 정신을 發揚하고자 하였던 점을 고무하는데 큰 역할을 하였고, 또 침략을 반대하고 투항을 반대하며 절조를 견지하고 정의를 지키고자 한 것을 고무하는데 아주 큰 힘이 되었다. 옛날 사건을 빌어 현실을 풍자하고, 옛날 것을 통해 오늘의 거울로 삼고, 옛날 역사를 통해 오늘을 점검해 보는 史劇의 정치적 功能, 이것이 바로 郭沫若 史劇이 가지고 있는 전투적 의의다.

1942년 1월에 쓴 <屈原>은 郭沫若이 쓴 항전 역사극의 대표작이다. 작자는 이렇게 말한다.

> 내가 이 극본을 쓴 것은 1942년 1월이었는데, 이 때는 국민당 통치가 가장 암울했던 시기였다. 특히 그들의 통치 중심지였고 가장 부패해 있던 重慶에서 더욱 그러하였다. 중국은 또 다른 차원에서 변화 중에 있었는데, 나의 눈에는 크고 작은 수많은 시대의 비극이 보였다. 무수한 애국 청년들과 혁명 동지들이 실종 되고 수용소에 감금이 되었다. 백성들의 역량을 대표하는 중국 공산당은 陝北에서 봉쇄를 당하였고, 또 강남에서는 일본 제국주의의 침략에 저항하여 가장 큰 공로를 세웠던 중공 영도의 八路軍과, 또 이 외의 新四軍이 국민당의 포위를 받아 아주 큰 손실을 당했다. 전국적으로 진보적 성향을 가졌던 사람들은 모두 분노를 느꼈고, 이로 인해 나는 이 시대의 분노를 屈原 시대 속에서 부활시키고자 하였다. 다시 말해 나는 屈原의 시대를 빌어 우리 눈앞의 시대를 상징하고자 하였던 것이다.[15]

바로 이런 창작 사상에 따라 항전 시기의 역사 현실을 아주 잘 포착, 채 열흘도 안 되는 시간 안에 5막의 역사 悲劇 <屈原>을

---

15) 我寫這個劇本是在一九四二年一月, 國民黨反動派的統治最黑暗的時候, 而且是在反動統治的中心 ― 最黑暗的重慶. 不儘中國社會又臨到階段不同的蛻變時期, 而且在我的眼前看見了不少的大大小小的時代悲劇. 無數的愛國青年、革命同志失踪了, 關進了集中營. 代表人民力量的中國共產黨在陝北遭受着封鎖, 而在江南抵抗日本帝國主義的侵略最有功勞的中共領導的八路軍之外的另一支兄弟部隊 ― 新四軍, 遭了反動派的圍剿而受到很大的損失. 全中國進步的人們都感着憤怒, 因而我便把這時代的憤怒復活在屈原時代里去了. 換句話說, 我是借了屈原的時代來象徵我們當前的時代.

창작해 내었다. 극작에서 작자는 뛰어난 예술적 재능으로 屈原이 살아온 30 평생의 事迹과 비참한 遭遇를 하루라는 시간 안에 집중시켜, 屈原을 중심으로 한 楚나라의 애국적 역량과 上官 大夫와 南後 鄭袖를 중심으로 한 매국 投降派가 서로 격렬하게 투쟁하는 바를 중점적으로 묘사하였으며, 또 屈原이 뜻을 이루지는 못했지만 용기를 가지고 나라와 백성을 사랑하는 그의 굳은 의지와 불굴의 투쟁정신을 노래하고, 南後 등과 같은 그런 사람들이 매국적인 음모를 꾸미고 애국지사들을 박해하는 죄악을 신랄하게 비판하면서 국론 분열과 투항, 그리고 단결이 와해되는 것을 반대한다는 중요한 문제를 표현해 내었다. 이렇게 극작이 의미 깊은 주제와 선명한 정치적 경향을 가지고 있었고, 국민들 전체가 단결을 견지하고 분열을 반대하며 항전과 투항에 반대한다는 강한 희망을 표현하였으며, 또 국민당이 공산당에 반기를 들고 인민들의 바람을 저버리며 분열을 조장하여 일본에게 투항하려는 음모를 강하게 폭로하였기 때문에 이 작품을 重慶에서 공연했을 때 아주 대단한 사회적 효과를 거둘 수 있었다. 董必武는 <屈原>의 初演을 보고는 당시 공연의 성황을 다음과 같이 시 한 편으로 찬송을 표현한 바 있다.

시인은 홀로 천추 만대를 살며,
평생토록 惡을 원수처럼 미워했네.
사악함과 바름을 분명하게 형상화시켜,

곱디고운 자태에 마음 알아주는 이,
못 가에서 노래하는 선생 저버리지 않았네.
필경 이런 인물은 묘사해 내기 힘든데,
연극과 책을 통해 사람들이 모두 관심을 보이네.16)

<屈原>의 공연으로 당시 온 국민들은 합심하여 항전에 동참하였고, 또 공연은 일본군과 타협하거나 투항하는 것에 반대하는 입장을 취하도록 하는데 대단한 전투적 역할을 하였기 때문에 국민당 특무의 책임자였던 潘公展은 "폭동 고취" "단결 저해"라는 죄명을 씌워 곧바로 <屈原>의 공연을 금지하도록 하였다.

<屈原>이 이렇게 대단한 사회적 효과를 거둘 수 있었고, 또 심오한 주제 사상이 표현될 수 있었던 중요한 원인은 바로 작가가 다양한 예술적 수법을 통해 주인공인 屈原의 훌륭한 형상을 성공적으로 묘사해낼 수 있었기 때문이었다. 작품에서 굴원은 나라와 백성을 사랑하는 인물이요, 强暴에 겁내지 않고 정직한 마음으로 아부함이 없는 깨끗한 마음의 소유자로, 그는 진리를 견지하기 위해 용감하게 투쟁하였던 아름다운 예술 형상이다. 그는 또 국통구의 수많은 애국자들의 모습을 대신한 인물로, 작자가 "생명과 혈육으로 응축시켜 만들어낸" 감동적 형상이다. 작자는 강렬한 극적 갈등 속에서 굴원의 사상 성격을 소조해 내었다. 막이 열리면 楚나라 懷王은 讒言을 듣고 국책을 바꿈으로써, 굴원을 애국과 매국이 첨예하게 충돌하는 그 사이에 서게 한다. 뿐만 아니라 주인공 주위에 간첩인 張儀, 內奸인 鄭袖, 판단이 흐린 懷王, 늙다리 子椒 등과 같은 각종 적대 인물들을 안배하고, 험악한 정치 형국과 인물관계를 얽어서, 격한 충돌 속에서 굴원의 사상 성격이 서서히 빛을 발하게 하고 점차적으로 성격이 발전될 수 있도록 하고 있다. 처음에 굴원은 초 懷王에게 어떤 환상을 가지고 있었다. 그래서 懷王이 齊나라와 손을 잡고 秦나라에 대항할 정치 주장을 펼 것으로 보았

---

16) 詩人獨自有千秋, 嫉惡平生恍如仇. 邪正分明具形象, 如山觀者判薰獲. 嬋娟窈窕一知音, 不負先生澤畔吟. 畢竟斯人難創造, 臺前筆下共關心.

다. 그랬기 때문에 南後에게 誣陷을 당하고도 격노하는 초 懷王에게 여전히 "깍듯하게 예의를 갖추며", "상고"할 기회를 달라고 하였던 것이다. 작품에서는 바로 이어 굴원이 誣陷을 당하는 이 대목을 중심으로 하되, 그가 관직을 박탈당하고, 치욕을 당하고, 囚禁을 당하고, 심하게 고통을 받는 등의 일련의 박해 내용을 연결시켜 놓고 있다. 이로써 충돌은 점차적으로 격화되어가고, 주인공은 단계적으로 더욱 강하고 잔혹한 시련을 당하게 된다. 그러다가 마침내는 <雷電頌>을 통해 굴원은 사상에 커다란 변화를 보여주게 되며, 초 회왕에 대한 환상을 깨끗하게 버리게 되었음을 보여준다. 뿐만 아니라 이 <雷電頌>을 통하여 그가 조국과 백성을 위하여 "죽어도 물러섬이 없고 추호도 허점을 보이지 않는" 堅强한 투쟁 성격과 어두운 세상이 사라지고 광명이 도래하기를 염원하는 사상 境界를 아주 잘 보여준다. 굴원의 형상을 두드러지게 하기 위해서 작자는 또 대비 수법을 운용하였다. 南後와 靳尙 등과 같은 反面人物들을 대비시키는 것으로 그치지 않고, 嬋娟의 그 순진하고 귀엽고 아름다운 성격을 묘사하여 굴원의 성격이 더욱 부각될 수 있게 하였다. 이는 작자 자신이 한 말과 같다. 그는 말하기를 "嬋娟은 아마도 굴원 辭賦를 상징한 것이라고 보아도 좋을 것이다. 그녀는 道義의 아름다움을 형상화시킨 것"이라고 하였다. 이는 무엇을 말하는가? 즉 嬋娟 형상을 소조한 것은 곧 굴원 정신을 보충하기 위한 것이요, 굴원 정신의 영향을 형상화했다는 설명인 것이다. 작자는 여러 예술 수단을 운용하여 굴원이라는 이 理想的인 예술 典型을 소조해 내었기 때문에 설령 그가 끝에 가서 漢北으로 잠입하였고 또 실패라는 비극적 운명을 떨쳐버리지는 못했지만, 중화민족이 독립의 자유를 쟁취하고 침략과 압박에 반항했던 역사적 전통 정신을 충분히 보여주었기 때문에 굴원은 역사와 현실 속에 존재했던 진보 역량의 화신이 되었고, 정의와 진리를 위해 용감하게 투쟁했던 상징이 되었으며, 조국의 존엄함과 백성들의 기본 이익을 지키기 위해 헌신했던 모범이 되었으니, 이것이 바로 굴원이란 이 형상이 가지고 있는 심오한 典型 意義인 것이다.

전체적으로 볼 때, 郭沫若이 항전시기에 쓴 여섯 작품의 역사극에는 혁명 낭만주의 정신이 充溢하고, 비장하고 강렬한 비극적 특징이 뚜렷하며, 더욱이 짙은 抒情的 詩意를 담고 있다. 이 여섯 작품의 비극은 독자들에게 비참한 느낌을 주기보다는 悲壯美를 주고 있다. 이는 작자의 말과 같다. 그는 말하기를 "悲劇의 劇的 가치는 단순히 사람을 슬프게 만드는데 있는 것이 아니라, 사람들에게 비분의 정서를 잘 자극시켜 하나의 역량이 될 수 있도록 하고, 갓 태어난 성분을 잘 보호 육성하여 곧 사라지게 될 성분과 투쟁할 수 있도록 하는데 있다."고 하였다. 그가 史劇에서 보여준 抒情的 詩意는 작자가 본래 서정 시인이었던 점과 불가분의 관계를 가진다. 그는 늘 서정시 스타일로 역사극을 썼는데, <屈原> 마지막에 나오는 <雷電頌>은 바로 화산이 폭발하는 것과 같은 격정을 담은 서정시로, 주인공 가슴 속에 쌓인 이글거리는 비분의 격정을 통쾌하게 토해놓고 있다. 여기서는 또 인물 마음속의 오묘함을 보여주었을 뿐만 아니라 모든 역사극에서 詩意가 더욱 증폭되도록 해 주었다.

곽말약의 이런 역사극들이 사상 예술 면에서 완전무결했던 것은 결코 아니다. 주제 사상을 開掘함에 있어서나 인물 형상을 소조하는데 있어서나 역사적 진실과 예술의 진실, "옛날"과 "지금"의 관계를 어떻게 잘 처리해야 할 것인가 하는 점 등등에 있어서 문제점을 가지고 있었다. 일부 인물들이 현대화된 것이라거나 혹은 주제 사상이 너무 높게 설정되고 편향되었던 점 등은 바로 이런 문제에서 나온 것이라 하겠다.

(2) 歐陽予倩과 그의 역사극

歐陽予倩은 항전이 폭발한 후 救亡 운동에 부응하기 위해 각종 예술 형식으로 극본을 창작하여 항전에 동참하였다. 그는 현실적 소재를 그린 현대희곡 <團長之死>·<靑紗帳裏> 등을 발표한 바 있었고, 또 京劇인 <梁紅玉> 등을 창작한 적이 있었지만, 영향이 가장 컸고 성과가 가장 높았던 것은 그가 1942년에 창작한 5막 역사극 <忠王李秀成>이었다. 극본은 태평천국의 혁명 투쟁사실을 기초로 하여 쓴 것인데, 그 목적은 "과거에 분투했던 사적을 현대의 투쟁에 참고로 삼기 위한 것이었다. 특히 옛날 사람이 투쟁했던 그 정서를 통해 현대인이 향상할 수 있도록 고무시키기 위한 것이었다." 따라서 작자는 태평천국의 특정 환경 속에서 曾國藩이 天京을 포위하고 있는데도 천왕과 皇戚들은 오히려 이수성을 시기하며 비겁한 수단을 쓰는 내용을 통해 이수성이라는 이 노동자 출신의 영웅 형상을 아주 성공적으로 소조해 내었다. 작자는 또 이수성이 봉건 통치자에게 본능적으로 증오심을 가지고 있었고, 태평천국의 혁명에 대하여 강력한 의지를 가지고 있었으며, 조국을 열애하고 인민들을 사랑한 용감한 혁명의 영도자로 묘사를 하였다. 그는 누차 기적적인 공적을 세웠고 수많은 군중들에게 보호와 사랑을 받았다. 이것 때문에 그는 간신들에게 시기와 질투를 받아야 했고, 이로 인해 그의 영웅적 재능은 제대로 발휘될 수가 없었다. 이런 환경과 처지에 있었지만 이수성의 충정에는 변함이 없었고, 혁명을 위한 노력에도 조금의 동요가 없었다. 작자는 인물의 계급 특징을 아주 잘 포착하여 복잡하면서도 강렬한 갈등 속에서 개인의 사활이나 영욕에 대해서는 조금도 아랑곳하지 않고 전심전력하여 나라와 백성을 위해 충성을 다 하는 이수성의 인간 됨됨이를 다각도로 보여주었다.

극작에서는 大義를 가지고 나라를 위해 몸을 기꺼이 바친 李母와 宋妃에 대하여, 정직하고 아부하지 않으며 자기 직분에 충실했던 譚紹洸과 程檢點 등 몇 몇 次要 인물에 대하여 양적으로 상세하게 묘사하지는 않았지만 모두 개성과 특색을 가진 생동적 인물로 묘사하였다. 극작은 아주 강한 현실적 의의를 가지고 있었던 바, 작자는 국민당이 매국적 행각을 일삼고 영달을 구하며 나라와 국민들을 궁지로 몰아넣었던 추악한 작태를 날카롭게 투사해 내고, 백성들이 단결과 항전을 견지하고 분열과 투항을 반대하는 투쟁적 믿음을 고무하였다. 극본에서 약간의 결점이 있다고 한다면 이는 곧 적과 투쟁할 때에 있어서 이수성의 영웅적 성격을 더욱 충분하게 보여주지 못했다는 점과, 그의 우직한 충정과 전쟁 포로에 대한 지나친 관용은 비평할 필요가 있었는데 이것이 부족하였다는 점이다.

(3) 陽翰笙과 그의 역사극

陽翰笙은 항전시기에 3편의 역사극 <李秀成之死>·<天國春秋>, 그리고 <草莽英雄>을 창작하였는데, 이 중 <天國春秋>가 가장 대표적인 작품이다. 1937년에 쓴 <李秀成之死>는 충의와 堅貞

함을 가지고 惡을 미워하고 죽음을 불사하며 나라와 백성을 사랑하는 농민 이수성이란 이 혁명 영도자 형상을 아주 훌륭하게 그리고 있다. 작자는 혁명 전쟁을 反帝 투쟁과 결합을 시켜, 英 제국주의가 천하를 분할하는 조건으로 太平軍을 도우려하였을 때 이수성은 분노의 목소리를 높여 "우리는 차라리 죽음을 택할지언정 한 가닥의 권리도, 한 치 반 평의 토지도 외국 강도들에게는 건네주지 않을 것이다." "중국은 중국 인민의 중국이요, 천하는 중국 인민의 천하다. 그 누구든 우리의 강산을 조금이라도 빼앗으려고 한다면 우리 太平軍은 그들을 깨끗하게 소멸시켜버릴 것이다!"라고 외쳤다. 이렇게 慷慨·격앙된 誓言은 바로 항전 시기 중국 인민들이 가졌던 항일 구국의 결심과 요구를 표현한 것이기도 하였다.

1941년에 창작된 <天國春秋>는 태평천국의 "楊韋事變"을 중심으로 하여 태평천국 내부의 분열 때문에 태평천국 혁명이 실패로 돌아가게 되었음을 묘사하고 있다. 극본이 세상에 나왔을 당시, 국민당 통치 집단은 애국운동을 잔혹하게 진압하고 있었고, 분열과 후퇴의 음영이 국통구 전체를 뒤덮고 있을 시기였다. 때문에 작품이 그 현실의 정곡을 정확하게 찌름으로써 그 전투적 의의는 대단히 깊었다. 작자는 복잡하고 첨예한 극적 갈등 속에서 楊秀淸·洪宣嬌·韋昌輝 등 세 명의 주요 인물 형상을 상당히 훌륭하게 묘사해 내었다. 楊秀淸은 忠義와 豪爽함을 가지고 개인의 득실을 따지지 않았지만, 교만과 자만심이 강하였던 바, 혁명에 대한 경계심을 잃고 韋昌輝와의 투쟁에 철저함을 기하지 못했던 결과, 그 후환으로 자신은 피살당하고 혁명은 실패로 돌아가고 만다. 洪宣嬌는 태평천국의 女將으로, 교만과 시기심이 강하며 아주 개인주의 성향이 짙은 인물이다. 그 결과 이용을 당하여 韋昌輝의 방조

자로 충당, 楊秀淸과 그의 부하들을 도살하려는 음모에 참여했다가 피의 교훈 앞에서 마침내 각성을 하게 된다. 韋昌輝는 太平軍에 잠입한 나쁜 사람으로 그는 비겁하고 음험하고 악랄하며 野心이 강한 인물이다. 그는 권력을 빼앗을 음모로 淸의 통치자와 결탁하여 태평천국의 비밀을 내다 팔고, 또 한편으로는 洪秀全과 楊秀淸의 관계를 이간질하여 태평천국 내부에서 서로 殘殺을 일으켜 마침내는 태평천국 운동이 실패로 끝나게 하고자 하였다. 이렇게 살아 움직이는 듯한 인물 형상들은 깊은 전형적 의의와 강한 현실 전투성을 가지고 있었다. 극작에서 주인공들의 애정 갈등이 지나치게 부각되어 주제 사상의 선명성에 좋은 영향을 주지 못했다. (修訂本에서는 이를 삭제해 버렸다.)

1942년에 쓴 <草莽英雄>은 신해혁명 직전 四川의 인민들이 "保路同志會"의 인도에 따라 펼쳤던 抗淸反帝 투쟁을 묘사한 작품이다. 승리를 얻은 후 혁명에 대한 경계심을 상실하였던 관계로 마지막에 가서는 거짓 투항한 적에게 속혀 결과적으로 혁명투쟁이 실패로 돌아가고 말았다. 작자는 역사적 교훈을 빌어 군중들에게 항일을 위한 통일전선에서는 언제나 혁명에 대한 경계심을 늦추지 말 것을 전하고 있다.

(4) 阿英과 그의 역사극

阿英은 "孤島"가 된 상해에 있을 때 <碧血花>·<海國英雄>, 그리고 <楊娥傳> 등의 역사극을 써서 민족의 절개를 적극적으로 선전하고, 항전을 위해 노력하였다.

1939년에 쓴 <碧血花>(일명 <明末遺恨>, 혹은 <葛嫩娘>이라고

도 한다.)는 주인공인 葛嫩娘의 성격을 중심으로 극 전체의 갈등
이 전개되고 있는데, 여기서 작가는 明末 秦淮의 기녀가 풍전등화
와 같은 나라의 위기 앞에서 애인과 함께 抗淸 의용군에 참가하게
되는 애국심과, 그리고 그녀가 싸움에서 포로가 되어 장렬하게 희
생되는 고상한 기개를 아주 두드러지게 표현하였다.

　1940년에 쓴 <海國英雄>(일명 <鄭成功>)은 鄭成功이란 이 유
명한 민족적 영웅을 중점적으로 묘사한 작품이다. 작자는 이렇게
말한다.

> 강조할 수 있는 한 최선을 다해서 鄭成功이 일생동안 보여준 가장 위
> 대한 애국정신을 表揚하였다. 즉 그는 위협을 하거나 유혹을 하는 일
> 도 없이 고생과 인내로 모든 고통을 참아내며, 최대의 실패에 대해서
> 도 실망하지 않았고, 멸사봉공의 정신으로 나라를 위해 가정을 뒷전에
> 두었으며, 불굴의 정신으로 끝까지 고투하는 등, 故土를 회복하고자
> 하는 강인하고 위대한 의지와 실천정신을 가지고 있었다.[17]

　1941년에 쓴 <楊娥傳>은 여자 애국지사인 楊娥를 그린 작품으
로, 그녀는 明 永歷帝가 순국한 후에 가짜로 주점을 차려놓고 매
국노인 吳三桂를 죽여버리고자 하였다. 이 계획이 실현되지 못하
고 그녀는 곧 병으로 죽게 되지만 원수를 미워하고 응징하려는 그
녀의 이런 정신은 아주 감동적인 것이었다. 이 세 작품의 역사극
은 모두 뚜렷한 특징을 가지고 있다. 즉 이들은 모두 나라를 위해
적과 싸운 明末의 애국 영웅들을 주인공으로 하고 있고, 이를 통

---

17) 竭盡所能的强調的表揚了鄭成功一生最偉大的愛國精神: '不爲威逼,
　　不爲利誘, 刻苦, 耐勞, 忍受人間一切的慘痛, 不爲最大的失敗灰心,
　　爲公忘私, 爲國忘家, 不屈不撓, 苦鬪到底, 一個靭性的恢復故土的偉
　　大的意念與實踐精神'!

해 淪陷區에 있던 인민들이 항전을 견지하고 일본을 반대하던 투쟁을 고무하여 현실적 의의를 가질 수 있었다는 점이다.

이 밖에 "孤島" 상해에서 투쟁을 견지하던 于伶은 1941년에 5막 역사극 <大明英烈傳> 한 편을 창작하였는데, 작품은 采石磯 大戰을 배경으로 하여 劉伯溫·蘇皎皎·唐力行·秀姑 등 起義 지도자와 군중 형상들을 소조, 그들이 元朝를 뒤집고 "강산을 되찾기 위해" 용감하게 투쟁하는 정신과 침략에 반대하는 강렬한 민족 의식을 중점으로 부각시켰다.

1945년, 新四軍 지역에서는 阿英이 쓴 <李闖王>과 吳天石·夏征農 등이 쓴 <甲申記> 등 2편의 5막 역사극이 차례로 나왔는데, 이들은 모두가 명말 李自成이 이끌던 농민 혁명과 그것이 실패하였던 역사적 교훈을 그리고 있다. 농민 혁명이 처음에 일어났을 때 李闖王은 인민들을 사랑하고 군기를 잘 다스렸다. 따라서 起義 軍이 신속하게 潼關을 손에 넣고 西安을 탈취한 다음 황하를 건너 북경까지 진격하였다. 북경에 들어온 후 李闖王 手下의 승상 牛金星과 대장 李宗敏 등은 횡령과 부패를 일삼고 온갖 전횡을 부림으로써 혁명 대업이 실패로 돌아가게 만들었다. 침통한 역사적 교훈은 농촌에서 도시로 진입한 혁명 대오를 각성시키는데 아주 도움이 되었다. 阿英은 이렇게 말한 바 있다. 그는 말하기를 "극본(<李闖王>을 가리킴)을 창작했던 목적은 '역사를 역사에게 돌려주겠다'는 '역사극' 창작 원칙을 정해놓고 과거 역사에서 실패했던 경험을 한 번 펼쳐보기 위한 것이었다. 작품이 우리에게 말해주고 있는 바는, 만일에 우리가 이런 교훈을 통해 자기를 경계하지 않고 — 특히 큰 도시로 들어왔을 때 — 교만하고 자만하며 횡령을 하고 부정을 저지르며 대중들을 배반하게 된다면 우리가 어떤 지경에 이르게 되는지를 말해 주는 바, 즉 우리는 몸과 명예를 잃게되고 비참한 지경에 빠져 국가와 민족에게 해를 끼치게 된다."고 하였다. <李闖王>은 <甲申記>보다 사상 예술 면에서 좀 더 성숙된 모습을 보여준다. 작품에서는 거칠면서도 꼼꼼하고, 호방하면서도 또 속이 좁고, 인자하면서도 또 잔인하며, 용맹하면서도 또 기지가 넘치는 농민 영도자 李闖王의 다양하고 복잡한 성격을 비교적 훌륭하게 소조하여, 상당히 복잡한 그의 農民的 · 流寇的 · 帝王的 사상 의식을 밖으로 보여주었다. "그는 농민 暴動史에서 독특한 존재로 서게 되었는데, 陳涉이나 吳廣과 같은 인물도 아니고, 朱元璋과 같은 인물도 아니요, 또 뒤에 나온 洪秀全과 같은 인물도 아니다. 그는 大順皇帝요, 李闖王인 것이다."[18]

---

18) 阿英: <寫劇雜記>.

5

平劇의 개혁과 新編

5. 平劇의 개혁과 新編

平劇 즉 京劇은 중국 戲曲史에서 비교적 영향력이 있었고 또 역사가 오래된 전통 劇種의 하나였지만, 내용적으로는 제왕이나 재상 재자가인 등을 주로 다루고, 예술적으로는 판에 박힌 낡은 양식을 가지고 있었기 때문에 경극이 혁신을 하고 발전을 해 가는 데 좋은 영향을 주지 못했을 뿐만 아니라, 더욱이 새로운 현실의 객관적 필요성과 새로운 관중들의 감상기대를 반영하는데 적응할 수가 없었다. 일찍이 五四 문학혁명 시기에는 적지 않은 사람들이 京劇을 개혁하자는 주장을 제기하고, 새로운 京劇을 창작하자는 주장을 펼쳐 梅蘭芳・周信芳・歐陽予倩 등이 실천을 한 바 있다. 항전 시기에 와서는 "옛날 병에 새로운 술을 채우고" 옛날 형식을 이용하자는 문제가 제기되자 애국심을 가진 수많은 예술인들과 연극 종사자들은 애국주의와 민족의식을 가진 일부 平劇을 항일과 구국 선전을 위한 무기로 삼았으며, 항전의 필요성에 부응하기 위해 새로운 사상 관점으로 새로운 平劇을 창작하기도 하였다.

國統區에서는 平劇을 개혁하고 新編하는데 어느 정도 성과를 거두었다. 田漢은 일찍이 1927년에 상해 예술대학 문과를 맡고 있을 때 현대희곡 창작에 몰두하면서도 한편으로는 민족의 전통적 戲曲의 기초 위에서 "新歌劇"(新京劇 창작도 포함)을 발전시키자고 주장하였다. 그는 이렇게 말하였다. "우리가 중국의 新歌劇을 건설하려면 어쩌면 옛날의 歌劇을 기초로 삼을 수밖에 없을지 모른다. 당시 이런 작업에 종사했던 사람으로 歐陽予倩과 같은 사람이 있는데, 그가 쓴 <荊軻>·<潘金蓮>은 경극의 형식에 근대극처럼 막을 나누는 형식을 취하였다"라고 하였다. 항전 시기 田漢은 京劇 형식을 취하여 36場의 新平劇 <江漢漁歌>(1940년 출판)를 창작하였는데, 이는 역사 이야기를 통해 당시 애국심을 가진 軍民이 분기하여 항일 구국에 동참함을 격려한 작품이다. 宋이 南渡한 이후, 金의 대장 蒲龍이 병사를 이끌고 漢陽을 진격하였다. 漢陽 太守는 趙觀 등 "民間賢士"들을 청하여 적을 물리칠 대책을 상의하였다. 노 어부인 阮復成 역시 나라를 위해 보국할 기회를 달라고 하였다. 뒤에 그는 江漢의 2만 어민들을 무장시킨 후 군대와 연합하여 金의 군대를 대파하였다. 작자는 이 극본을 창작하여 다음과 같은 내용을 이야기하고 있다. 즉 "항전을 하려면 민중이 동원되어야 한다." "軍과 民이 협력해야 성공할 수 있다." "끝까지 항전을 해야만 적들의 迷夢을 깨뜨릴 수 있다."는 요지였다. 이런 내용은 당시 항일 전쟁을 하는데 큰 고무가 되었을 것이다. 1940년에 그는 또 明의 영웅이 왜구를 소탕한 역사 이야기를 중심으로 33場의 新平劇 <新兒女英雄傳>을 썼고, 또 1943년에는 <白蛇傳>에 근거하여 <金鉢記>로 개편을 하였는데, 여기서는 당시 국민당 통치하에 있던 추악한 현실을 투영해 내었기 때문에 국민당에 의해 금연을 당하였다.

　歐陽予倩은 항전시기에 <桃花扇>·<梁紅玉> 등의 京劇을 새

롭게 창작해 내었다. 1937년에 창작된 <桃花扇>은 孔尙任의 원작인 <桃花扇>을 개편하여 新京劇으로 만든 것이다. 작자는 원작의 정신을 그대로 파악한 상태에서 가공을 거쳐 선명한 시대 색채를 부여하였다. 이렇게 한 뜻은 "離合의 情을 빌어 흥망의 느낌을 묘사하고", 인민의 애국주의 사상과 기개를 열렬히 찬양하며, 榮華를 탐하는 매국노들의 후안무치한 행동을 신랄하게 풍자하는데 있었다. 극중에서 "강산을 다른 사람에게 넘겨주는 한이 있더라도, 집안 사람 중의 미운 사람이 득세하는 것을 결코 용납하지 않는" 阮大誠의 반동적 사상은 바로 蔣介石이 "攘外必先安內"하는 매국적 정책을 반영한 것이다. 극작은 李香君과 侯朝宗의 애정을 중심 내용으로 하여, 秦淮 기녀 李香君이 권세에 주눅들지 않고 馬士英 · 阮大誠 등에게 맞서서 필사적으로 용감하게 대응하는 그녀의 성격을 중점적으로 묘사하였다. 그녀가 侯朝宗과 서로 사랑을 할 수 있었던 것은 바로 애국주의와 정의감을 바탕으로 한 것에서 이루어진 것이었다. 따라서 그녀는 侯朝宗이 변절하여 투항하는 것을 보고는 곧바로 화가 나서 죽고 말았다. 작자는 원작에서 李氏와 侯氏 두 사람이 인간 세상에 대하여 환멸을 느끼고 두 사람이 함께 집을 나가버리는 結局을 侯氏가 변절하자 李氏가 성이 나서 죽어버리는 것으로 고쳤는데, 이는 아주 현실적 의의를 가진 내용으로, "당시 지식분자들이 연약한 점에 대해 경종을 울린 것이다."

만일 국통구에서의 平劇 개혁이 아직 완전히 새로운 국면으로 접어들지 못해 구체적인 지도 방향과 조직이 부족했다고 한다면, 해방구에서의 平劇 개혁은 공산당의 직접적인 영도와 관심 아래 延安平劇院이 세워졌고, 또 조직적으로 개혁이 진행되어 平劇 개혁과 新編 平劇에 새로운 성과를 거두었다. 京劇 예술 형식을 이용하여 역사 소재를 표현하고, 내용이나 형식면에 모두 혁신을 시도했던 바, 平劇 <逼上梁山>과 <三打祝家庄>이 이런 면에서 성공했던 작품이다.

<逼上梁山>은 京劇의 한 기존형식을 이용하여 新編한 3막 27장의 대형 역사 平劇으로, 가장 먼저 창작된 것은 中央黨校에서 공동으로 쓴 것이었다.[19] 이 작품은 <水滸傳>에서 林衝이 梁山으로 쫓겨가는 내용에서 소재를 취하여 원래 내용에 새로운 사상과 새로운 내용을 삽입시킨 것이다. 饑民이 피난을 하는 장면이 더해졌을 뿐만 아니라, 李鐵 父子를 가난한 농민의 대표로 삼아 이를 극 전체의 중심으로 하고 있다. 이렇게 함으로써 北宋 말년 "官이 핍박을 하자 백성들이 반기를 들었던" 시대적 특징과 인민들의 위대한 역량을 반영하였고, 林衝이 혁명으로 방향을 바꾼 것이 군중들에게 기폭제가 되었다. 극 전체에 깔려 있는 극적 갈등은 林衝과 高俅 간의 투쟁이 기조가 되고 있다. 작자는 정치적으로 林衝과 高俅가 서로 충돌하게 되는 대목을 의식적으로 더 첨가시켜서 그들간의 투쟁은 바로 정치 노선이 다름으로써 발생된 투쟁임을 강조하였다. 즉 高俅가 밀고 나갔던 것은 매국적 투항 정책이었고, 林衝은 金에 항거하여 그들의 침략을 막아내자는 주장이었다. 끝부분에 가서 林衝은 陸謙의 입을 통해 이렇게 말한다. "高太尉는 金과 평소에 내왕이 있었던 바, 이번에 소가 먹을 풀이 자라있는 들판을 불태우고자 한 것은 첫째 林교관을 죽여 없애려는 것이요, 둘째로는 변방을 파괴하여 金의 진격에 유리하게 하기 위한 것이다."고 하였다. 이렇게 처리함으로써 林衝은 "報國"을 위한 몽상을 접고 신속하게 봉건통치 계급과 결별한 후 梁山의 농민 혁명

─────────────────

19) 楊紹萱과 齊燕銘 등이 집필함.

대오로 쉽게 뛰어들 수 있었고, 극작의 현실 전투 의의도 증가될 수 있었던 것이다. 여기서 국민당이 견지하던 매국과 투항의 본질을 분명하게 인식하도록 하고, 항일 전쟁의 불같은 투쟁에 적극적으로 투신해야 한다는 사실을 전해주었던 것이다. 극본에서 林衝 형상을 통해 반영하고자 하였던 것은 林衝 개인의 영웅적 사업이기도 하고, 영웅의 개인적인 慷慨와 悲歌이기도 하지만, 또 北宋 말년에 있었던 열화 같은 농민들의 혁명 투쟁을 아주 생동적으로 부각시키는 것이었다. 작품에서는 林衝의 사상적 변화와 혁명으로 줄달음치는 내용을 인민 군중의 반항 투쟁과 유기적으로 연결시켜 줌으로써 주제 표현의 심도를 더욱 강하게 할 수 있었다. 극작은 平劇의 예술적인 면에 개혁을 시도하였던 바, 인물 형상을 소조할 때 옛날 경극에서는 마땅히 있어야했던 生・旦・淨・末 등의 속박을 무시하고, 인물의 사상 성격 그 자체의 발전 논리에 따라 京劇의 표현 형식을 아주 합리적으로 운용하였으며, 또 전통적인 격식에 완전히 구속되지는 않았다.

新編 平劇 <逼上梁山>은 사상 예술 면에서 새로운 발전이 있었다. 그래서 1944년 설날 延安에서 처음으로 공연이 되었을 때 관중들로부터 호평을 받았다. 모택동은 당장 극작가에게 편지를 써서 <逼上梁山>에 대하여 다음과 같이 높게 평가하였다.

紹萱・燕銘 동지에게
당신들이 쓴 연극을 보고 우리들은 아주 일을 잘 할 수 있었습니다. 나는 당신들을 치사하며, 아울러 연기자 동지들에게도 대신 치사를 전해주기 바랍니다. 역사는 인민들이 창조하는 것이지만, 옛날의 무대 위에서는 (인민을 떠난 모든 舊文學 예술에 있어서는) 인민들은 오히려 찌꺼기였고, 나으리나 돈 있는 부인들이나 부잣집 자제들이 무대를

통치하고 있었는데, 이런 역사의 顚倒를 이제 여러분들이 다시 바꿔
놓고 역사의 면목을 회복시켜 놓음으로써 이제부터 舊劇에서 새로운
모습을 볼 수 있게 되었음에 참으로 경하할 일입니다. 郭沫若이 역사
현대희곡 방면에서 아주 큰 일을 해냈지만, 여러분들은 舊劇 방면에
서 이런 일을 해 내었군요. 여러분의 이런 출발이 앞으로 舊劇 혁명
에 획을 긋는 초석이 될 것인 바, 이 점을 생각하면 너무나 기쁘며,
희망컨대 여러분들이 작품도 많이 쓰고 공연도 많이 해서 그런 왕성
한 바람이 전국으로 퍼져나갈 수 있었으면 합니다![20]

<逼上梁山>이 시도된 뒤, 이를 이어 1945년 초 延安平劇院에
서는 공동으로 新京劇 <三打祝家庄>을 창작하였다. 이 작품은
<水滸傳> 중 有關 章節에서 소재를 취하여, 梁山의 起義軍이 地
主의 마을 祝家庄을 공격하는 세 차례의 전투 장면을 표현하고
있는데, 여기서는 군중 의지, 연구 조사, 내외 호응, 갈등 이용, 多
數 쟁취, 적의 주요 전략 전술 사상을 집중적으로 打擊하는 내용
등을 구체적으로 반영하고 있어 분명한 현실 교육이 될 수 있었다
는 의의를 가진다. 모택동은 공연을 본 후 역시 축하 편지를 써서
"<逼上梁山>에 이어 이 극을 성공적으로 창조함으로써 平劇 혁명
의 노선이 공고하게 되었다."고 지적하였다.

---

20) 紹渲、燕銘同志:

看了你們的戲, 你們做了很好的工作, 我向你們致謝, 幷請代向演員
同志致謝! 歷史是人民創造的, 但在舊戲舞臺上(在一切離開人民的舊
文學藝術上)人民却成了渣澤, 由老爺太太少爺小姐們統治着舞臺, 這
種歷史的顚倒, 現在由你們再顚倒過來, 恢復了歷史的面目, 從此舊
劇開了新生面, 所以値得慶賀. 郭沫若在歷史話劇方面做了很好的工
作, 你們則在舊劇方面做了此種工作. 你們這個開端將是舊劇革命的
劃時代的開端, 我想到這一点就十分高興, 希望你們多編多演, 蔚成
風氣, 推向全國去!

해방구에서는 平劇 개혁에 새로운 국면이 열렸을 뿐만 아니라 기타 전통 戲曲 역시 이에 상응하는 개혁이 이루어져 상당한 수확을 거두었다. 이 중 가장 뚜렷한 성과는 馬健翎이 보여준 秦腔 등 전통 劇種에 대한 개조였다. 일찍이 1938년 그는 농촌의 한 村老가 마을 어귀에서 통행증을 검사하다가 한간을 붙잡은 현실적 소재를 바탕으로 新秦腔 <査路條>를 창작하였는데, 여기서는 舊劇의 기교와 舊 형식으로 새로운 생활 새로운 시대 정신을 표현하였다. 1941년에는 郿鄠[21] 곡조를 운용하여 <十二把鐮刀>를 新編하였는데, 이는 혁신적인 연극 형식으로 대장장이 王二 부부가 연일 낫을 만들어 부대의 생산을 지원하는 노동 과정을 표현한 작품이다. 延安 文藝 座談會 이후, 馬健翎은 舊秦腔을 개혁하여 新秦腔으로 창작하는 면에서 걸출한 성과를 보여주었는데, 1943년에 쓴 新秦腔 <血淚仇>는 그의 대표작이다. 작품은 모두 30場으로 이루어져 있고 등장 인물은 50명 가까이 되는데, 묘사된 범위는 국통구 농촌으로부터 陝西省·甘肅省·寧夏回族自治區까지 망라되고 있다. 이렇게 작품은 傳統 戲曲이 시공의 제약을 받지 않는다는 특징을 이용하여 하나의 광활한 사회 모습을 펼쳐 보여주었다. 극작에서는 주로 농민 王仁厚 一家의 前後 생활이 완전히 달랐던 것을 대비하면서 해방구와 국통구는 근본적으로 다른 별개의 세상이라는 것을 아주 생동적으로 보여주고, 또 기복이 큰 갈등 중에서 王仁厚란 이 농민형상의 堅强·不屈·忠厚·勤勉한 성격 특징을 두드러지게 그려내었다. 新秦腔 <血淚仇>는 항일 민족 전쟁

---

21) 郿鄠: 중국 陝西 지방 傳統劇의 일종, 郿縣과 鄠縣의 민가로부터 발전하여 이루어졌으며, 陝西省·山西省·甘肅省 일대에서 유행하는 전통극이다.

시기에 계급투쟁이란 주제를 첨예하게 제기하였다는 점과, 이러한 주제에 강렬한 낭만 색채를 부여했다는 점, 그리고 군중들에게 익숙하고 쉽게 받아들일 수 있는 표현 형식을 선택하였는데, 이런 점 등이 바로 新秦腔 <血淚仇>가 거두었던 주요 성과라 하겠다.

新歌劇의 탄생

6. 新歌劇의 탄생

　　중국의 歌劇 예술은 五四 이래 신문학 운동 중에 탄생되고 발전된 일종의 새로운 연극 형식으로서, 이는 오래된 전통 戲曲·현대희곡, 그리고 舞劇 등이 함께 어울려 만들어진 대형의 연극 隊伍다. 그러나 五四 이후 창작된 일부 歌劇은 그저 중국의 新歌劇에 약간의 의의를 가진 탐색이었다고 말 할 정도이다. 가장 일찍이 나온 작품으로는 黎錦暉가 쓴 <小小畵家>와 <麻雀與小孩>가 있는데, 이는 아동극을 창작하기 위한 탐색이었다고 할 수 있다. 1935년 田漢·聶耳가 쓴 <揚子江的風暴>은 현대희곡과 고대 戲曲을 종합시키기 위한 시도였다. 이 극본은 주로 1932년 上海 노동자가 당의 지도 아래 일본과 미국에 대항하여 용감하게 투쟁하는 내용을 그리고 있는데, 노동자들은 적의 총탄을 무릅쓰고 일본의 군화를 양자강에 내던지는 내용을 중심으로 하여 두 場 중간중간에 많은 歌曲을 삽입함으로써 노동자들이 적 때문에 피땀을 흘리는 고된 생활을 하고 있음과 이로 인해 생긴 분노의 심정을 표현해 내었다. 이런 유익한 탐색은 항전 시기 新歌劇 탄생에 어느 정도 기초가 되었다.

臧雲遠이 詞를 쓰고 黃源洛이 曲을 붙여 당시 大歌劇이라고 불렸던 <秋子>와 沙梅가 쓴 <紅梅閣>, 歐陽予倩의 <木蘭從軍> 등은 이 시기에 나온 가극이며, 신가극의 탄생이라고 말해도 좋을 것이다. 이 가극들은 동일한 출발점에서 시작되었던 것은 아니었다. 이들은 두 종류의 서로 다른 노선을 대표한다. <秋子>는 서양 가극을 모방으로 한 탐색이었기에 음악으로부터 가극에 이르기까지의 모든 원칙을 직접 취하고, 서양 가극의 형식과 수법을 취하여 "음악을 위주"로 하였던 바, 음악으로 극적 갈등을 표현하고 인물의 심리를 묘사하고 환경과 분위기를 부각시켰던 것이다. 가곡의 기교는 서양 가곡을 모방하거나 혹은 그것과 아주 비슷하였다. 가능한 한 感覺派의 詩句와 같은 歌詞를 많이 사용하였기 때문에 곡조는 물론이고 가사도 청중들이 이해하기가 아주 어려웠고, 서양 歌劇 그 자체가 가지고 있는 형식의 제약으로 인해, 왕왕 희곡 스토리와 갈등이 발전해 갈 때 인물 성격을 소조하는 것에 크게 신경을 쓰지 못했으며, 그저 음악으로 영웅 인물을 예찬하는 것에만 신경을 썼던 것이다. 영웅 인물의 성격이 발전해 가는 것에 따라 완전한 희곡으로 구성되었다. <秋子> 중 秋子와 宮毅 같은 몇 몇 주요 인물이 약간의 歌唱 장면을 보여준다. 성공했다고 말할 수는 없지만 새로운 탐색을 위한 시도에 의의가 있었다고 할 수 있다. <紅梅閣>과 <木蘭從軍> 등은 모두 고대 戲曲을 歌曲化하기 위한 탐색이었는데, 平劇에서 벗어나 新歌劇의 길을 걸었다. 전통 희곡은 중국에서 수많은 백성들이 즐겨 듣는 연극 형식이기 때문에 고대 戲曲의 기초 위에서 "신가극"으로 발전을 시키기 위한 것이었는데, 역시 의미 깊은 시도였다고 할 수 있다. 외국에서는 적지 않은 사람들이 중국의 平劇을 歌劇이라고 부르기도 한다.

그러나 이런 "歌劇"은 아주 강한 平劇의 색채를 그대로 지니고 있었다. 분명히 민족형식이기는 하였지만, 그러나 이는 개혁 후 새롭게 개편된 平劇과는 또 아주 큰 차이를 보였다. 그래서 어떤 사람은 이것을 新歌劇이라고 인정하지 않았으며, 더욱이 이것이 新歌劇을 발전시킨 것이란 시각도 인정하지 않았다. 항전 시기 國統區에서는 新歌劇에 대한 탐색의 노력이 있기는 하였지만 新歌劇의 발전 방향을 잘 이해하고 해결하지는 못했다. 뿐만 아니라 新歌劇의 민족화 대중화 문제를 해결할 수 없었으며, 新歌劇의 기본 특징을 가진 대표작이 나오지 못했던 것은 두말할 나위가 없다.

항일 민주 근거지에서는 新秧歌 운동이 일어나 중국 신가극이 탄생하고 발전하는데 새로운 길을 열어 주었다. 혹자는 이렇게 말한다.

우리는 秧歌가 새로운 연극 형식으로 된 것을 아주 중요하게 생각한다. 왜냐하면 이 형식은 백성들에게 아주 익숙한 것인 동시에 또 현존하는 舊 形式 중에서 가장 생동적이고 활발하며 표현력이 가장 풍부한 형식일 뿐만 아니라 또 가장 쉽게 개조하여 새로운 생활을 표현할 수 있는 형식이기 때문이다. "새로운" 秧歌劇의 가장 큰 특징은 새로운 생활 분위기를 보여준다는 점이다. 이런 점은 과거 중국의 희곡에서는 찾아볼 수 없었던 그런 것이다. 秧歌劇은 유쾌하고 활발할 뿐만 아니라 건강하며, 또 새롭게 태어나는 느낌을 주는 그런 분위기를 가지고 있다. 이것이 바로 秧歌劇이 가지고 있는 예술성인데, 이는 우리가 새로운 생활을 정확하게 표현함으로 인해 만들어진 것이다.22)

---

22) 我們特別重視秧歌作爲新戲劇的一種形式, 這是因爲它是老百姓所熟悉的, 同時又是現存舊形式中間最生動活潑、 最富有表現力的形式, 而且, 也是最容易改造成爲表現新生活的形式. "新"秧歌劇的最大特點是一種新的生活氣氛. 這是所有中國過去的戲劇所沒有過的一種愉快、活潑、健康、新生的氣氛. 這就是秧歌劇的藝術性之所在, 這是由于

秧歌는 원래 중국의 광대한 농촌에서 유행하던 한 연극 형식으로, 여기에는 대화가 있고 노래가 있으며 또 가무가 결합되어 있다. 생동적이며 활발하고 예리하면서도 세련된, 그리고 표현력이 풍부하다는 장점을 가지고 있지만 또 약간의 단점을 가지고 있기도 하다. 항전이 발발한 후, 근거지의 연극 종사자들은 이미 이런 민간 예술 형식으로 새로운 생활을 표현하고자 깊은 관심을 가졌다. 특히 연안 문예 좌담회 후, 秧歌라는 이 민족 형식은 더욱 많이 이용되고 널리 보급이 되었다. 1943년 설날 "魯藝" 등이 新秧歌劇 <兄妹開荒> 등의 작품을 공연, 많은 사람들로부터 환영을 받았고, 중앙의 영도자에게 열정적인 격려를 받았다. ≪解放日報≫에서는 사설을 통해 新秧歌는 文藝가 工農兵 중심으로 발전해 가는 중에 보여준 새로운 성취라고 평가하였고, <兄妹開荒>은 "아주 훌륭한 新型의 歌舞 短劇"이라고 격찬하였다. 연안과 陝西省·甘肅省·寧夏 回族 自治區에서 新秧歌 운동을 추진하게 되자 각 항일 근거지에서도 역시 이에 보조를 같이 하여 新秧歌劇 운동이 일어나게 되었으며, 이런 운동은 사람들의 예술 시야를 크게 확대시켜 주었고, 또 이 新秧歌 운동의 興起를 통해 新歌劇이 앞으로 어떻게 발전되어갈 것인지에 대한 예측이 가능했다. 누군가 당시 이런 말을 한 적이 있다. "우리는 중국에서 新歌劇이 탄생될 수 있기를 갈망한다. 그러나 수많은 사람들은 관심을 서양 歌劇에 두지 않고, 중국에서 이미 정형화된 舊劇에 초점을 맞추고 있다. 오늘날, 우리는 또 백성들 자신이 창조한 歌舞劇 형태에 깊은 관심을 가져야 할 것이다. 이것들이 우리에게 상당한 계시를 줄 수 있을 것이다." 라고 하였다. 新秧歌 운동 중에 해방구에서는 새롭게 창작된 수많

我們正確地表現了新生活而來的.

은 秧歌劇이 쏟아져 나왔는데, 이 중에는 문예 방면에 종사하는 전문인이 쓴 것도 있고, 工農兵들 자신이 직접 써서 공연한 것도 있다. 이런 新秧歌 극본들은 노동하는 백성들이 주인공이 되고 있으며, 새로운 생활 분위기가 넘쳐난다. 여기서 취한 소재와 표현해 낸 주제 등은 모두가 폭넓고 다양하다. 생동적이고 활기찬 내용에 군중들이 즐겨 듣는 예술 형식을 채용하였던 바, 이는 大型의 新歌劇이 탄생하는데 견실한 기초가 되어 주었고 풍부한 경험이 되어 주었다.

王大化 · 李波 · 路由가 합작한 <兄妹開荒>은 최초의 新秧歌 극본으로 불리는데, 여기서는 邊區의 혈기 등등한 대 생산운동을 생동적으로 표현하고, 두 남매의 선명한 성격을 그려내었으며, 邊歌 · 邊舞의 연극 형식을 아주 성공적으로 운용하였다. 延安의 棗園文工團이 공동으로 창작한 小型 歌劇 <動員起來>는 어떤 특정적인 각도에서 邊區의 품앗이 조직의 생산 열기를 표현한 것이고, 馬可가 쓴 <夫婦識字>는 노동 인민이 상황이 바뀐 후 문화를 배우는 열정을 표현 것이며, <買賣婚姻>과 <小姑賢>은 혼인제도와 가정 생활 중의 전제주의를 비난한 것이고, <算卜>과 <神蟲>은 봉건적인 미신을 반대하는 내용이며, 周而復과 蘇一平이 합작한 <牛永貴掛彩>는 우수한 小型 歌劇으로, 긴장된 스토리와 선명한 형상으로 "軍과 民이 힘을 합하면 그 역량이 대단해 진다"는 주제를 표현하고 있는 작품이다. 그리고 翟强이 쓴 <劉順淸>과 荒草가 쓴 <燒炭英雄張德勝>은 부대 생활에서 그 소재를 취하여 인민과 군인들이 자력으로 삶을 찾고 곤란함 중에서도 戰勝하는 혁명 영웅주의 정신을 찬송하였다. 1944년 賀敬之 · 水華 · 王大化 · 馬可가 함께 창작한 대형 歌舞劇 <周子山>(원명은 <慣匪周子山>)은 사상 내용이나 예술 형식

등 모든 방면에서 小型 秧歌劇이 발전하였음을 보여주는 작품이다. 5막 21장으로 된 이 작품은 웅장한 스케일과 수많은 등장 인물, 그리고 광활한 역사를 배경으로 하여 陝北 인민들이 1935년부터 1943년까지 벌였던 첨예하고 복잡한 계급 투쟁을 반영하여, 周子山이 개인적인 동기로 혁명에 참여하였다가 아주 어려운 시련 앞에서 배신하여 적에게 투항하게 되는 내용을 묘사하면서 반역 특무의 음험하고 악랄하며 비열한 행동과 추악한 몰골을 폭로하는 한편, 수많은 농민과 농촌 간부가 보여준 고도의 혁명 警戒性과 堅强한 투쟁정신을 찬송하였다. 긴장된 스토리와 첨예한 갈등, 풍부한 연극성, 그리고 대중화된 언어로 구성되었다는 특징을 가지고 있기도 하였지만, 劇情의 세련미가 부족한 점이라든가 주요 인물의 성격이 풍부하지 못하다는 결점이 있기도 하였다. 이 작품은 소형 秧歌劇이 대형 秧歌劇으로 발전해 가는 과도기에 나온 작품으로 장면이 많아졌고 篇幅이 길어졌으며 반영한 생활 내용이 풍부해진 것은 사실이나 秧歌劇의 표현 방법과 공연 형식을 완전히 탈피하지는 못했다. 1945년 賀敬之·丁毅 등이 집필한 <白毛女>는 <周子山>이 나온 후에 秧歌劇을 기초로 한 위에 이를 발전시켜 만든 민족 특색을 가진 大型歌舞劇으로, 군중들이 아주 좋아하는 新歌劇의 대표작이요, 중국 민족 新歌劇의 발전에 초석이 된 작품이다.

<白毛女>는 晉察冀 邊區에 전해지고 있는 "白女 仙姑"의 이야기를 근거로 하여 5막 歌劇으로 만든 것이다.[23] 작품은 첨예한 극적 갈등을 중심으로 하여 楊白勞·喜兒 등 농민 형상을 아주 성공적으로 소조해 내었다. 楊白勞는 근면하고 선량하며 忠厚한 농민으로 그는 地主의 잔혹한 착취와 심한 박해를 받고 있었으나 어

___
23) 初本은 6막으로 되어 있음.

떻게 헤어날 길이 없었다. 그는 "상식이 통하는 세상을 찾고자" 하였으나 舊社會에서 가난한 사람이 고통을 호소할 수 있는 곳이 어디 있었겠는가? 그는 끝내 黃家에서의 "고비"를 넘기지 못하고 자살의 길을 택하고 말았는데, 이는 그의 성격이 연약하였음을 말해준다. 喜兒는 작품에서 중점적으로 소조한 반항의 농민 형상이다. 그녀의 사상 성격은 격렬한 계급 투쟁이 발전해 가는 것을 따라 부단하게 발전해 간다. 제1막에서 그녀는 아직까지 근면하고 활발하며 낙관적이고 순진한 소녀로서, 계급의 압박에 대해 잘 알지를 못했기 때문에 천진한 희망과 애정에 대한 이상을 가지고 있었다. 계급이라는 敵이 喜兒에게 최초로 타격을 준 것은 핍박으로 인한 부친의 사망, 골육과의 생이별, 패가망신이었고, 이런 충격은 그녀를 극도의 悲痛 속으로 몰아넣었다. 그러나 이 때까지도 그녀는 "사람을 잡아먹는" 피비린내 나는 계급 투쟁의 현실에 대해 이해가 깊지 못했으며 계급 투쟁의 잔혹성을 이해하지 못하고 있었다. 그가 끌려서 黃家로 들어왔고, 감옥에 갇힌 채 연달아 계속된 것은 구타와 욕설이었으며 고통스런 비인간적인 생활이었다. 그녀의 계급 의식이 아직 완전히 깨기 전이었기 때문에 그 비통함은 아직 복수의 역량이 되지 못했다. 심지어 黃世仁에게 능욕을 당한 후에도 그녀는 심한 치욕을 당했다는 생각이었을 뿐이지 아직 적극적인 방법으로 치욕을 씻기 위한 복수를 할 생각은 없었다. 계급 투쟁이 발전해 감에 따라 喜兒의 계급 의식과 투쟁에 대한 용기가 높아갔다. 地主 黃母가 賊反荷杖 格으로 喜兒에게 "서방질을 한다"고 욕을 하자, 이제는 더 이상 참을 수가 없어 가슴속에 담고 있던 복수의 원한이 반항의 불꽃으로 불붙기 시작하였다. 그녀는 정면으로 투쟁을 전개하면서 "내가 죽어서는 안 되고, 살아야만 한다! 나는 복수를 해야 하기 때문에 살아야 한다."는 반항의 怒吼를 토하며, 地主 계급에 대해 불구대천의 원한을 갚겠다는 완강한 반항 정신을 표현한다. 喜兒는 黃家를 도망쳐 나온 후 深山 동굴에서 3년 동안 고생을 참으면서 비인간적인 생활로 연명해 간다. 그러나 이런 시련 속에서 그녀는 "白毛 仙姑"가 되지만, 여전히 사람을 잡아먹는 그 舊社會를 벗어나지 못한다. 그러다 八路軍에 의해 楊格庄이 해방되고, 중국 공산당의 영도 아래 地主 계급의 반동 통치가 분쇄되자 喜兒의 투쟁은 비로소 진정한 승리를 얻을 수 있게 되었으며, 가난한 모든 농민들과 함께 원한을 갚게 됨으로써 새로운 사회의 주인이 될 수 있었다. 喜兒가 "정정당당하게 억울함을 풀었을 때"는 이제 더 이상 "이를 갈면서 고개를 숙이고 살아가야" 할 필요가 없었다. 그녀는 이제 가난한 농민 계급의 대변자가 되어 있었다. 喜兒가 黃世仁과 얼굴을 맞대고 벌이는 투쟁은 작품에서 최고의 高潮를 형성한다. 그녀의 형상은 역시 이 계급 투쟁이 전개되는 무대에서 찬란한 빛을 발하게 된다. 喜兒의 형상은 중국사회에서 新舊가 교체되는 시기에 살아가던 수많은 농민들, 특히 농촌의 가난한 부녀자들의 공통적인 운명을 개괄하고 있다. 따라서 喜兒는 심도 있고 광범한 典型的 의의를 가진다. 이밖에 극본에서는 마음이 넓고 안목이 원대하며 성격이 堅强한 趙大叔 형상을 소조하고 있고, 선량하고 지혜롭지만 고생만 죽도록 한 張二嬸 형상을 그리고 있고, 또 악덕 地主에게 용감하게 투쟁하는 농민 출신의 젊은이 大春과 大鎖 형상을 잘 묘사하였다. 반면 인물인 黃世仁·黃母·穆仁智 등도 역시 아주 생동적으로 묘사가 되었는데, 이들을 통해 봉건 지주계급의 부패상과 잔인성, 그리고 반동성이 심도 있게 폭로되었다.

<白毛女>는 생동적인 인물 형상, 첨예한 극적 갈등, 독특한 예술형식 등을 통해 舊中國 농촌에서 광대한 농민들과 지주계급들이 가지고 있던 기본적인 갈등을 중심으로 하여, 흉악하고 욕심 많고 교활하고 부패한 지주계급의 본질을 힘차게 폭로하고, 가난한 농민들의 비참한 운명을 유감없이 그려내었을 뿐만 아니라, 농민 투쟁정신과 해방을 진심으로 찬양하고, "舊社會는 산 사람을 귀신으로 만들었지만, 新社會는 귀신을 사람으로 돌려놓는다"는 기본적인 주제를 예술적으로 표현해 내었다.

예술 형식면에서 <白毛女>의 창작은 서양 歌劇을 맹목적으로 모방한 것도 아니고 전통적인 戲曲을 그대로 재연한 것도 아니다. 이는 현실생활과 수많은 관중들이 좋아하는 습관에서 출발, 전통 戲曲을 비판하면서도 이를 계승하고 또 新秧歌劇을 흡수한 바탕 위에서 서양 歌劇을 참고하여 농민 風格과 민족 기백을 가진 新歌劇으로 창조해 낸 것이다. 이 작품이 서양의 歌劇과 구별되는 점이 있다면 주로 다음과 같은 점이다. 즉 <白毛女>는 농후한 戲曲 냄새를 물씬 풍기고 있으며, 전통 戲曲과 마찬가지로 강한 故事性과 복잡한 스토리 및 첨예한 갈등, 그리고 선명한 성격을 가지고 있다는 점이다. 물론 서양 歌劇의 장점을 흡수하여 주인공 喜兒의 喜怒哀樂이 모두 음악의 곡조를 통해 표현이 되고, 이에 따라 서정적 요소가 극 전체를 관통하고 있기도 하다. <白毛女>에는 노래도 있고 춤도 있지만, 그 춤은 오히려 전통적인 戲曲 속의 優美한 동작 및 표현과 비슷한 그런 노래와 춤의 특징을 가지고 있다. 전체적인 공연 예술 면에서 <白毛女>는 전통 戲曲에서 寫實과 寫意의 虛實을 서로 결합시키는 수법을 취하여 진실감과 함축미가 풍부한 그런 공연이 이루어지게 하였으며, 일부 동작에 현대희곡보다 과장된 점

이 있기는 하였지만 이런 동작 속에는 농후한 생활 氣息이 묻어 있었다. 그리고 음악 면에서 작품은 인물 성격과 스토리의 요구에서 출발하여, 민가와 秧歌를 이해한 바탕 위에서 전통 戲曲 속의 음악과 새로운 음악의 장점들을 취하여 주요 曲調가 個性化되고 또 풍부한 민족의 風味를 가질 수 있게 하였다. 물론 <白毛女>는 또 서양 가극에서 볼 수 있는 齊唱·重唱·合唱 등의 형식을 대담하게 채용하여 팽배한 군중들의 투쟁의 격정을 아주 힘차게 표현해 냄으로써 작품의 사상 역량과 예술 역량을 증가시켰다.

<白毛女>가 사상 면에서나 예술 면에서 상당히 높은 성과를 얻었던 결과, 그 영향은 외국까지 미치게 되었다. 그리하여 소련이나 체코, 폴란드 등과 같은 국가에서 앞다투어 <白毛女>를 번역하여 공연한 바 있고, 일본 文藝界에서도 이를 발레로 개편하기도 하였다.

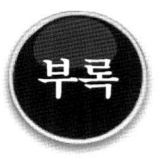

부록

曹禺의 抗戰劇 <蛻變>에 대하여1)

1. 緖論

1937년 7월 7일의 蘆溝橋 사변으로 시작된 중국의 抗戰은 국가적 차원에서도 크나큰 시련이었지만, 일반 백성 중 적지 않은 사람들도 이로 인해 多難한 역경과 고통을 받는 등의 다양한 연관관계를 가졌을 것이다. 더욱이 의식 있는 지식인이었다면 각자 자기의 분야에서 一身의 安慰보다는 자기 조국의 재난을 걱정하며 抗戰의 승리를 위한 길에 미력한 힘이나마 보탬이 되고자 애를 썼을 것인 즉, 曹禺는 연극 분야에서 자신의 주요 무기인 연극을 가지고 봉사코자 노력한 대표적인 인물이라 할 수 있다.

曹禺는 중국의 抗戰이 있기 전 <雷雨>·<日出>·<原野> 등 三部曲 창작과 열정적이고 활발한 희곡 활동 및 敎學 활동에 주력을 해 오다가 抗戰이 시작되자 모든 역량을 국난을 극복하는 활

---

1) 이 글은 《중국문학연구》 제23집에 <曹禺의 '蛻變'考>라는 제목으로 발표했던 졸고를 약간의 체제 수정을 거쳐 실은 것임.

동에 집중시켰다. 이 과정에서 抗戰劇 한 편을 창작하게 되었으니, 이는 曹禺가 국가를 위해 바친 애국심의 한 징표라 할 수도 있고, 또 중국의 抗戰 현실이 그에게 준 하나의 평범하지 않은 귀한 선물이라 할 수도 있다.

<蛻變>은 曹禺가 중국 抗戰時期에 쓴 유일한 抗戰劇이다. 이 작품은 다소 결점을 가진 가운데서도 대체적으로 抗戰 이전에 쓴 작품들보다 사상면이나 창작면에서 발전되었다고 보는 견해도 있고, 오히려 후퇴했다는 등의 비평도 있지만, 그가 작품에서 반영한 "애국주의 정신, 노동 인민을 열애하는 정신, 중화민족을 높여 敬仰하고 崇敬하는 정신, 민족 해방 전쟁을 끝까지 밀고 나갈 것이며 반드시 이길 것임을 굳게 믿는 낙관주의 정신, 중국이 용감하게 헌신하는 사람들의 공동 노력으로 반드시 거듭날 수 있을 것임을 확신하는 위대한 신념, 정직하고 고생을 참으며 보상을 바라지 않는 중국의 혁명적인 지식분자들이 국가의 위험한 시기에 나태함이 없이 기꺼이 분투하는 정신"[1] 등은 抗戰 당시의 수많은 군중들에게 용기와 희망이 되었다고 하는 평에 대해서는 그 누구도 평가 절하하기 어려울 것이다.

본 고에서는 <蛻變>이 어떻게 창작되고 어떤 특징을 가지고 있는지에 대한 그 개괄적인 모습을 살펴보고자 抗戰 중에 曹禺가 걸었던 역정을 살펴보는 것으로부터 시작하여 분석을 진행해보고자 한다.

---

1) 張慧珠:《曹禺劇評》, (北京, 北京十月文藝出版社 1995), 527쪽.

부록(1): 曹禺의 抗戰劇 〈蛻變〉에 대하여

2. 〈蛻變〉의 創作背景과 時代背景

抗戰이 시작되기 전 曹禺는 南京의 國立戲劇學校에서 교편생
활을 하고 있다가 잠시 고향인 天津에 갔는데 이 때 중국에 蘆溝
橋 사변이 발발한 것이다. 그는 天津에서 일본군들에 의해 폭격을
받아 사람들이 비참하게 죽어 가는 모습을 목격하고 분노를 참을
수 없었지만, 일본군의 추적에 따라 어쩔 수 없이 天津을 떠나게
되고, 이로부터 수년간의 방랑 생활을 하면서 중국의 抗戰 현실과
그 고락을 함께 하게 된다.

우선 曹禺는 피난 중인 南京 國立戲劇學校를 찾아 홍콩과 廣
州와 武昌을 거쳐 長沙로 갔다. 그는 長沙에 도착과 동시에 전면
적인 抗戰을 위해 "강의를 하면서 또 新舞臺劇·街頭劇 연출을
맡았으며, 또 실제 공연 활동에 참가하기도 하였고, 또 병원에 가
서 부상당한 사람들을 위로하기도 하였다."2)

당시 戲劇學校의 전체 師生 任職員들이 희곡을 抗戰의 무기로
삼아 일본 침략자들에게 항거하고, 희곡 선전을 통해 백성들이 일
치 단결하자고 발표했던 <敬告同胞書>를 보면 당시 抗戰 사명과
희곡의 책임이 어떠했는지를 이해하는데 도움이 된다.

> 우리가 살 길을 찾으려면, 일본인을 타도해야만 한다! 우리가 우리의
> 아내와 자식들을 보호하려면, 일본인을 타도해야만 한다! 우리가 안심
> 하고 사업을 하려면, 일본인을 타도해야만 한다! …… 우리의 자식들
> 을 앞으로 노예로 만들지 않기 위해서는 일본인을 타도해야만 한다.
> 우리는 모든 역량을 다 동원해 일본인을 타도해야만 한다. 일본이 타
> 도되어야만 우리에게 앞날이 있게될 것이다.3)

---

2) 胡叔和: ≪曹禺評傳≫, (北京, 中國戲劇出版社, 1994), 142쪽 참조.

우리 國立戱劇學校의 모든 가족이 평소에 연마한 희곡은 민중을 불러일으키고 민중을 훈련시키는 가장 강력한 무기이다. 우리는 희망컨대 이렇게 가장 강력한 무기를 가지고 各地로 가서 부모형제들에게 보여 주고 대중의 怒吼를 불러일으키자! 國立戱劇學校는 남경에서 활동을 하던 기구였지만, 우리는 抗戰이 전개된 이후, 활동의 범위를 넓혀야할 것이며, 특히 대도시에 국한을 시켜서는 안되고 內地 깊숙이 들어가 대중들과 접촉하는 것이 현재로서 더욱 중요한 일이라 사료된다. 그래서 우리는 순회 공연팀을 조직하여 各地를 순회하며 공연을 하게된 것이다. 지금 학교는 여전히 예전처럼 개학을 하였지만 우리는 우리가 선전을 해야할 책임을 그만두기를 원치 않는다. 우리는 희곡이 후방에서의 중요한 선전 도구임을 굳게 믿고 있으며, 우리 희곡에 종사하는 모든 사람들은 모두 분담을 하여 전면적인 抗戰 중의 一翼을 담당해야 한다![4]

1937년 11월 上海와 南京이 일본군에게 점령된 후, 정치적 문화적 중심지가 되었던 武漢에서는 수많은 연극 단체와 연극 종사자들이 대거 집중, "中華全國戱劇界抗敵協會"를 결성하여 하나의 통일된 역량을 과시하게 되었던 바, 이 때 曹禺가 理事로 선임되

---

3) 我們要求生路, 只有打日本人! 我們要保護自己的妻室兒女, 只有打日本人! 我們要安心做生意, 只有打日本人! …… 我們要不使自己的兒女將來做奴隸, 只有打日本人. 我們要拿出所有的力量來打倒日本人; 打倒了日本以后, 才能够有好日子.

4) 胡叔和: ≪曹禺評傳≫, (北京, 中國戱劇出版社, 1994) 140-141쪽.「我們國立戱劇學校的同人, 平常所研習的戱劇, 是喚起民衆, 訓練民衆的最有力的武器. 在目前, 我們希望能用這最有力的武器, 到各地來演給父老兄弟們看, 喚起大衆的怒吼! 國立戱劇學校是在南京工作的, 我們感覺到抗戰展開以後, 有擴大工作範圍的必要, 尤其不應局限于大都市, 深入內地, 接近大衆更是目前當務之急. 因此, 我們組織巡廻演出隊到各地巡廻公演. 現在, 學校仍然在照常開學, 但我們却不願放棄我們宣傳的責任, 我們深信戱劇是後方的重要宣傳工具, 我們每一個從事戱劇工作的人都應分擔起全面抗戰中的一部分工作!」

었는데, "協會"는 성립 선언문에서 연극 종사자들이 가지게 되는 임무를 네 항으로 나누어 적고 있다.

> 첫째, 抗戰이 이미 가장 위험한 단계까지 이르렀기 때문에 모든 연극 형태를 포함하여 전국의 연극계 인사들은 최대의 열성과 천재성을 발휘, 위대하고 장렬한 민족 전쟁을 위해 복무할 것. 둘째, 단결의 중요성을 알려서 전국의 혈기 있고 지각 있는 연극계 인사들에게 모든 선입견을 버리고 계파를 초월하고 직업을 초월하고 지역을 초월한 단결을 공고히 할 것을 요구할 것. 세째, 희곡 예술의 내용과 형식을 통일시켜 발전시킬 필요성을 알리고, 고도의 예술적 수준을 가진 완전한 희곡만이 더욱 효과적으로 抗戰을 추동시킬 수 있기 때문에 抗戰을 위해 복무할 때는 새로운 예술 형식을 추구하는데 신경을 쓸 것. 넷째 우리의 抗戰은 이미 전 세계가 자유를 쟁취하고 침략을 반항하는 운동의 중요한 일환임을 알릴 것.[5]

1938년 초 國立戱劇學校가 長沙에서 重慶으로 이사를 하게 됨에 따라 曹禺도 重慶에서 敎學과 연극 활동에 주력하였던 바, 무엇보다 뜻깊은 활동의 하나는 이곳에서의 "戰時戱劇講座"였다. 강좌는 주로 희곡 분야에 대한 전문가·교수, 그리고 직접 현장에서 작업을 하는 지식인들이 강사로 참가하였는데, 曹禺는 여기서 <編

---

5) 田漢: <關于抗戰戱劇改進的報告>; 田本相·焦尙志: ≪中國話劇史研究槪述≫, (天津, 天津古籍出版社, 1993) 222쪽. 「第一, 爲着抗戰已進入最危險階段, 全國戱劇界人士, 包括一切劇種, 應該奮發其最大的熱誠與天才爲偉大壯烈的民族戰爭服務; 第二, 指出了團結的重要, 要求全國有血性有覺悟的劇界人士, 捐除一切成見, 鞏固這一超派系·超職業·超地域的團結; 第三, 指出了戱劇藝術內容形式統一發展的必要, 在抗戰服務中應該注重對新藝術形式的追求, 因爲只有藝術高度完整的戱劇才能更有效地推動抗戰; 第四, 指出了我們的抗戰已經是全世界爭取自由反抗侵略運動的重要一環.」

劇術>을 강의하였다.

曹禺의 이 <編劇術> 강의는 연극 전반에 관한 자신의 연극관을 피력한 비교적 원론적인 내용이었지만, 抗戰이란 현실에서 抗戰劇이 걸어야할 노선과 임무에 대한 언급을 했다는 것에 상당한 의의를 가진다.

> 抗戰劇은 각 계층과 각 지역에 깊이 들어가야 하고, 환경이 다른 곳 — 때로는 도시, 때로는 농촌, 때로는 길거리, 때로는 또 준비가 상당히 잘 된 극장 — 에서 각종 공연을 해야 한다. 무대가 달라지고 관중이 달라지면 동일한 抗戰劇으로 아무 데서나 공연을 할 수 없고, 또 아무 데서나 공연을 했을 경우 그 효과도 좋을 수가 없다. 어떤 사람이 농촌에 가서 공연을 할 때 그것이 아주 유명한 작품이고 내용도 있고 또 효과를 거두었던 抗戰劇이었는데 그 결과는 실패하였다고 했을 때 그 극본은 다시 쓰지 않으면 안 된다고 생각한다. 왜냐하면 도시 내에서는 이른바 "유명한 抗戰劇"이었다고 하지만, 농촌에 와서는 순식간에 그 작품이 근거로 했던 특수한 "관중"과 "무대"를 잃어버리기 때문이다.6)

1937년 12월 武漢에서 "中華全國戲劇界抗敵協會"가 창립되었고, 이듬해 10월에는 重慶에서 제1회 全國戲劇節 행사가 열리게 되었다. 이에 曹禺는 宋之的과 함께 이전에 이미 창작된 바 있었

---

6) 曹禺: <編劇術>; ≪曹禺論劇作≫, (上海, 上海文藝出版社, 1985), 282쪽. 「抗戰劇要深入各階層·各地域, 要在各種不同的地方 — 有時在城裏, 有時在農村, 有時在街頭, 有時又在設備得相當完善的劇場 — 做各種演出. 因爲舞臺不同, 觀衆不同, 所以同一個抗戰劇不能到處演得, 也不能隨地演得實效. 有的同志下鄕演戲, 演的是有名的·有內容的·有失效的抗戰劇, 但結果是失敗了, 覺得那劇本非重寫不可, 因爲城市內所謂的'抗戰名劇', 移到鄕下, 突然失脚了它所憑藉的特殊的'觀衆'與'舞臺'的緣故.」

부록(1): 曹禺의 抗戰劇 <蛻變>에 대하여

던 4막극 <總動員>을 개편하여 <全民總動圓>이란 제목의 抗戰 반영 극본을 가지고 참가를 하였다. 극본은 간첩과 매국노를 질책하고, 애국지사와 항일 장교를 歌頌하는 내용이었다. 급조한 탓에 "현실을 반영함에 깊이가 부족하고", 예술 역량이 부족"[7]하기는 하였지만, "한간을 숙청하고 적의 후방을 전선으로 삼아 全民을 동원하여 抗戰에 복역하는 것이 우리 작품의 주제였다."[8]고 말하는 작자 자신의 말이나, 공연에서 10만 관중의 심금을 울려 대단한 파급 효과를 주었다는 기록[9]을 볼 때, 抗戰劇으로서의 임무를 충실히 완수했다고 볼 수 있겠다. 이러한 역정과 실천이 바로 抗戰劇 <蛻變>이 창작되게 한 배경이라 하겠다.

<蛻變>은 1939년 四川 江安에서 창작이 되었는데, 抗戰 현실에 대한 다급한 열정으로 인하여 작품은 30여 일만에 급조되었다. 그래서 <蛻變>은 曹禺 극작 중 가장 단시일 내에 쓴 작품으로 꼽힌다. 그는 당시 상황을 이렇게 술회한다.

당시 나는 季紫劍이라는 학생을 데리고 있으면서 같이 먹고 같이 잠을 자면서 밤낮을 가리지 않고 썼다. 내가 일부분을 완성하면 그가 곧바로 原紙에 새겼다. 한 幕이 완성되면 공연팀에게 연습을 하도록 넘겼다.[10]

---

7) 楊海根: ≪曹禺的劇作道路≫, (上海, 上海文藝出版社, 1988), 108-109쪽.
8) 曹禺: <黑字二十八・序>; 田本相 ≪曹禺文集(2)≫, (北京, 中國戲劇 出版社, 1988), 161쪽.
9) 中國大百科全書總編輯委員會≪戲劇≫編輯委員會: ≪中國大百科全書≫ (戲劇卷), (北京, 中國大百科全書出版社, 1989), 527쪽.
10) 曹禺: <"蛻變"寫作前後>; ≪華東師大學報≫(哲社版), 1984年 第4 期, 22쪽. 「當時, 我讓一個叫季紫劍的學生跟着我, 我們同吃同睡, 夜以繼日地幹. 我寫一部分, 他就刻一部分臘紙; 寫一幕, 交演出隊排 一幕.」

여기서 우리는 작가가 작품을 채 다 완성하기도 전에, 쓰여진 작품의 일부는 곧바로 인쇄와 공연 연습으로 이어졌다는 상황을 보면서, 당시 抗戰劇을 통하여 관중들의 抗戰 의식 고취가 얼마나 다급했었는가를 쉽게 알 수가 있다.

<蛻變>을 창작함에 曹禺는 몇 가지 요인으로 인하여 작품 완성이 앞당겨졌다고 이야기를 하는데 이를 종합하면 다음과 같다.11)

① 강렬한 민족의 의분

작자는 蘆溝橋 사변 때 天津에 있으면서 일본군의 폭격으로 건물들은 불바다를 이루고 사람들은 죽어 길가에 시체가 뒹구는 모습을 보았는데 이것은 바로 "≪神曲≫ 속의 지옥"과 같다는 생각이 들면서 말로 표현할 수 없는 민족의 의분이 일었다.

② 수많은 인민들의 애국심에 불타는 열정적인 고무

작자가 天津에 있을 때, 분노한 평범한 군중들이 白晝 대낮에 일본 병사 한 명을 때리는 용감한 모습을 목격하였고, 또 天津에서 영국 화물선을 타고 홍콩으로 갈 때, 배에 탄 男女老少들이 모두 "의용군 행진곡"과 "송화강 위에서" 등 애국의 가곡을 부르는 모습을 통해, 사람들의 마음이 격앙됨으로 인해 어린아이의 심령에까지 抗日救國의 불씨가 붙어 있음을 알았다. 戲劇專科學校 교원들 중 적지 않은 사람들이 다 괜찮은 생활 조건을 뿌리치고 重慶으로 와서 항일 구국 운동에 투신하였던 바, 丹尼와 佐臨 부부 같은 경

---

11) 曹禺: <"蛻變"寫作前後>; ≪華東師大學報≫(哲社版), 1984年 第4期, 22-23쪽.

우도 上海에 편안한 서양식 주택을 가지고 있었지만 이런 것에는 조금도 미련을 두지 않고 떠나와서 습기 찬 지하실에서 기거하였고, 張駿祥도 抗戰을 위해 미국에서 돌아와 그 궁핍하고 외진 벽촌에서 생활하면서 일말의 원망도 없이 한 달에 얼마 되지도 않는 봉급을 받아가는 모습을 보고 인민들의 애국심을 읽을 수 있었다.

③ 새로운 사람, 새로운 일이 준 激勵

1937년 홍콩에서 戲劇專科學校를 찾아 長沙로 갔다가 그곳에서 徐特立이 "抗戰必勝, 日本必敗"라는 제목으로 강연하는 것을 듣고 감동을 받았다. 또 천 리를 멀다 않고 중국의 抗戰을 돕기 위해 찾아와 숭고한 정신을 실천으로 옮긴 외국인 白求恩의 사적 등을 통해 작가는 감동을 받았던 것이다.

④ 國民黨 각 기관의 부패상에 대한 불만과 부상병 병원을 보고 나서

國民黨 기관의 관원들은 상하를 막론하고 모두가 한 통속이 되어 貪汚와 腐敗에 습관이 되어 있었고, 抗日은 마치 그들과는 아무런 상관이 없다는 듯, 오직 "抗日"을 빌미로 부정한 방법을 통해 돈을 벌고자 하는 것을 보았고, 전선의 戰況이 아주 좋지 못한 상황에서 국민당 군대가 속속 패배로 후퇴하는 것을 보았다. 天津에 있을 때 일본인들은 자기들이 점령한 도시 이름을 애드블룬에 써서 공중 높이 띄워놓은 것을 보았는데 국민당은 2, 3일만에 하나씩 도시를 잃어 갔다. 長沙의 상당한 부상병 내부의 여러 상황들이 사람을 분노하게 하였는데, 四川 江安 劇專 부근의 한 병원에서도 이런 것을 대체적으로 접할 수 있었다.

이상이 <蛻變> 창작에 가속도를 붙게 한 요인이라고 작자는 말한다.

작품은 民國 27년(1938년) 1월 중순으로부터 民國 29년(1940년) 4월까지의 이야기로, 어느 한 작은 후방에 있는 성립 부상병 병원을 중심으로 전개가 된다.

曹禺는 抗戰을 위한 연극 활동을 계속하면서 동시에 이 작품을 抗戰활동의 일환으로 생각하며 썼기 때문에 작품의 내용도 현실을 그대로 반영한 "抗戰"이 소재가 되었고, 작자의 이상을 기탁함도 관중들로 하여금 일치 단결하여 對日 전쟁에 적극 동참할 것을 유도하는 내용이 되었다.

그러면 먼저 작품의 梗槪를 작품의 지문을 통해 간단하게 살펴보기로 한다.

> 남경이 함락되기 몇 달 전, 수많은 기관들은 황급히 후방으로 옮겨간다. 이에 한 성립 후방 병원도 당황하여 어쩔 줄 모르는 사람들의 무리를 따라 명령에 따라 후방의 작은 도시로 옮겨간다.[12]

> 이사를 한지 석 달이 다 되어 간다. …… 얼마지 않아 높은 자리에 있는 사람들은 현지의 유지들과 밀접한 관계를 가지면서 …… 서로 결탁을 하여 국난을 기회로 장사를 하기에 이른다. …… 이에 따라 하위직 사람들도 점차 게으름을 피우고 일을 대충대충 하는 것에 습관이 된다.[13]

---

12) 田本相: ≪曹禺文集≫(第2卷), (北京, 中國戲劇出版社, 1988), 174쪽. 「南京失守前數月, 許多機關倉惶搬到後方來. 于是一個省立的後方醫院, 也隨着惶亂的人群,奉命遷移到後方一個小城.」

13) 田本相: ≪曹禺文集≫(第2卷), (北京, 中國戲劇出版社, 1988), 174-175쪽. 「搬來幾將三整月了. …… 過了不久, 上面的人開始和當地士紳往來密切 …… 做國難生意. …… 于是在下面的也逐漸懈怠,

부록(1): 曹禺의 抗戰劇 <蛻變>에 대하여

가난하고 편벽한 곳으로 와서는 "하늘도 황제도 멀리 있어" 병원에는 더욱 "준법" 정신이 결핍되어 있다. 원장이 사람을 고용하거나 일을 처리할 때는 오직 자기의 일시적인 이해 관계와 희비에 따라서 처리를 하기 때문에, 아래 사람들이 아첨으로 그의 신임을 얻어 놓으면 직원이 마음대로 월권을 해도 기탄을 하지 않았고, 그의 환심을 얻지 못하면 병원에서 그럭저럭 먹고 살다가 죽기만 기다릴 수밖에 없었으며, 심지어 책임 소재를 추궁하게 되면 오히려 책망을 듣게 된다.14) 抗戰이 시작된 지 겨우 반 년이 지났지만, 이 작은 병원은 지금까지의 행정 기구가 가지고 있던 약점들을 하나하나 드러내 보이기 시작하면서, 정부가 일말의 관용도 없이 엄격하게 채찍을 가하면서 교정과 개선을 실시할 필요성을 절실하게 기다리고 있었다.15)

양감찰관이 철저하게 개혁을 한 후, …… 이로부터 지금까지 꼬박 1년 반. 병원의 행정 요원들은 구태를 벗고 새롭게 변신하여 크게 변화되었다. …… 지금 병원의 공무원들은 책임의 한계를 확실하게 하고 계통을 분명하게 하고 있을 뿐만 아니라, 부지런하면 상을 받고 게으르면 벌을 받게 됨에 따라 일년 안에 봉공 정신과 준법 정신, 그리고 근무에 분투하는 기풍이 벌써부터 조성이 되었다.16)

習于苟且.」

14) 田本相: ≪曹禺文集≫(第2卷), (北京, 中國戲劇出版社, 1988), 175쪽. 「搬到這個窮鄉僻壤, "天高皇帝遠", 院裏更缺乏"守法"的精神. 從院長起, 他用人辦事但憑他自己一時的利害喜怒爲轉移, 下屬會逢迎, 得到他的信任, 便可以任意越權, 毫無忌憚; 不得他的歡心的, 就只能在院內混吃等死, 甚至如果負起責任, 反遭申斥.」

15) 田本相: ≪曹禺文集≫(第2卷), (北京, 中國戲劇出版社, 1988), 176쪽. 「抗戰只半年, 在這個小小的病院裏, 歷來行政機構的弱點, 都一一暴露出來, 迫切等待政府毫不姑息地予以嚴厲的鞭策, 糾正和改進.」

16) 田本相: ≪曹禺文集≫(第2卷), (北京, 中國戲劇出版社, 1988), 304쪽. 「經過梁專員那次徹底改革後, …… 從那時起到現在, 整整一年有半. 醫院裏的行政人員易舊換新, 變動很大. …… 現在院裏的公務人員, 權責劃淸, 系統分明而且勤有獎, 惰有罰, 一年來, 奉公守法, 勤奮服務的風氣, 已經啓導造成.」

중국 항전 희곡사

오랜 투쟁 중에서 이 자그마한 단체는 수많은 투쟁과 시련을 통해 "한 번 마음먹은 것은 끝까지 해내고야 만다."는 고도의 강인성을 가지게 되었고, …… 참신한 정치 풍토의 서막이 형성되기 시작하였다. 抗戰 과정 중의 중국 행정관리가 하루빨리 그 썩어빠진 껍데기를 벗어 던지고 새로운 시대로 매진할 것을 말해 준다.[17]

　이상과 같은 극의 스토리는 여러 인물들의 다양한 성격과 추구를 통해 진행이 되고, 그들의 사상과 활약은 작품의 주제를 뚜렷하게 부각시켜 주고 있는데, 이제 그 주요 인물들의 특징을 살펴보기로 한다.

3. 〈蛻變〉 人物分析

　〈蛻變〉에는 서른 두 명의 인물들이 등장하고 있는데, 이들 중 극의 진행에 있어 상당한 역할을 담당하는 인물들은 대략 전체 인물의 삼분의 일쯤 된다. 이 인물들은 병원의 개혁 대열에 동참하여 脫舊變新을 추구하는 긍정적 인물들과, 이에 逆行하며 개인적인 욕망과 妄執에 사로잡혀 사리사욕이나 채우고자 하는 小我的 근성을 가진 부정적 인물들로 대별된다.

　긍정적 인물군에 속하는 인물로는 梁公仰과 정의사를 그 대표로 들 수 있고, 이들과 같은 계통에 속하는 인물로는 謝宗奮・光行健・溫宗書・丁昌・陳秉忠 등을 들 수 있다. 또 부정적 인물군

---

17) 田本相: ≪曹禺文集≫(第2卷), (北京, 中國戲劇出版社, 1988), 370-371쪽.
　「在長期的鬪爭裏, 這小小的團體, 經過千錘百煉, 他們早已獲得高度的韌性, "鍥而不舍", …… 開始造成一種嶄新的政治風氣的先聲. 在抗戰過程中, 中國的行政官史, 早晚必要蛻掉那一層腐舊的軀殼, 邁進一個新的時代.」

에 속하는 주요 인물로는 秦仲宣과 馬登科를 그 대표로 들 수 있고, "僞組織"과 孔秋平·範興奎 등이 같은 계통에 속한다고 할 수 있다.

그러면 이들 인물을 하나하나 살펴보기로 한다.

(1) 肯定的 人物群

梁公仰은 曹禺가 <蛻變>의 주제를 가장 잘 부각시키기 위해 설정한 인물이라 할 수 있다. 그는 정부가 파견한 관리로서, 부패한 한 성립 부상병 병원에 감찰관 자격으로 와서 병원을 새롭게 탄생시키는데 견인차 역할을 하는 先進 人物로 묘사되고 있다.

고상한 인품을 가진 梁公仰은 다른 사람에게 존경받을만한 조건은 다 가지고 있는 그야말로 全能한 사람이라 할 수 있다.

그는 근면하고 성실했으며, 자기 자신의 개인적인 일보다는 공적인 일을 먼저 생각하는 멸사봉공의 정신이 투철한 사람이었다. 또 관리로서의 권위를 내세움이 없이 항상 衣食住에 대하여 검소한 모습을 보였고, 대인관계에 있어서도 지위 고하를 막론하고 그 누구에게나 낮은 자세로 眞率되고 진지하게 대하였다.

이런 훌륭한 인격 및 미덕 위에 그에게는 항상 민족의 장래와 抗戰의 승리를 위한 강한 의지를 가지고 있었고, 이를 위한 실천에 열과 성을 다하는 모습까지 보이고 있으며, 때로는 세상의 어떤 어려운 일도 거침없이 해결해 내는 전능한 해결사로까지 묘사되고 있으니 이보다 더 완벽한 인물이 어디 있을까 싶다.

이 梁公仰 형상은 작가가 머리 속에서 창조해낸 가공의 인물이 아니라, 실제 생활환경에서 이와 같은 인물 원형을 접하고 느낀 바 있어 이를 典型化시킨 것이라고 작가는 말한다.

抗戰 때 나는 劇專의 선생으로 있었다. 劇專이 長沙로 이사를 했을 때 하루는 한 노인이 왔다는 이야기를 들었다. 강연을 어찌나 잘하는지 말을 시작했다 하면 6시간이나 한다고 해서 나도 달려가서 들어보았다. 그의 강연은 "抗戰必勝 日本必敗"의 이치에 관한 것이었다. 듣고 나서 나는 너무 감동을 받았다. 다음날 날이 밝기도 전에 그 노인이 묵고 있는 곳으로 달려갔으나 이미 그는 없고 방에는 단지 그의 어린 근무병만이 있었다. 그들은 한 작은 방에서 같이 묵었다. 근무병은 나에게 말해 주기를 그와 노인은 같은 한 침상에서 잠을 잤는데 노인은 아직도 그에게 공부를 하게 하였다는 것이었다. 지금 보면 사실 그렇게 신기한 것도 아니지만 당시에는 나에게 아주 큰 자극이 되었기에 평생 잊을 수가 없다. 얼굴이 온통 붉은 그 어린 근무병은 이제 겨우 열 몇 살로, 난 아직까지 이런 병사를 본 적이 없었다. 당시 나는 이런 노인을 반드시 붓으로 묘사를 해야겠다는 생각이 들었다. …… 이 연로한 선생은 나에게 대단한 계시와 고무를 주었는데, 이로써 나는 <蛻變> 중의 한 인물 — 梁公仰 — 을 묘사하게 되었다.18)

---

18) 張葆辛整理: <曹禺同志談劇作>; ≪文藝報≫, 1957年 第2期; ≪曹禺論創作≫, (上海, 上海文藝出版社, 1985), 156쪽. 「抗戰時, 我在劇專敎書. 劇專遷到長沙時, 有一天, 我聽說來了個老頭子. 講演講得很好, 一講就是六個鐘頭. 我也跑去聽了.他講的是"抗戰必勝, 日本必敗"的道理. 聽過之後, 我感動極了. 第二天, 天不亮我就跑到這位老人住的地方去了. 但已經不在了, 房間裏祇有他的小勤務兵. 他們同住在一間小房. 勤務兵告訴我,他和老頭睡在一張床上, 老頭子還敎他讀書. 現在看來, 實在不稀奇; 但在當時, 給我的刺激之大, 是我一輩子也忘不了的. 那個小勤務兵的臉蛋通紅, 纔十幾歲. 我從來沒有看到這樣的兵. 當時, 我覺得, 這個老頭子, 我非寫不可. …… 這位老先生給了我極大的啓示·鼓舞. 我纔寫了<蛻變>中的一個人物 — 梁公仰.」

이와 같은 원형을 가진 梁公仰 형상을 작품에서는 마침내 민족을 위한 유능한 戰士의 대표자로, 민족의 앞날을 믿고 맡길 수 있겠다는 믿음과 희망과 용기의 化身으로, 민족의 의식과 현실을 脫舊變新하게 한 자랑거리로 승화를 시켜 놓은 것이다.

그의 진지한 생활 태도와 숭고한 정신은 큰 영향과 파급 효과를 가져왔던 바, 우선 정의사가 그로 인해 비관적이고 회의적인 심리 상태에서 벗어날 수 있었고, 병원은 또 그의 심적 변화와 새로운 다짐으로 개혁의 속도를 빨리 할 수 있었던 것이다.

정의사는 남편과 사별을 한 후, 지금은 17살짜리 아들을 하나 두고 있을 뿐이다. 그녀는 일찍이 남편과 외국에서 유학을 한 후 上海에서 편안한 의사 생활을 하고 있었으나, 抗戰이 시작됨에 따라 자신의 신앙에 따라 민족을 위하여 헌신해야겠다는 뜨거운 가슴으로 이곳 부상병 병원에 투신한 인물이다. 지금은 오직 투철한 국가관에 입각하여 병원에서 의사로서의 임무를 성실하게 수행해 가고 있는데, 그의 다짐을 지문에서는 이렇게 표현하고 있다.

> 그녀는 이곳에 와서 수많은 시련을 겪었다. 수없이 많고 비참한 일들을 봄으로써 그는 더욱 자신이 이 위대한 민족을 위해 죽어야겠고, 이 후방 병원의 구호와 치료 지식을 제고시키기 위해 진력하고, 부상병 동지들의 불필요한 고통을 들어줘야겠다고 굳게 결심한 것이다.[19]

---

19) 田本相: ≪曹禺文集≫(第2卷), (北京, 中國戲劇出版社, 1988), 227쪽. 「她來了, 她受了許多折磨. 看到多少慘痛的事實使她益發相信自己更該爲這個偉大的民族效死, 應竭力提高一般後方醫院的救護和治療知識, 減少傷兵同志不必要的痛苦.」

이와 같이 원대한 이상을 가진 정의사는 지식분자로서의 어떤 책임감과 의사로서 걸어야할 임무에 대해 확실한 의식을 가지고, 실제로 병원에서 의욕에 넘치고 애국심에 불타는 헌신 정신을 직접 행동으로 보여주는 지식인으로 등장하고 있다.

그러나 국난의 어려운 상황과, 부정과 부패로 습관화되어버린 사회 현실 가운데서 모든 일이 그의 뜻대로 순조롭게 진행된 것은 아니었다. 감내하기 힘들 정도의 많은 실망과 고민과 회의에 부딪쳤지만 梁公仰의 모범적인 행동과 그의 지지에 힘입어 자신의 이상을 펼쳐갈 수가 있었던 것이다.

극본에서는 특히 그녀를 堅剛한 성격의 소유자로, 원칙 고수주의자로, 부패한 세력에 목숨걸고 대항하는 반항자의 모습으로 묘사하고 있음을 지문이나 대화 등을 통해서 쉽게 볼 수가 있다. 그러나 이렇게 理智的 知識 女性으로서의 剛直된 모습만을 보여주고 있는 것이 아니라, 때로는 부상당한 병사들 앞에서, 사경을 헤매는 자식 앞에서는 눈물과 정과 사랑을 보이는 평범한 여성, 평범한 어머니의 모습을 보여주기도 한다.

특히 그녀는 부정과 부패로 일관하는 秦仲宣·馬登科 등과 같은 세력이나 이런 세력을 등에 업고 자신의 편리와 이익을 챙기려는 기생충 같은 인물들에게 완강하게 맞서는데 주저하지 않았다. 그녀는 말한다. "중국이 만일 어려움을 이기고 국면을 바꾸려면 抗戰 중의 관리들이 책임을 가져야 한다"고. 정의사가 아첨꾼 馬登科에게 퍼붓는 질타 속에서 그녀가 증오하는 것이 무엇이고 그녀가 추구하는 것이 무엇인지를 짐작할 수가 있다.

그럭저럭 버티면서, 속이고, 대충대충 일들을 하니, 일이 당신 같은 사람들 손에만 가면 방법이 있던 것도 방법이 없어져 버려요. 지금 한스러운 것은 내가 즉시 일종의 혈청을 발명해서 당신같은 사람들의 혈관에 주사하여 당신들의 마음 속에 가진 '게으른' 독성, '느려빠진' 독성, '우매한' 독성, '수치를 모르는' 독성, '이기적인' 독성, '지나치게 똑똑한' 독성, '무책임한' 독성 등 나쁜 기질들을 완전하게 깨끗이 씻어버릴 수 없다는 것입니다. 이렇게 해야만 抗戰의 앞길에 진정한 방법이 있게 될 것이요.[20]

중국의 앞날에 진정한 희망이 있게 하기 위해 정의사는 할 일이 무엇인지를 분명하게 인식하고 있었다. 이러한 인식이 그녀로 하여금 忘我의 경지에서 부상병들을 즐겁게 돌볼 수 있게 하였던 것이다. 그녀는 1개월 동안 139회, 하루 평균 40차례가 넘는 수술을 하는 격무 속에서도 환자들에 대한 책임감과 그들을 구제하려는 고귀한 정신에 불타고 있었기에 피가 부족한 대대장 李鐵川의 생명을 구하기 위해 그녀는 자기의 피를 기꺼이 헌혈하였고, 심지어 자기 아들의 생명이 어떻게 될 지도 모르는 위급한 수술을 하게 되었음에도 그녀는 우선 다른 중상병을 돌보러 가는 대단한 모습을 보여준다. 가히 감동적인 행동이 아닐 수 없다.

그러나 이러한 애국적인 충정도 아들의 중상이 다 완쾌되면 자신의 곁을 떠나지 못하게 하겠다는 "어머니로서의 이기심"이 잠시 일어 평범한 어머니로 돌아갔으나, 이것도 잠시였다. 그녀는 완쾌된 부상병들이 민족을 위해 다시 전선으로 떠나는 모습에 고무되

---

20) 田本相: ≪曹禺文集≫(第2卷), (北京, 中國戲劇出版社, 1988), 232-233쪽.
「敷衍, 應付, 慮僞, 苟且, 事情到了你們這般人手裏, 有辦法也變成沒辦法.(忿極)我恨不得我能立刻發明一種血淸, 打到你們每個人的血管裏, 把你們心裏的毒質: "懶"毒, "緩"毒, "愚"毒, "無恥"的毒, "自私"的毒, "過份聰明"的毒, "不責任"的毒, 一起洗干淨. 這樣, 抗戰的前途才眞有辦法.」

어, 주저없이 자신의 아들을 "공동의 이상"을 위해 "위대한 조국"
에 바치기로 결정을 한다.

曹禺는 이와 같이 정의사를 유능하고 숭고한 정신을 가진 완벽
한 지식인 형상으로 소조해 냈지만, 이 역시 梁公仰처럼 작가가
상상으로 창작해낸 가공의 인물이 아니라 실재하는 인물의 사적을
통해 이것을 새롭게 형상화시킨 인물이라고 작가는 말한다.

> 그 때, 나는 이미 白求恩이란 사람을 알고 있었다. …… 그의 事迹을
> 들은 후에 나는 아주 감동을 받았다. 그리고는 지식이 있는 사람은 마
> 땅히 이렇게 살아야겠다는 생각을 하였다. 정의사의 정신은 바로 여기
> 에서 온 것이다.21)

아무튼 정의사는 의사로서 어머니로서 전사로서의 다양한 신분
을 가지고 작품이 밝은 방향으로 나아가는데 주도적인 역할을 한
인물이라고 할 수 있다. 물론 어떤 이는 정의사 형상을 貶下하여
그녀는 "객관적인 현실에 대한 정확한 인식과 이상을 가지고 원칙
을 견지하면서 용감하게 전투에 임한 용사가 아니다. 그녀는 그저
어려움을 참고 견디는 한 과부요, 부상병을 사랑하는 자상한 여자
요, 외롭게 사는 한 여성에 불과하다." "그녀는 하나의 비극을 가
진 자로, 그녀의 몸에서 우리는 승리의 희망이나 역량을 찾아볼
수가 없다."22)는 등의 부정적인 평가를 내린 경우도 있지만, 抗戰

---

21) 張葆莘整理: <曹禺同志談劇作>; ≪文藝報≫, 1957年 第2期; 曹禺:
≪曹禺論創作≫, (上海, 上海文藝出版社, 1985), 156쪽. 「那時候,
我已經知道有一個白求恩了 …… 聽到他的事迹之後, 我很感動, 覺
得: 一個有知識的人, 應這樣活. 丁大夫的精神就是從這裏來的.」
22) ≪中國新文學史初稿≫下卷 167面. 華忱之: ≪曹禺劇作藝術探索≫,
(四川, 四川文藝出版社, 1988), 147쪽. 「對客觀的現實具有正確的認

부록(1): 曹禺의 抗戰劇 ⟨蛻變⟩에 대하여

당시 작품을 觀劇하는 중국 관객들에게는 무한한 희망과 용기를 심어주는데 지대한 공헌을 한 인물이라는 데는 반론의 여지가 없다 하겠다.

梁公仰과 정의사의 긍정적인 사고와 추구에 충실한 보조자 역할을 감당하고 있는 謝宗奮은 가난한 환경 중에서도 굴하지 않고 온 집안의 생계를 책임지고 열심히 살아가는 청년 형상이다. 공무원 신분인 그는 국가를 위해 열정을 가지고 신바람 나게 근무하는 인물로 묘사되어 있다. 그는 솔직한 성품을 가졌고, 그 솔직함으로 때로는 당국의 정곡을 찌르는 과감함을 보이기도 한다. 그는 병원을 찾아온 부상병들에게 친절하였을 뿐만 아니라 병원 업무를 훤히 꿰뚫고 있어 실무자로서의 모범적인 공무원상을 하고 있다. 특히 부정과 비리의 온상인 병원 원장을 "傍若無人"한 인간, "厚顔無恥"한 "獨不將軍"이라고 신랄하게 비평하는 모습에서 악을 증오하는 그의 성격을 엿볼 수 있다.

남경이 함락된 후로 지금까지 두 달이 다 되어 가는데 우린 늘 이런 귀신같은 일, 귀신같은 사람, 귀신같은 놀음이니. 抗戰은 마치 다른 사람들 일 같고, 우리는 하루내 여기 앉아 한담이나 하고 말도 안 되는 거짓말이나 해 대고. 일마다 어쩔 도리가 없다고 소곤대다가 있다 보면 모든 일이 다 처리가 되고! …… 정말이지, 나라와 민족이 우리 같은 이런 폐물들을 키워서 무슨 좋은 점이 있겠어? 무슨 좋은 점이?23)

識和理想，而又堅持原則，敢于戰鬪的無畏的勇士．她僅僅是一個茹苦含辛的寡母，一個愛護傷兵的仁慈的女性，一個孤零零的女性." "這是一個悲劇的性格，在她的身上，我們看不出勝利的希望和力量.」

23) 田本相: ≪曹禺文集≫(第2卷), (北京, 中國戲劇出版社, 1988), 208쪽.「從南京失守到現在快兩個月，我們整天就是這種鬼事，鬼人，鬼把戲. 抗戰彷佛是人家的事，我們只要整天坐在這兒談閑天，鬼畵符，

위의 독백은 抗戰에 임하는 기관과 구성원들의 태도가 자신의 생각과 다름에 불만을 호소한 대목이다. 여기서 그는 다른 사람에게만 책임을 전가시키는 것이 아니라 자신까지 포함시켜 질책을 하고 있음에 그 귀함을 느끼게 한다. 특히 그는 梁公仰이 추진하는 개혁의 뜻을 읽고 馬登科가 창고 유용에 대하여 거짓 증언을 할 때 이를 과감하게 폭로하여 梁公仰의 개혁 추진에 힘을 실어 준다.

光行健은 병원이 개편된 뒤에 들어온 생기발랄한 젊은 직원으로, 바쁠 때는 다른 사람보다 자기의 업무를 우선적으로 처리하고자 욕심을 부리기도 하지만, 때로는 여유 속에서 농담을 하기도 하는 착실한 인물이다. 작품에서 이런 모습은 謝宗奮에게 이전 원장 秦仲宣의 죽음을 알리는 장면에서 특히 두드러진다. 그가 호기심을 유발시키며 상대방을 절정으로 유도하는 대화술은 수준급이라 할 만하다. 병원이 이상적으로 개혁되고 발전되어 가는데 훌륭한 수족의 역할을 담당할 수 있는 인물로 묘사되어 있다.

溫宗書는 병원 개편 후에 부임해 온 부원장으로, 정직한 학자 타입의 공무원이다. 그는 아주 예의 바른 태도로 일을 계획에 따라 차근차근 조리 있게 해 나가는 성실한 인물로, 다소 날카로운 목소리에 여성스런 행동을 보이기는 하지만, "자기가 맡은 직분은 아주 유쾌하게 잘 처리하는" 양호한 성격 특징을 가진 인물로 묘사되어 있다. 하지만 급변하는 抗戰 현실에서 梁公仰이 주도하는 개혁에 보조를 맞추기에는 다소 능력과 수완이 부족한 특징을 가지고 있기도 하다. 그에 대한 작자의 묘사를 보자.

事事嚷沒辦法, 事情就可以辦好了! …… 眞是, 國家民族養我們這些廢料有什么好處? 有什么好處?」

부록(1): 曹禺의 抗戰劇 〈蛻變〉에 대하여

긴박한 공무를 처리하는데는 다소 추진력과 과단성이 부족한 편이다. 그는 평화로운 시대에는 규율을 잘 지키는 좋은 관리가 될 수 있지만, 비상시기를 당해 독자적으로 예리하고 신속한 정신으로 일을 처리해야 할 때는 직분을 충분히 잘 할 수 있는 그런 抗戰 관리가 되기에는 부족하다.[24]

그래서 병원에 악성 학질이 하루가 무섭게 번져 가는 상황에서 어떤 방법을 강구해야 했을 때, 그는 그저 "객관적인 여건"이 허락하지 않는 상황하에 무슨 묘책이 없다는 소극성을 보인다. 이런 식의 발상과 태도는 梁公仰의 불만을 사기에 충분하였다. 그래서 梁公仰으로부터 "객관적인 조건! 객관적인 조건! 정말 알 수가 없군. 만약 이런 객관적인 조건이 영원히 불변한다면 온부원장은 병이 계속 퍼져 이 전선 부상병 병원이 전선 학질 병원으로 될 때까지 그냥 두겠다는 거요?"라는 질책을 받기에 이른다. 그러나 그도 점차적으로 상황이 급박해지고 중지를 모아야 할 즈음에 와서는 적극적인 행동을 보여 梁公仰의 뜻에 부응하는 모습을 보임으로써 抗戰 사업의 일익을 담당하게 된다.

丁昌은 정의사의 외동아들로 나이는 어리지만 너무나 어른스러운 면모를 가진 인물로 묘사되어 있다. 기개와 용감성을 가진 그는 戰地 봉사단을 결성하여 전쟁 지역을 돌면서 중국 사회 현실에 대한 풍부한 지식을 습득한 결과, 이제는 마흔에 가까운 자기 어머니까지 애국적인 차원에서 설득을 시킬 수 있게 정신적으로 성장해 버린 상태다.

---

24) 田本相: ≪曹禺文集≫(第2卷), (北京, 中國戲劇出版社, 1988), 320쪽. 「辦起緊迫的要公, 總缺少一點推動的能力和果斷的氣魄. 他是和平年代一個循規蹈矩的好官, 但在非常時期, 獨當一面, 需要劍及履及的夾利精神時, 他就算不了充分盡了職責的抗戰官史.」

중국 항전 희곡사

그는 "진리"를 사랑하고 중국의 미래에 대한 긍정적인 믿음을 굳게 가지고 있다. 이는 "그의 모친이 그에게 자립정신을 배양토록 교육을 시킴으로써 그가 단련을 통해 자신감과 건장한 뼈와 근육을 가지게 된 것"이라고 작자는 묘사를 하고 있다.

그는 자신을 강하게 단련시키는데는 아주 단호했지만, 어려운 사람을 돕고 배려하는데 아주 후덕한 인품을 가졌다. 특히 그가 어머니와 나누는 일단의 대화에서 그의 높은 의식 수준과 充溢한 애국 열정을 읽어볼 수가 있는데 다음은 그 중 가장 精彩로운 부분이다.

> 어머니는 저희들의 기술 인재입니다. 어머니는 반드시 정확한 세계관과 사회관을 가지고 있어야 합니다. 더욱 중요한 것은 정확한 정치 인식이 있어야 어머니의 역량을 더욱 폭넓게 발휘할 수 있게 되는 겁니다. …… 그래야 일시적인 감정에 의해 왔다갔다하지 않을 수 있는 겁니다. 그래야 실망을 하지 않게 됩니다! 비관을 하지 않게 됩니다! 우리는 승리하는 그날까지 지속적으로 우리 신 중국을 위해 봉사해야 하는 겁니다.[25]

어찌 열일곱 살짜리 입에서 이런 말이 나올까 의심이 될 정도로 투철한 국가관과 확신을 가지고 있음을 볼 수 있는 대목이다. 자신의 관점을 이같이 거침없이 개진하는 어린 丁昌의 모습을 보는 순간, 관객들은 어떠한 느낌을 받게 되었을까? 가히 짐작이 된다.

---

25) 田本相: ≪曹禺文集≫(第2卷), (北京, 中國戲劇出版社, 1988), 273쪽. 「媽, 你是我們的技術人才, 你必需有正確的世界觀念, 社會觀念, 更要緊的是正確的政治認識, 你才能够廣大地發揮你的力量, …… 你才不會爲一時的情感所左右, 你才不失望! 不悲觀! 持久地爲我們的新中國服務, 直到我們打勝了爲止.」

丁昌을 등장시키고 또 그의 애어른 같은 의식 있는 발언은 어쩌면 작가가 의식적으로 중국의 장래에 대한 희망을 불어넣어 주기 위한 특별한 의도라 생각된다.

현재 梁公仰과 정의사와 같은 주도 지식인들이 국가를 위해 忘我의 자세로 동분서주하고 있기는 하지만, 아직까지도, 아니 이들 세대가 끝날 때까지도 완벽한 개혁을 이루기에는 역부족이라는 사실을 인정하고, 그러나 丁昌과 같은 다음 세대가 이런 뜻과 사업을 이어서 추진해 간다면 분명 중국의 장래에는 희망이 있고 발전이 있고 평화가 있게 될 것이라는 작가의 憧憬을 丁昌이 대변해 주는 것으로 보인다.

(2) 否定的 人物群

<蛻變>에서는 중국이 舊態를 벗고 새롭게 변신해 가는 동시에 또 그들의 민족정신이 日新又日新하는 과정을 잘 부각시킨 작품이라 했는데, 이를 위해 그 악역을 담당한 인물들이 그 효과를 배가시켜 주고 있다.

먼저 악역의 대표자 병원의 원장 秦仲宣을 보자.

전형적인 탐관오리 秦仲宣은 중국이 危急存亡의 기로에서 한창 어려움을 겪고 있을 때, 그는 국난을 기회로 사리사욕이나 꾀하는 悖逆漢으로 등장한다.

그는 자신의 조카인 馬登科를 서무주임으로 임용, 투기를 하고 쌀장사를 하여 부를 꾀하는 데만 주력할 뿐, 병원의 공무에는 전혀 무관심한 인물이다. 그래서 그는 아래 직원 謝宗奮에게 "獨不將軍"에 "傍若無人, 厚顔無恥"한 인간이란 조소를 받는데, 이런 비평을 받기에 충분한 인물 형상이다.

그의 직무 태만은 자신 한 개인의 나태함만으로 끝나는 것이 아니라 병원이라는 한 기관의 기강과 역할을 마비시키는 결과를 초래한다는 것에 더 큰 문제의 심각성이 존재한다. 모든 일을 "오직 자기의 일시적인 이해 관계와 희비에 따라 처리하는" 스타일 때문에 아첨자는 신임을 받고, 반대로 업무에 충실하고자 책임의 소재를 따지는 등의 성실한 일꾼은 책망을 듣게 된다.

특히 그의 무책임하고 부도덕한 일면은 병원에 약이 부족하여 애를 태우는 약제사 陳秉忠에게 약을 절반으로 줄여서 투여하라는 지시에서 그런 특징을 잘 읽을 수 있다.

어느 사회나 마찬가지로 국가나 사회의 이상에 역행하는 어두움의 패거리들이 있기 마련이나, 이 같은 국난에 역행하는 무리들은 더욱 지탄을 받아 마땅한 바, 曹禺는 그 질책의 대상을 秦仲宣으로 하고 그의 가슴에 과녁을 달아 관중들로 하여금 질타의 화살을 퍼붓게 하였던 것이다. 결국 曹禺는 그를 漢奸이 되게 한 다음 중국을 사랑하는 애국청년의 총에 맞아죽게 안배하여 그를 징벌하고 만다.

馬登科는 병원의 서무주임으로, 탐관오리의 충실한 수족 역할을 하는 인물이다. 그는 원장의 조카라는 신분으로 狐假虎威 하는데, 작품에서는 그를 "'교활하고' '기만적이고' '개인적이고' '게으른 습성'이 최고 경지에 달해 이제는 치료약도 없는" 인물로 묘사를 하고 있다. 배운 것은 없으나 원래부터 聰氣를 가지고 있었기에 공명과 출세를 위해서라면 방법과 수단을 가리지 않고 줄달음을 칠 수 있는 대단한 수완가다. 과찬과 허풍을 헤프게 쓰느라 남에게 사랑을 받지 못하고, 자부심을 가지고는 있으나 천박함을 가릴 수는 없는 인물이다.

그는 자신의 재간을 건전한 방향으로 활용하지 못함에 비극적 종말을 자초한다. 다음은 그의 종말을 앞당겨 주기에 충분한 비뚤어진 사고방식의 한 예라 하겠다.

> 기관에서 일을 할 때, 방법과 절차와 총명과 재간만 있으면 꼭 외국으로 가지 않아도 아주 빨리 차고 오를 수가 있지요. 특히 지금처럼 이렇게 어수선한 시기에는 한 번 출세를 해보겠다는 생각만 있으면 출세를 할 수가 있단 말이오. 잘만 하면 국장도 비서장도 가능하지. …… 그렇지 않다면 어찌 "대 시대, 변동의 대 시대"라고 할 수 있겠어요!26)

이것이 바로 馬登科의 출세관이요, 처세관이다. 이런 의식 때문에 한 때는 원장의 비호 아래 세도를 차지하여 마음대로 월권을 하고 멋대로 나쁜 짓을 하던 그가 결국에는 감옥살이를 하게 되고, 또 출옥 후에는 "僞組織"과 의기투합하여 재기를 꿈꾸었지만, 또 그 결국에는 문란한 생활로 인해 패가망신하게 되는 바, 이는 秦仲宣의 비극적 종말처럼 작자 曹禺가 의식적으로 행악자에 대한 증오심을 표현한 것이요, 그가 관객들로 하여금 카타르시스를 만끽할 수 있도록 한 특별한 안배가 아니었나 생각된다.

이 외에 악역 배역으로 "위조직"과 孔秋平, 範興奎 등을 들 수 있는데 이들 역시 梁公仰의 개혁을 가로막는 역할에 일익을 담당

---

26) 田本相: ≪曹禺文集≫(第2卷), (北京, 中國戲劇出版社, 1988), 225 쪽. 「在機關裏做事, 我們只要有方法, 有步驟, 有聰明, 有口才, 不必一定要出洋, 也一樣可以鑽得很快. 特別是現在這么亂哄哄的年月, 說出頭, 就出頭. 弄得好, 司長, 秘書長就是一說. …… 要不怎么叫 "大時代, 變動的大時代"呢!」

중국 항전 희곡사

하고 있다.

먼저 "위조직"은 秦仲宣의 첩으로, 원장의 아내라는 신분을 이용, 사리에 맞지도 않는 고집과 억지를 부리며 천박하고 추악한 행동을 보임으로써 갈등을 만들어 가는 인물이다. 한 때 창기의 경력을 가진 그녀는 병원의 재산이나 기물을 자기의 편리와 이익을 위해 流用하고, 병원의 임직원들도 자기의 몸종처럼 생각하고 대우하는데 조금도 죄의식이나 미안함을 가지지 않는 철면피에 해당한다. 그녀는 극 발단 부분에서 병원의 침대를 流用하려다가 정의사와 격한 충돌을 보인다. 즉 추악한 권력과 불굴의 정의를 앞세운 두 사람간의 완강한 힘의 대결이다. 결과적으로 그녀는 正義 앞에서 처절한 패배를 당하고, 극의 결국에 가서는 육신과 정신이 완전히 망가진 모습으로 관중 앞에 서게 된다. 역시 抗戰과 사회 이상에 역행하는 자에 대한 작자의 징계요, 저주의 산물이라 하겠다.

작품에서는 또 기록을 담당하는 孔秋平이라든가, 원장 부인의 먼 친척 範興奎 등을 안배하여, 추악한 세력 밑에서 그들의 비호를 받거나 혹은 그들의 습성에 길들여져 사회의 건전한 발전에 도움이 되지 않는 바를 보여주고 있다. 이들 역시 극의 발전에 양념이 되어 연극의 재미를 더해주고 있다.

어둠이 있기에 밝음이 더욱 빛나고, 악이 있기에 선이 더욱 빛난다 했던가? 이들 부정적 인물들은 梁公仰을 위시한 개혁세력 혹은 그 동조자들의 쾌거를 더욱 부각시키고 그들의 활동을 한층 빛나게 해 주는 데 역시 중요한 요소로 쓰임 받았다고 할 수 있다.

4. 〈蛻變〉의 主題 및 그 意義

　〈蛻變〉은 작자가 곤충들이 낡은 허물을 벗고 "새로운 생명"으로 태어나는 현상을 보고, 부패한 국가나 사회도 곤충이 새롭게 변신하고 성장하는 것처럼 개혁을 통한 허물벗기를 할 수만 있다면, 역시 "새로운 생명"으로 충만한 이상적인 국가나 사회를 만들 수 있겠다는 그런 개념에서 붙인 이름이다. 물론 곤충의 허물벗기 현상을 개혁을 통해 사회를 새롭게 탄생시키는 것에 비유하는 것은 본질적으로 잘못된 것이라는 지적을 받기도 하지만,27) 어쨌든 중국이 어려운 환경을 극복하고 "脫舊變新"을 추구한다는 주제를 부각시키기 위해 작자 자신이 창조해 붙인 새로운 造語라는데는 이견이 있을 수 없다.

　일찍이 작가는 "蛻變"이란 두 글자에 대하여 자신의 입장을 피력한 바 있는데, 여기서 그는 먼저 蛻變하는 중의 생물들은 "봄이 도래하면 잠복해 있던 어떤 활발한 생명력이 그것의 체내에서 꿈틀거리기 시작하고", "자연"은 "낡은 껍질을 벗는 고통을 참을 수 있어야 새롭고 유쾌한 생명을 탄생시킬 수 있다."28)고 하면서 이것이 〈蛻變〉의 주제와 어떤 관계를 가지는지에 대해 다음과 같이 말하고 있다.

---

27) 沈蔚德: 〈回憶〈蛻變〉的首次演出(節錄) ― 兼論關于〈蛻變〉的評價問題〉; 王興平·劉思久·陸文璧 ≪曹禺硏究專集(下)≫ (中國當代文學硏究資料), (北京, 海峽文藝出版社, 1985), 1013쪽 참조.

28) 曹禺: 〈關于"蛻變"二字〉; 田本相 ≪曹禺文集≫(第2卷), (北京, 中國戱劇出版社, 1989), 425쪽.

抗戰이란 대 변동 중에 우리는 수많은 動搖 分子들과 부패한 인물들이 갈수록 몰락의 길로 치닫는 것을 목도하였다. 우리는 더욱 즐겁게 새로운 역량을 희망했던 바, 새로운 생명이 어려운 투쟁 중에 이미 뿌리를 내려 자라면서 아름다운 싹을 틔웠다. 이렇게 피와 땀으로 쓰여진 역사 속에는 悲壯하고 침통한 事實들이 수없이 많다. 이 사실들은 우리 민족 전사들이 각 분야에서 분투하고 고생하는 모습과 또 도태될 부패 계층이 末路에서 부르짖는 비명을 심도있게 말해준다. 여기에는 모종의 "인내"도 필요하겠지만, 더욱 필요한 것은 "모진 마음의" 艱難辛苦와 영광의 혁명 투쟁인 것이다. 우리는 새로운 생명을 위해 한없는 용감성을 발휘, 이를 보호 유지시키고 양성시켜야만 한다. 그 이전의 나쁜 것에 대해서는 조금도 인정사정 볼 것 없이, 추호의 망설임도 없이 질책하고 배격·규탄하여, 각종 세력을 통해 억압 금지시키고, 이런 사람이나 이런 유해한 의식은 "죽음"으로 끝을 내줘야 한다.29)

라고 하여 작자는 "脫舊" "變新"시킬 대상과 그 내용을 분명하게 밝히고 있지만, 이어서 그는 더욱 구체적으로 말하길, <蛻變>은 "우리 민족이 抗戰 중에서 낡은 것을 '벗어버리고' 새로운 것으로 '변화한다'는 기상을 상징한 것으로, 이것이 바로 극본의 주제."30)

---

29) 曹禺: <關于"蛻變"二字>; 田本相 ≪曹禺文集≫(第2卷), (北京, 中國 戲劇出版社, 1989), 425-426쪽. 「在抗戰的大變動中, 我們眼見多少 動搖分子, 腐朽人物, 日漸走向沒落的階段. 我們更歡喜地望出新的 力量, 新的生命已由艱苦的鬪爭裏醞釀着, 育化着, 欣欣然發出來美 麗的嫩芽. 這一段用血汗寫成的歷史裏有無數悲壯慘痛的事實, 深刻 道出我們民族戰士在各方面奮鬪的艱苦同那被淘汰的腐爛階層日暮途 窮的哀鳴. 這是一段需要"忍耐"但更需要"忍心"的艱苦而光榮的革命 鬪爭. 我們對新的生命應無限量地拿出勇敢來扶持, 培植; 對那舊的 惡的, 應毫不吝情, 絕無顧忌地加以指責, 怒罵, 捨擊, 以至不惜運用 各種勢力來壓禁, 直到這幫人, 這種有毒的意識"死"淨了爲止.」
30) 曹禺: <關于"蛻變"二字>;「我們民族在抗戰中一種"蛻"舊"變"新的氣

라고 지적하였다.

작품은 분명한 주제를 부각시키기 위해 新舊의 투쟁을 중심으로 전개를 시키고 있는데, 총 4막 중 앞 1, 2막은 주로 후방 부상병 병원의 어둡고 부패한 현상을 폭로하는데 역점을 두고, 뒤의 3, 4 막은 병원이 개혁을 통해 새롭게 변모된 모습을 표현하는데 주력 하고 있다. 이런 結構 때문에 앞 두 막은 어둡고 답답하고 짜증스 러운 무대 분위기를 보여주고, 뒤의 두 막은 밝고 시원시원하고 희망적인 분위기를 보여준다.

특별히 작자는 부패한 역량에 새로운 역량이 승리하는 바를 묘 사하고 관객들에게 희망과 용기를 주기 위해 긍정적인 인물들 중 梁公仰·정의사·丁昌 등의 입을 통해 자신이 전하고자 하는 메 시지를 유감 없이 표현하고 있음을 볼 수 있다.

일부 학자들은 작품 속 인물들이 다소 이상화되어 있고, 현실성 과는 괴리가 있는 개념화된 인물로 표현되었다고 비평을 하기도 하지만,31) 어쨌든 중국 抗戰시기, 어려운 환경 중의 백성들에게 단합을 강조하고 애국심을 고취시키며 장래에 희망이 있음을 강조 하기 위한 抗戰劇으로서는 손색없는 작품이 아니었나 생각된다. 그래서 洪深은 "반드시 읽어야할 抗戰戲劇" 10편을 추천한다면 바로 이 작품을 그 중의 하나로 추천하겠다고 하였으니32), 이는 바로 <蛻變>이 抗戰劇으로서 성공했다는 것을 객관적으로 인정받 은 방증이라 하겠다.

象. 這題目就是本戲的主題.」(田本相 ≪曹禺文集≫ 第2卷, 426쪽.)
31) 華忱之: ≪曹禺劇作藝術探索≫, (四川, 四川文藝出版社, 1988), 151쪽.
32) 洪深: <抗戰十年來中國戲劇運動和敎育>,「如果我們打算推薦十部必 須閱讀的抗戰劇本的話 ― 如果自己限制數目, 不使超過十部的話.」 (≪洪深文集≫ 第10卷. 234쪽)

曹禺가 작품을 통해 중국이 가진 낡고 못된 것을 폭로하고 규탄하기 위하여, 또 새로운 "역량"과 "생명"을 구가하고 찬양하기 위하여, 또 중국의 장래에 대한 확실한 희망을 안겨주고 용기를 주기 위하여, 그는 인물들의 성격 특징과 추구들을 통해 자연스럽게 작품의 주제가 부각될 수 있도록 하기도 하였지만, 설교적이고 교육적인 대사와 지문을 통해 작품의 주제를 직접적으로 표현하고자 한 부분도 적지 않다. 예컨대 정의사가 "나는 우리 중국이 희망이 없다고 믿지 않는다. 이렇게 용감한 병사들이 많고, 이렇게 희망에 찬 청년들이 많고, 이렇게 믿음직한 백성들이 많으니 말이다!"[33]라고 하여 밝은 장래에 대한 확신을 가지고 개혁 대열에 동참하는 예가 그렇고, 나이 열 일곱의 丁昌이 부패한 관리들은 "일시적이고 또 극소수"라고 확신하면서, 부패한 모습의 "한 특수한 현상만을 보고 보편적인 결론을 내리는 것은 정확하지 못하며", 그렇게 되면 "실패주의자들에게 이론적 근거를 주기 쉽다."[34]고 말한 예가 또 그렇다.

작품의 마지막 부분에서 정의사가 부대로 복귀하는 병사들에게 고무되어 자기 아들을 전쟁터로 보내지 않겠다던 이기심을 버리고 다시 전선으로 보내기로 결심하고, 병사들 앞에 서서 열변을 토하는 고별사는 그녀가 가진 숭고한 정신의 總結이기도 하지만, 抗戰에 동참하여 고통과 역경 속에서 고생하는 관중들의 마음을 달래주는 위로이기도 하다.

---

33) 田本相: ≪曹禺文集≫ (第2卷), (北京, 中國戲劇出版社, 1989), 272쪽.
34) 田本相: ≪曹禺文集≫ (第2卷), (北京, 中國戲劇出版社, 1989), 272쪽.

부록(1): 曹禺의 抗戰劇 〈蛻變〉에 대하여

동지들이여, 이번 우리들의 抗戰은 5천 년 역사에도 없었던 신성한 전쟁이며, 우리의 적군도 역시 유래 없이 강하고 흉악한 적군입니다. 이런 신성한 抗戰은 중국 역사상 처음이며, 어쩌면 또 최후의 일전일 것입니다. 이 시대를 사는 사람으로 안목도 없이 분투와 생존의 중요성을 느끼지 못한다면 우리의 대대손손은 곧 영원히 영락(零落)할 것이며 다시는 일어설 기회를 가지지 못할 것입니다. …… 우리는 영원한 기초를 마련하였습니다. 자유와 평등, 그리고 이상적이고 새로운 사회의 기초를 말입니다. …… 동지들이여, 그대들이야말로 진정 우리가 숭배하는 영웅들인 것입니다. 지금 전쟁터에서는 승리를 하고, 경제와 정치면에서는 모두 대책을 마련하여 도처에 참신한 젊은 기상이 서려 있습니다. 이것은 여러분들이 희생을 통해 피와 땀을 흘리고, 한번 그리고 또 한 번 아내를 버리고 부모를 떠나 민족의 생존을 위해 고군분투한 그 공로인 것입니다! …… 이제 여러분들은 또 다시 떠나야만 합니다! 내가 여러분들의 모범적인 행동을 보고도 어찌 이 작디작은 자신만 생각하고 내 아들이 가져야 할 권리를 주지 않을 수 있으며, 그가 여러분들을 따라가는 것을 재촉하지 않을 수 있겠습니까! 친구들이여 …… 우리 서로 아끼고 사랑하며 살아갑시다! 나는 영원히 여러분들의 동지가 될 수 있기를 원합니다. …… 여러분들 앞에서 난 지금 맹세합니다, 내 아들도 우리 모두의 어머니인 우리 조국에 바치겠다고![35]

---

35) 田本相: ≪曹禺文集≫ (第2卷), (北京, 中國戲劇出版社, 1989), 420-421쪽. 「同志們, 我們這次抗戰, 是五千年來從來沒有過的神聖戰爭, 我們的敵人, 也是從來沒有過的强暴敵人. 這樣神聖的抗戰, 在中國歷史上, 是第一次, 恐怕也是最末一次了. 生在這個時代的人, 再毫無眼光, 看不出奮鬪圖存的重要, 我們的子子孫孫, 就會淪落到永世也不能飜身的地步. …… 我們就永遠打定下, 自由和平, 一個理想, 新社會的基础. ……同志們, 你們才真是我所崇拜的英雄. 現在軍事勝利, 經濟政治都有辦法, 處處都是嶄新的靑年氣象, 這都是你們犧牲血汗, 一次再次地抛妻別母, 爲着民族的生存, 艱苦奮鬪的功勞! ……現在你們又要走了! 我看見了你們的榜樣, 我怎么能够再顧念到一個小小的自己, 不給我的孩子他應該得到的權利, 不催他跟你們一道走呢! 朋友們 …… 讓我們相親相愛地活下去吧! 我希望我永遠配做你們的同

막이 내리기 바로 직전, "햇빛 아래서 이 환난을 겪느라고 머리가 이미 반백이 되어 버린" 정의사가 "슬픔과 걱정을 가졌던 얼굴에 기쁨의 눈물"을 보이면서 하는 <蛻變> 최후의 독백은 이렇다. "중국, 중국, 넌 강해야만 하느니!"

曹禺는 바로 이 한 마디로 자신이 기탁하고자 하였던 작품의 주제를 더욱 함축하여 이렇게 표현한 것이 아닐까 생각한다.

<蛻變>은 창작면이나 사상면에서 새로운 개척 내지는 새로운 진보가 있었다고 보는 견해들이 지배적이다. 물론 "<原野>로부터 <蛻變>에 이르기까지의 작품을 <雷雨>나 <日出>에 비교해 보면 작가의 창작면에서 뚜렷한 후퇴를 보인다."[36]고 평을 하는 경우도 있다. 하지만 曹禺가 抗戰 이전에 쓴 <雷雨>나 <日出> 같은 작품에서는 "주로 봉건 자산계급 가정의 정신과 도덕의 타락, 도시 사회생활의 죄악을 폭로하고 규탄하는 것"이었으나, <蛻變>에 와서는 "급격하게 변화하는 抗戰의 새로운 형세에서, 抗戰 초기 다소 낙관적이고 희망적인 표현 현상과 인민 대중들의 항일 열조"에 크게 고무되어 작품이 <日出>에서와 같이 그렇게 "'새로운 혈액, 새로운 생명'에 희망을 기탁했던 것에 그치지 아니하고, 희열의 심정으로 무대 위에 직접 '새로운 역량과 새로운 생명'의 화신을 그려냈다."[37]는 평가는 작품을 긍정적으로 보는 대표적인 예라 하겠다.

志. …… 在你們面前, 我現在立誓, 把我的孩子也獻給了我們共同的
母親 ─ 我們的祖國!」
36) 《曹禺的戲劇藝術》, 61쪽. 「從<原野>到<蛻變>, 比較<雷雨>·<日
出>, 是劇作家創作道路上一個明顯的倒退.」華忱之 《曹禺劇作藝術
探索》, (四川, 四川文藝出版社, 1988), 152쪽.
37) 華忱之: 《曹禺劇作藝術探索》, (四川, 四川文藝出版社, 1988), 152쪽.

5. 結論

우리는 이제까지 조우가 <蛻變>을 창작하기까지의 歷程과 아울러 작품의 창작 동기 및 그 특징들을 살펴보았다. 이 고찰을 통해 우리는 <蛻變>이 가지는 그 의의와 또 曹禺가 걸어온 희곡 창작노선에서의 또 다른 면모를 찾아볼 수 있었다.

曹禺는 抗戰이라는 어려움에 처한 조국의 현실을 함께 아파하며 연극이란 자신의 본업을 주요 무기로 삼아 항전의 승리를 위해 진력하였던 바, 특히 항전 당시 인민들의 역량을 집중시키고 항전의지를 고취하기 위한 수단의 하나로 <蛻變>을 창작하게 되었음에, 여기에는 국가의 아픔과 작가의 애국심이 함께 용해되어 있다고 해도 과언이 아닐 것이다.

작품에서 작자는 당시 국난을 기회로 하여 사리사욕을 꾀하고 자신의 안일만을 꾀하던 부패한 자들을 규탄 징계하고, 나라와 사회를 위해 분골쇄신 동분서주하는 애국 지식분자들의 추구와 노고를 歌頌하면서, 중국의 밝은 미래를 백성들에게 제시해 주고자 하였던 것이다. 그 밝은 미래는 그냥 오는 것이 아니라 곤충이 낡은 껍질을 벗는 아픔을 겪고 나서야 또 다른 새로운 모습으로 변모할 수 있는 것처럼, 중국이 미래가 있고 밝은 희망이 있는 나라로 발전하기 위해서는 부패하고 어두운 현실을 타개하고 개혁하는 고생과 노력이 있어야 한다고 외친 것이다. 앞에서도 이야기한 바대로 작품이 급조된 탓에 다소 부족한 점이 있다는 평을 받기는 하지만, 抗戰劇으로서의 임무를 다하는데는 부족함이 없었고, 당시 관객들에게 주었던 고무 작용은 높이 평가해 줄 수 있는 요소라 하겠다.

그러나 <蛻變>은 창작 후, 공연을 하려는 순간부터 國民黨과

共産黨 간에 논란의 대상이 되었던 바, 민감하게 대립하는 양상을 보여 공연이 금연되는 일이 있기도 하였고, 항전이 끝난 이후에도 조우의 정치 성향과 작품의 의의에 대하여 공산당 입장에서 아전인수격으로 평가하려는 경향이 적지 않았던 것으로 보이는데, 이런 면은 객관적인 관점에서 따로 심도있게 연구해볼 분야가 아닌가 생각한다.

부록(1): 曹禺의 抗戰劇 〈蛻變〉에 대하여

曹禺의 抗戰劇 <蛻變> 감상

(총 4막 중 제 1. 2막만 수록함)

蜕变(四幕剧)

人 物

秦仲宣　××省立伤兵医院院长，三十九岁。

"伪组织"　与秦院长妍识的妇人，年约二十八。

马登科　医院的庶务主任，秦院长外甥，年三十二岁。

况西堂　医院的秘书，五十一岁。

况太太　况西堂妻，将近四十岁。

孔秋萍　医院的录事，二十九岁。

孔太太　孔秋萍妻，二十六、七岁。

谢宗奋　医院的公务员，年二十七。

龚静仪　医院的女职员，三十开外。

陈秉忠　医院的司药，三十四岁。

范兴奎　医院听差，"伪组织"的远亲，三十五岁。

韩　妈　"伪组织"的女仆，五十几岁。

田奶妈　马主任少爷的奶妈，二十几岁。

河南伤兵　三十整。

丁大夫　自动加入后方医院的女医师，三十七岁。

丁　昌　丁大夫之独子，年十七。

胡医官　医院的医官，三十四岁。

陆　葳　医院的女看护，十八岁。

夏霁如　医院的女学习看护，才十七。

梁公仰　视察专员，五十七岁。

小伤兵　十七整。

徐护士　改组后的医院护士，二十八岁。

温宗书　改组后的医院副院长，三十二岁。

光行健　改组后的医院职员，二十三岁。

朱强林　梁专员的勤务兵，十九岁。

梁公仰　梁专员的远房哥哥，六十四岁。

李铁川　负伤营长，三十四岁。

赫占奎　李营长的卫兵，四十五岁。

李有才　医院仆役，三十几岁。

张营副　李营长的营副，三十六岁。

护士甲

护士乙

時　间

第一幕　后方某小城，XX省立伤兵医院的临时办公室内。

　　　　— 二十七年一月中旬，某日早八时左右。

第二幕　仍在前幕该医院内，丁大夫的诊断室。

　　　　— 同日，下午一时半。

第三幕　前线的后方，某县城内，改组后开赴前线的××医院内的一间堂屋。

　　— 二十八年六月间。

　　　第一场　　端阳节前半月，某日晨九时。

　　　第二场　　端阳节日近晚八时。

　　　第三场　　翌日晨四时三刻。

第四幕　后方xx大城，在某后方医院的接待室内。

　　— 二十九年四月某日上午十一时。

第一幕

　　南京失守前数月，许多机关仓惶搬到后方来。于是一个省立的后方医院，也随着惶乱的人群，奉命迁移到后方一个小城。院长，医官，职员，差役，都扶老携幼，带了他们所能搬运的箱子，柜子，碗儿，罐儿，以及公文档案，医药用品，辗转流徙，逃到数千里外的一个异乡。

　　县城小，住屋难觅。在大城市住久了的职员家属乍到内地，生活非常不惯，就跟着医院机关混在一道，同在当地一位大地主的旧宅内居住。后来伤兵又陆续开到，大家只得让出前院作为病房。所以强在后院挤下的少数与院长有亲旧关系的职员家属，男女老少约有二三十人都填在一座小楼里，如同一筒罐头咸鱼。

　　搬来几将三整月了。刚到的时候，大家的情绪颇为激昂，组织宣传队，训练班，全院的人都精神抖擞，十分活跃。过了不久，上面的人开始和当地士绅往来密切，先仅仅打牌酗酒，后来便互相勾结，做国难生意。主客相约"有难同当，有福同享"。于是在下面的也逐渐懈怠，习于苟且。久之全院的公务人员仿佛成了一座积满尘垢的老钟，起初只是工作迟缓，以后便索性不动。

县城地处偏僻，死气沉沉，报纸半月才能来一次，好容易盼到了，又多半是令人气短的军事消息。而且交通不便，公事无从推动，因而沮丧、失望的空气，蔓延到全院。好的职员不过是情绪消沉，坏的就胡作非为，瞒上欺下。

原来抗战以前，院中行政上的一切设施，俱无一定的制度。到了现在，搬到这个穷乡僻壤，"天高皇帝远"，院里更缺乏"守法"的精神。从院长起，他用人办事但凭他自己一时的利害喜怒为转移，下属会逢迎，得到他的信任，便可以任意越权，毫无忌惮；不得他的欢心的，就只能在院内混吃等死，甚至如果负起责任，反遭申斥。

公务员既无人勇于负责，官职的进退，也只好看院长的喜恶。一人的喜怒好恶本是捉摸不定的，(何况窥测长官心理的工作，已大有人抢) 多数职员只好委委屈屈，噤若冬眠的蛰虫，凡事不问不闻，绝不作春天的指望。

在此地"法"既不能制滥私，励廉洁，偏偏院长嘴里时常谈起法治精神，侈言："行政不该人存政举，人亡政息。"而自己实施起来正是"行动自行动，法律自法律"。似乎在势当权的人，只须说说了事，对于"负责""守法"两点，自己绝对无需以身作则，推己及人的。

抗战只半年，在这个小小的病院里，历来行政机构的弱点，都一一暴露出来，迫切等待政府毫不姑息地予以严厉的鞭策，纠正和改进。

这是严冬季节。在这个小城里，缠缠绵绵落着令人厌怠的连阴雨。一连多少天不放晴，屋内也晾挂一件一件湿漉漉的衣裳。墙纸发霉，败漆斑斓的旧木器也潮腻腻的。清晨八点钟，小楼上还继续响着清脆的竹牌声，楼下办公室阒无一人。由正中一排腐朽的雕花木窗望出，溟溟濛濛的天空斜吹一片清冷的烟雨。时而风声峭厉，疏落的枝桠撇撇发抖，檐前一串雨滴坠珠似地急流下来。

说这是办公室，确实也不十分象。竹制的档案箱，四面乱堆，上放盆儿、罐儿、酱油瓶、洋铁筒、汽车上的零件。还有晚上预备老范 — 办公室的听差 — 睡在此处用的铺盖卷，零零碎碎，针儿、帽儿以及各位小少爷偶尔把办公室当做"游击阵地"，遗忘在此处的玩具，都横七竖八地陈列起来。书案上的公文、表格、报告堆积如山，有几叠蒙满了尘土。时时隔壁传来空屋弹棉花的声音，单调而迟缓，有如一个衰弱的老人在叹息。

其实这是一间穿堂屋，掀开左门(以舞台左右为标准) 的棉布帘进去，再步出直对的右门，迈上颤巍巍的楼梯，就可以走进院长的寝室，和其他少数职员家属簇居一处的几间木板屋。人们都喜欢走这条避雨的穿堂路，固然小楼的交通并不单靠这条要道来维持。靠左门前钉起一条可以自由拉动的白幔帐，慢前放下由房东借来的牛洋书桌和太师椅。那只是为院长办公虚设的地方，实际上的行政，多半在楼上院长的床边私下交待。近左墙靠后是其他职员们的办公桌椅，和对面窗前几张竹制书案同拼凑的木凳仿佛还能对衬。右门前侧，倚着墙横摆茶几靠椅，几上安放旧棉絮套好的茶壶一把，孤零零只有一只碗配搭，其余的散见在角落里和书案上。

墙上挂了些医院的统计表格和插信的蓝布袋。在院长办公桌之上，还悬了一张空袭中毒紧急治疗法的图解，其失神败色和院长桌上的一具破旧的病体模型，互为辉映。总之，进到屋来令人感触一种衰惫，散漫，拥挤，杂乱以至于荒唐的印象。尤其刺目的是横在眼前两根竹竿上五颜六色的女人的换洗衣裳和丝袜子。

[雨在落。隔壁房东家里一直不停地弹着棉花，远远仿佛有人在咳嗽。

　　[轻悄悄右门外掀起棉帘，缓缓踱进来，孔秋萍 — 一个专司抄
　　写的小职员。孔先生生来一副单薄相，身材矮小，翘鼻孔，吊

眉毛，苍白瘦削的脸，生着微微的髭须，穿一件恰合身量的绸面棉袍，衣领都有些污损，白衬衣袖翻转来也黑糊糊的。他脚下淡青薄呢鞋，上面丝缎带扎紧了腿，手里提着一双由大城市带来的套鞋。虽然是个逼近三十岁的人，脸皮依然光致致的。藏满污垢的头发，涂了膏蜡，依稀留得昔日一点花花公子的风韵。他的妻室是一位家道中落而善于用钱的旧式小姐，颇鄙薄他潦倒以后的萎缩模样，于是二人相互不满，常起勃谿。孔先生颇好吹嘘，喜臧否人物，话多是非也多。阴雨天常听见他在办公室里高谈阔论，不能自已，时而说溜了嘴，便莫明其妙地吹得天花乱坠，图个嘴头快活。在坐的同僚有时唯唯否否，有时却故意挑引，拿他凑趣。孔先生照例视为得意，不以为忤。于是最近马主任 — 一个以干练自命的院长亲戚 — 忽然叫他做"屁"。但这个绰号他恨之入骨。平日他就因惧人卑视，时常故作不凡，现在怎能任人当面称他是个无足轻重的"屁"呢？他认为他的上司马主任有意在侮辱他。

[他放下伞，挂好呢帽，在档案箱上腾开一块净地，把雨鞋放好。他搓搓手，呵出一口乳白的热气。他立刻到院长桌上找寻签到簿，但是不见。他四下里翻了一翻，也毫无踪影。

孔秋萍　范兴奎，签到簿子呢？（无人应，他走到右门口）范兴奎。（了无反响。从楼上传来一阵清脆的牌声，他仰头静听，忽然想起，匆忙踱到左门口，掀起帘子，伸头上望 — 不觉低低地）喂，范兴奎。（仍无回应，有些烦恶，高声）范兴奎！醒醒！

[在楼上含糊应声：嗯。（不见动静）

孔秋萍　（大气）范兴奎！

[外面声：（烦厌地）干什么？

孔秋萍　签到簿子呢？

[外面声：在桌上。

孔秋萍　(忙回来找) 哪儿有？

[外面声：(不耐烦) 在桌上！

孔秋萍　(转身昂首) 桌上？哪儿？

[无回应 —— 忽然听见楼梯上一阵由远而近的急步声，忿忿地走进来范兴奎。

[范兴奎约有三十五岁，四方脸，薄嘴唇，总似在冷笑的眼神，无时不在保持他的沉稳而矜持的大衙门的号房的派头。他的身材高大，肥肚皮微微挺出来，和孔秋萍站在一道，仿佛他鼻孔里只轻蔑地哼一声，就有把这个不足轻重的"屁"吹得无影无踪的气势。他是"院长夫人"的远亲，穿一身院长发胖时期的而现在不再穿了的旧灰哔叽袍，改得不十分合体。

范兴奎　(旁若无人，进门便找) 说在桌子上呢！(忽然在院长桌上找着一册乱账本似的东西递给他) 这不是？

孔秋萍　(似乎自己找的时候并没有望清楚，这时看见有字迹乱涂在上面)"人之初，性本善，上大人，孔……"(冷冷望着他，忽把本子递回来) 这不是！

范兴奎　(不肯拿，强辩) 那么，这是 ——

孔秋萍　这不知是哪位少爷的习字本，丢在这儿了。

范兴奎　(不肯认错) 可是明明这本子外面 ——

孔秋萍　(奚落他) 本子外面谁说不一样？就是里面不大对。

范兴奎　(一句话也不说，从孔手里夺回本子，又四处翻起来)

孔秋萍　(跟在后面，絮絮叨叨) 你看，哪儿有？哪儿有？

范兴奎　(仿佛屋里没有第二个人，自言自语地) 这倒怪，昨天晚上我从楼上院长房里拿下来，明明放在这儿的。

孔秋萍　(鼻孔里哼出一道冷气) 哼，就不见了，就不 ——(忽然发觉范

伸起腰来停住手，以为他一定再有什么巧词来狡辩，谁知 —)

范兴奎　(抬头望望他，鼻孔里也哼出一道冷气，理也不理他，走出左门)

孔秋萍　(跳起来) 个混蛋！范兴奎！范兴奎！(无人理) 范兴奎！

范兴奎　(在外面，懒声懒气) 找呢！

孔秋萍　(大声) 范兴奎，(突然) 我有旁的事！

范兴奎　(又走出来) 干什么？

孔秋萍　范兴奎，我没到办公室以前，你在干什么？

范兴奎　干什么？我侍候院长太太打牌。

孔秋萍　(大不谓然的样子) 他们还在打牌？

范兴奎　(翻翻白眼) 嗯，打牌。(底下仿佛要说："有本事，看你去管管！")

孔秋萍　(一肚子的牢骚，无可发泄) 对，打牌！下雨天，不打牌干什么？
　　　　(忽然想出题目) 火盆呢？

范兴奎　还没有买。

孔秋萍　岂有此理！(俨然院长) 搬来快三个月了，连火盆都没有预备
　　　　好，真不知道他们庶务办的什么事？

范兴奎　您问庶务好了。(又要走)

孔秋萍　可是火盆，火盆，昨天从丁大夫那里匀过来那个火盆呢？

范兴奎　您说从伤兵病房挪过来的那个？

孔秋萍　嗯。

范兴奎　(简截了当) 没有烧。

孔秋萍　为什么？你知道现在几点钟？

范兴奎　(翻翻眼) 八点。

孔秋萍　那你为什么不把火盆弄好。

范兴奎　(轻藐地) 孔录事，办公室不是您一个人。

孔秋萍　(厌恶地这样称呼他) 范兴奎，你这句话怎么讲？

范兴奎 (又一次淡漠的白眼) 怎么讲？我说办公室并不是您一个人。

孔秋萍 (气昏了) 可我 — 可我 — (忽然) 啊，谁告诉你办公室这时候还不点火？

范兴奎 庶务吴先生。

孔秋萍 为什么？

范兴奎 炭贵，买不着。这儿不是南京。

孔秋萍 岂有此理！不像话，不像话。(范冷眼望着他，看他还出什么花样，孔只好问下去 —) 那么什么时候点？

范兴奎 等马主任同别的先生们到齐了再点。

孔秋萍 什么？

范兴奎 总得等先生们到足了两位才能点。

孔秋萍 这是谁定的规矩？

范兴奎 这也是庶务吴先生定的。

孔秋萍 (仿佛不信，其实用来解围) 他定的？

范兴奎 马主任叫他定的。孔先生，您还有话没有？(站在面前，故意不走)

孔秋萍 (逼得无路，大发脾气) 范兴奎！

范兴奎 (佯为恭谨) 干什么，孔先生？

孔秋萍 你这是故意地 — 故意地跟我 (力竭声嘶) 跟我 —

[忽而右边门帘掀开，冷风里进来况西堂。况先生并不老，岁数也不过是五十刚开外，而神色，举止，言谈，仿佛已届风烛残年，任何事都知难而退，能止则止。三十年过着书案生涯，由清末，民初，北伐成功，一直到今日抗战，他在各府各署各厅"历任科秘"，为长官起文稿，复函件，在一字一句的斟酌间耗费他大半的生命。然而时运不济，北伐以后，他的官运日乖，如今在这医院里落为一个不十分受人重视的闲散人员，真是他昔日决意为人幕府时，始料不及的事。穷极无聊，他学得

一手论相批命的学问，偶尔为人占测将来的气数寿分，自觉颇
为灵验。抗战后流离颠沛，使他逐渐相信凡事都有个数，颇想
乐天知命，在院里少沾是非，不多事，不多话，少应酬，深居
简出，极力储蓄，只求平安度过抗战难关，好作归计。

[他穿一件褪色皮大衣，皮领露出光板，颈上围紧长而黑的绒
围巾，拖着一双厚重的家制棉靴。臂里挟着一只破旧的小公事
包，提一根贱价的手杖。进门便放下皮包手杖，脱去顶在头上
的破呢帽，不住的掸扫上面的雨水。他面容清癯，顶毛稀稀的
已有些斑白。

孔秋萍　(突然瞥见进来的人，顺势坐在左边的办公桌前)

况西堂　(一团和气) 来得早。

孔秋萍　早。(低下头打开他的墨盒)

范兴奎　(故意望望孔，再回头对况) 况秘书，您大氅都淋湿了。

况西堂　(瑟缩) 嗯，冷得很。(又把破呢帽戴上，又搓着手)

范兴奎　您不要火盆么？

况西堂　(随意地) 怎么，还没有点？

范兴奎　是啊，(又瞥了孔一眼) 刚才孔录事就因为火点晚了，直发脾气呢。

况西堂　(笑容可掬) 快去，老范，端来大家烤烤。

范兴奎　(庄重而又伶俐地) 是，况先生。

　　　　　[范由左门下。

孔秋萍　(忍不住) 混蛋！狗仗人势！

况西堂　(和蔼地) 怎么啦，老弟？

孔秋萍　没什么。(又调他的墨汁)

况西堂　(掏出手帕擦揩破皮领上的雨点，一面走到窗前望着淅沥的小雨)
　　　　　唉，又冷起来了。

孔秋萍　(余怒未息) 嗯，冷得很。

况西堂 这种地方，真是 —“四季无寒暑，一雨便成冬”。(忽然发现自己办公桌上一滩雨水) 这是什么？(仰头望去，天花板还不断缓缓地向下滴漏) 哦，又漏了。

孔秋萍 (立起，大为不满) 房顶又漏了！这说不定是哪位小少爷又在楼上地板撒尿！这些太太们真是一点家教也不懂。(立刻想起) 范兴奎，(大声) 范兴奎！

况西堂 (一直抱着“多一事不如少一事”的态度) 算了，算了。(挥手拦住他) 不要叫他。(在档案箱上找到一个破脸盆，从容不迫地放在桌上接漏，雨水也从容地一点一滴打到铁盆，发出清脆的响声。况上下斟酌半天，幽默地) 这次倒是雨水。

孔秋萍 (厌恶地) 真是，鬼地方。(回头又斜倚在自己的椅上)

况西堂 (慢吞吞地走到院长桌后，遍找签到簿) 咦！签到簿子呢？

孔秋萍 (噘着嘴) 谁知道？连我早来半点钟都没有签着到。(不觉满腔牢骚) 抗战不到四个月，搬到这小县城来，就是私人办的医院，既然得了公家的补助，也得象个样儿呀！机关不象机关，公馆不象公馆。少爷小姐，老爷太太，院长主任，丫头老妈，连着厨房的大师傅，混蛋的鬼听差，大家都一起逃难，一律平等。档案卷宗，锅碗马桶，病床药箱，碗儿罐儿，都堆在一道，一律看待。哼，楼上堆人口，楼下装东西，一间屋子有三百六十项用场：白天办公，晚上睡觉，过生的时候，老爷们放牌桌，没事的时候，少爷们当球场。连下了几天雨，您看(指着那两竹竿衣裳) 我们这间办公厅，又给楼上太太们晾起衣服来了。(气愤愤地走到况先生面前) 要什么没有什么，找什么不见什么，一点秩序也没有！一点上下也没有！(越说越爽意) 乱七八糟，糊里糊涂！这也配叫做医院，这种医院也配谈抗战！

况西堂 (摆摆手) 算了，算了，非常时期，马马糊糊。

孔秋萍	那我是不成的。
况西堂	(幽默地) 您预备怎么样? 孔先生?
孔秋萍	(十分激昂) 还是那句老话, "合则留, 不合则去。" 我觉得此地对我不合, 所以我就想去。

[谢宗奋由右门进来, 他是一个二十七岁的青年, 离学校不久。家贫, 毕业后就在各机关谋生, 赡养全家。抗战后决定在军队中服务, 但为家人劝阻。最近介绍入后方医院, 抱满腔热望, 想为国尽力。现在事与愿违, 心情颇为懊丧。他身材高大、面色红润, 穿一件呢大氅, 套下昔日的旧学生制服。他爽直却又高傲, 谈锋犀利, 却又不屑于多说, 间或指摘当局, 总是一针见血。他臂里挟着一捆旧报纸包好的公事。

谢宗奋	早, 况先生。(对着孔) 早! 你。(走到自己书桌前, 放下纸包)
孔秋萍	(还想继续高谈阔论) 所以我就想去。况先生 —
谢宗奋	孔, 昨天那些表格你又赶出来多少?
孔秋萍	哦, 不少, 不少, 你呢?
谢宗奋	我, 这里。(打开纸包一张一张点交给他)

[老范由左门端进一架火势正炽的炭盆。

范兴奎	(放下) 烤烤火吧, 况先生。
况西堂	好旺的火! (脱大衣, 老范帮忙) 不用了, 我自己来吧。
范兴奎	(漫走) 没有事啦, 况先生?
况西堂	哦, 老范, (狡猾的眼神笑眯眯地) 昨天晚上楼上几位小少爷们又在此地打游击战啦吧?
范兴奎	是啊, (微笑解释) 我直说他们, 叫他们别在 —
况西堂	(伸手, 打趣却又在挖苦) 那么跟他们把签到簿子要回来, 好不好?
范兴奎	(不好意思起来) 这, 这真太难了。这一定是这些皮猴们拿的。(向左门下, 正遇见龚小姐走进来) 龚先生, 您下来了。

龚静仪　嗯。

[范由左门下。

[龚静仪已有三十开外，却神气比岁数还老。焦黄的瘦长脸上，眼珠子总是滴溜溜地乱转。聪明自负，说话十分刻薄，颇善于察言观色，人也精明机警。她穿一件碎花淡黄旗袍，袍下仿佛是半大天足。神色裕如，有时故意倚老卖老，和同事们开些玩笑。她是院内惟一的女职员。

孔秋萍　(对况) 您看气人不气人，火升得好好的，这个混蛋就是不早拿来。

龚静仪　咦，(笑着) 这火盆怎么又跑到这个地方来啦？

况西堂　怎么，龚先生？

龚静仪　我在楼上烤了半天。原来在院长屋里，后来房东太太上了牌桌说太热，怕上火 —— 大概就这么又归了我们啦。

孔秋萍　(似乎他又有了理) 您看! 您看! (对龚) 牌还没有散？

龚静仪　(嘴角一撇) 散了？不听见外面下了雨了么？

况西堂　今天龚小姐下来得真早。

龚静仪　楼上实在太闹。院长太太今天过生，(尖酸地) 楼上"全民总动员"，我也掺不进手，不如下来签签到，看看报，还爽快一点。

孔秋萍　谢先生，您看，这成什么话，一个女人过生，就要闹得这么天翻地覆。

[楼上忽然砰嘭乱响，仿佛两三个洋铁筒倒落地上。

孔秋萍　(大惊小怪) 哎呀，这一定是太太们打牌打起来了。

[况先生也不觉站起来，大家仰头静听。

况西堂　(低声) 怎么，洋油筒都打翻了？

孔秋萍　哼，这 ——

[隐隐听见有女人在咒骂。

龚静仪　(挥手) 别说，(孔果然不动。侦察片刻，龚小姐下了断语) 这

　　　　是张主任的丫头乘着大家忙，又在偷米花糖呢。

孔秋萍　你怎么会知道？

龚静仪　(颇有把握) 你看哪，就要挨打了。

　　　　[果然一个小女孩放声大哭，接着听见张主任的太太痛骂："你这个死不要脸的小妖精！看你偷，看你偷，看你偷，看你偷——"随声乱打一阵，老太太女仆们劝解。女孩更止不住地鬼哭神嚎起来。

　　　　[况探头回到自己办公桌，龚象是在笑，孔独自昂首谛听，颇似津津有味。谢宗奋摔下笔杆走到左面，拿起一份旧报纸乱翻。

　　　　[这时由右门走进来一个瘦人儿。陈秉忠，约莫有三十四五岁，身材面孔都生得伶仃孤苦，可怜得令人发笑。他穿一身单薄的灰棉袍，袖口套着一副配药时蚀烂的蓝布袖套。他为人谨愿诚厚，做事非常小心，除他说话琐碎和一直忍受穷困的煎熬，而好自悲叹的习惯外，言语，举止上别无其他不令人尊重的地方。然而好玩笑的同事们时常对他天生的可怜相，忍不住加以挪揄，有时当面叫他的绰号"可怜儿"(读若两音)，听到了，他一向不动声色，面孔益发严肃，而看去益发可笑。他不懂幽默，不知世情，(穷困改不动他的天性) 做事惟恐不认真。小心翼翼，心地介直，规则条例颁布下来，他总一字一字地做到，一件事惟恐做错，必需请示，或斟酌数次，才肯动手。他一生颠沛流离，心肠颇软，困苦中若受了冤屈，便忍不住悲从中来，呜咽不止。但他肯负责任，苦干死干，不走歪路，看定了方向，他不肯变移，有时执拗得如一条牛。他是医院里的司药。

　　　　[他很焦急地走进来。

陈秉忠　(嗫嚅) 谢先生，马主任到了么？

谢宗奋　没有——昨天他一天就没有来。

陈秉忠　是，是，(客气地) 对不起，您的表几点钟？

谢宗奋　八点半。

陈秉忠　(犹豫不决) 龚小姐，您知道院长起来没有？

龚静仪　没有。

陈秉忠　(愣住) 还没有？

龚静仪　听说他昨天夜里打牌打到三点钟。

孔秋萍　(专好戏弄他) 可怜儿，你找他有什么事？可怜儿？

陈秉忠　(怕孔继续戏弄他) 我们不玩笑。

　　　　　[陈连忙走下。

孔秋萍　(追到门口) 可怜儿，可怜儿！(回转身得意地笑) 这个家伙！

谢宗奋　我觉得我们大可不必这么 "可怜儿" "可怜儿"地叫他。我们现在并不比陈秉忠不可怜！

况西堂　(怕二人争起嘴) 是不是又为要药的事，他来？

谢宗奋　当然。丁大夫催药，陈秉忠就找人，而我们的马主任就照例躲着，避而不见。

况西堂　你知道昨天丁大夫自己又到这里来催一次？

谢宗奋　哼，那有什么用，马主任替院长买米卖米还忙不完，哪有工夫管这些事？

龚静仪　(忽然) 刚才丁大夫又派人找院长太太要铁床呢。

孔秋萍　怎么，那张病房的铁床还没有还？

龚静仪　嗯。

况西堂　我们院长夫人呢？

龚静仪　(含蓄而幽默地) 我们院长夫人还是那个派头。

况西堂　怎么？

龚静仪　(自己觉得说话十分俏皮) 还是给她一个 "相应不理"。

况西堂　你别说，象丁大夫这样倔强的女人我倒是第一次见到。

孔秋萍　(手一摇，洋洋得意) 嗯，头痛，头痛，我一见她就头痛。她看见我不顺眼，我看她也头痛。(头一扬) 高傲，目空一切，简直没有把我们放在眼里。

况西堂　(老气横秋) 唉，年青，刚到机关来，又是个妇道 — 碰几次钉子就好了。

龚静仪　(正刺着痛处，立刻似笑非笑地) "妇道"怎么样？女的难道就不是人了？

　　　　[况见闯了祸，便不再作声。

孔秋萍　(不识时务，还在打趣) 况先生，(指龚) 她们女人们都这样，批评不得，我们先生们说一个，她们女人们来一群。

龚静仪　(翻了白眼) 孔先生，我不跟你开玩笑。什么"女人""女人"的。这个称呼顶难听了！

　　　　[孔秋萍顿然扫兴。于是大家都静默不言，外面单调地传来弹棉花的声音。— 这时由右门走进来一个绷布缠着手的伤兵。

伤　兵　(立正，河南口音，很有礼貌地) 劳驾，这里可是××医院？

龚静仪　医务室在前院，你走错了。

谢宗奋　(站起来) 你是新来的么？(走过去)

伤　兵　嗯，俺们刚从宣城前线上下来的。

谢宗奋　你有伤票没有？

伤　兵　有。(掏出两张黑污的白布包的硬纸片)

谢宗奋　(看了一看) 怎么，两张？

伤　兵　有一张是机关枪连第七连上一个小弟兄的。

谢宗奋　(读) 十九岁，徐 —

伤　兵　(帮着看，憨直地对谢笑了笑，抱歉的样子) 看不出来了，上面都是血。(从谢手拿回来，在纸上吐一点唾涎，大手在上面擦了擦，又憨厚可爱地笑起来) 不成，看不出来了。(指伤票) 就是他。俺在路上碰见，把他带下来的。

谢宗奋　这个小弟兄在哪里？

伤　兵　在大门口 — 大腿上来了一炮弹，半个月了，看式样挺危险。

谢宗奋　我带你到前面医院去。

伤　兵　好。(走了一步，仿佛很关心他，拉着谢) 喂，这院里可有个丁大夫？

谢宗奋　你认识她？

伤　兵　(摇头) 不，俺们到后方来，一路上听着弟兄们说。

谢宗奋　她在这儿 — 怎么？

伤　兵　那 — 这个小家伙运气！

谢宗奋　为什么？

伤　兵　他这条腿算有了救了。

　　　　(老范由左门拿签到簿上。

范兴奎　谢先生，院长说请您把什么表册早点赶好。

谢宗奋　哦。(伤兵还候在那里)

况西堂　算了吧，大家跟他赶一下。说这两天有个什么"视察专员"要到。真到了，连个表册都没有给他看的，你想院长还算办的什么公？

谢宗奋　老范，你带着这位伤兵同志到前院找丁大夫去。

范兴奎　是。(把签到簿放在桌上)

谢宗奋　哦，伤票在这里。(交给老范) 对不起，同志。

伤　兵　(立正) 谢谢。

　　　　[老范与伤兵同由右门下。

孔秋萍　(目送范出门) 混蛋！(立起) 这时候才把签到簿找来。(想去签到)

谢宗奋　孔，别忙，我们先查查这些表。(孔被他拉住，只好停下) 这

一共是七十一份表格，现在只赶出一牛。（孔望见况与龚都去签到，早已心不在焉）

况西堂　(猜透) 秋萍兄，我给你在签到簿上留个空。

谢宗奋　喂！(孔才回过头来) 你昨天给我的那十份，我看至少有六份是错了的。

孔秋萍　怎么，我抄错啦？

谢宗奋　不是，里面根本不准确。

孔秋萍　这就不关我事。

谢宗奋　譬如说，现在院里所用的职员差役，根本就没有那么大的数目—

孔秋萍　不管啦，谢先生，不准你可以问院长去。我们数数还要赶的表吧，这张该我抄，—

谢宗奋　(指着) 这张归你抄。

孔秋萍　这张也归我抄，三张，四张，五张，六张，七张，八张，九张—— (仿佛数不完的应填的表格报告) 我的妈，上面发下这么多表格要填哪。—— 唉，这么许多表！

龚静仪　(幸灾乐祸 —— 对着况西堂，俏皮地) 这才叫做"临表涕泣，不知所云"。

　　　　[此次孔秋萍看她一眼，走向院长桌上去签到。

孔秋萍　(不看则已，看了签到簿) 混蛋，这太压迫人哪！

龚静仪　(吓了一跳) 怎么？

谢宗奋　怎么回事？

孔秋萍　(拿起签到簿) 你们看，天下有这种道理不？

况西堂　(佯作不知，故意读出来)"马登科，七点牛到。"

孔秋萍　(一腔怨气) 况先生，你看，岂有此理不？我七点钟(不自觉地又说早牛点钟) 到，他昨天晚上就把名签上了，这是第三次！我非得禀报院长，这，这，公事这么办，是越过越不象话了。

况西堂 　("小事化无"的态度) 他签七点半，你就签在后面，写七点三十一分就得了。

孔秋萍 　可 — 可是我七点钟到的。

谢宗奋 　你少写了半点钟又有什么关系?

孔秋萍 　(连自己也相信今天来得异常早) 但是我是七点钟到的，他就比主任再大，也不应该抹煞我这早到的事实啊。

谢宗奋 　算了吧，你早来干了什么? 还不是坐着看报，烤火，吃点心。

孔秋萍 　那我知道。可是公事办不办是一件事，我签到早不早又是一件事。况先生，您是个老衙门，您想，我们再不靠早签到，晚下班，考勤加薪，还靠什么?

况西堂 　我并没有说你不应该。可是马主任现在俨然是个要人，跟他这种铁饭碗碰，对你有什么好处?

孔秋萍 　(不赞同的语调) 嗅 — 况先生，我就讲的是这个理呀。他铁饭碗 — 哼，一个小小的省立医院的庶务主任算得了什么! 我从前在交通部，何司长就跟我说过 — (仿佛大家应该知道这个鼎鼎大名的人，叫得既熟且响) 就是何凤奇呀，总务司的司长，范部长手下最红的人 — 他就跟我说，(不觉一比) 拍着我的肩膀说: "老孔，全部里就你一个人最勤。早到迟退，你是我们部里最有前途的公务人员。" 不是吹，况老先生，连黄次长都对我当面这么嘉奖过。我总是任劳任怨，一句话也不说，(眉飞色舞) 所以现在我们的秦院长一直也很看得起我。(更一串说下，来得有力) 但是不能因为何司长把我介绍给刘厅长，刘厅长又把我介绍给秦院长，叫我到这里来当，当 —

龚静仪 　(仿佛顺口替他说，其实是有意作尖刻的讥讽) 当录事!

孔秋萍 　(不理她) 嗯，当录事，我反而吃这个混帐王八蛋的亏呀。

况西堂 　(不自觉地想捉弄他) 那么，我们秋萍兄打算怎么样呢?

孔秋萍 (一鼓作气) 我要骂他，我要当面给他一个难堪，笑话他，叫他也明白我并不是好惹的。别看他是皇亲贵戚，院长的外甥。

况西堂 (大点头) 很好，很好。

[老范傲然由右门匆匆走进，神色烦躁，预备穿出左门上楼。

孔秋萍 (余勇可贾，耀武扬威) 喂，范兴奎!

范兴奎 (一看是孔) 干嘛?

孔秋萍 (指手画脚) 方才的签到簿是不是从马主任楼上房里拿来的?

范兴奎 (不耐烦地哼出一声) 嗯!

[范由左门下。

孔秋萍 (轻蔑的神气) 况先生，我就讨厌这种欺软怕硬的势利小人。他以为他是"这个"(伸小指示意) 介绍来的，我就怕他。哼，我还是照样给他一个难堪!(鼻里拖出一声长的 ―) 嗯，"这个"，"这个"是个什么东西。

况西堂 老弟，嘴上不要这么缺德。院长夫人就院长夫人，不必"这个"，"这个"叫得这么难听。

孔秋萍 她本来是 "这个!" 院长原来的太太我见过，现在还在怀宁。(低声，煞有介事的样子) 这是偷偷摸摸在上海娶的，(忽然得意地笑出声音) 她不是"这个"是什么? 喂，龚小姐，您说，她不是 ―

谢宗奋 (一直在工作，厌恶地) 喂，孔，请你少说两句，把这点表赶赶好不好?

孔秋萍 (小脖子一缩) 好，咱们就赶表，赶 ― 表。

[于是大家都不说话，有的办公，有的看报，有的出神。

[老范又由左门进来，神气似乎说："跟你说：白问，白问的，你看可不是碰钉子啦。"又由右门走出去。

[只有孔不放过，狠狠钉了老范一眼，其余同僚都未动声色。静

默中听见雨声更大，楼上竹牌声清脆而响亮地传入耳膜。

[这时忽然听见楼梯上有个老妇人哭泣着下楼的声音，旁边有一个少妇不断地劝解。

[少妇的声音：算了，别哭了，韩奶奶。嗐……

[于是两个布衣妇人一老一少，唠唠叨叨，说着走进左门。

田奶奶 （那个年少的妇人，一个十分伶俐，口头上素不肯让人的奶娘，抱着睡熟的马小少爷，善意地劝解着）算了吧，韩奶奶，别哭了，就当做叫恶狗咬了一口。算了，别伤心了。

韩　妈 （那头发已经苍白的年老的女仆，五十几岁，满脸皱纹。粗糙的手指在红肿的眼角上擦来擦去，一面哭泣，一面唠叨）真没见过，打牌打到一点两点就算了，没有说打到现在还不散的。人还没有住消停，牌一夜一夜地先打起来。晚上死不睡，白天死不醒。（回头望着门口说）你们有那种精神熬，我，我的命也还是娘老子给的。（忽然想起进来的目的。走到晾着湿衣裳的竹竿旁边，又忍不住数落起来）哼，你骂的什么人？什么了不得，一个月五块钱，我白天跟你们收拾屋子，做饭，夜里跟你们洗衣服，弄点心。哼，你就是阎王，你也得让我睡一会觉啊，（拿起破棉袄的衣裾大哭）

田奶奶 （陪着干擦眼泪）韩奶奶，别哭了，出门在外的，有什么讲究！都是逃难，要不是日本鬼子快打到南京，谁肯为这几个钱跟他们出来？

韩　妈 （方要收衣裳，想想又觉得委屈）哼，你骂的是什么人？你当院长太太，就忘了自己是个什么出身啦？哼，我不怕说得难听——

田奶奶 快点吧，赶快把晾好的衣服收拾起来，省得她又提起来，唠唠叨叨一大堆。

韩　妈 您不知道，田奶奶，她当人骂我骂得多么难听呢，是个正派人都说不出口啊。（横了心）哼，我五十多岁的人哪，有儿有女

的，（对着屋顶）你骂我卖屁股，看有人相信！我要当人说你
是个卖屁股的，你才好看呢。（又去收拾衣裳。孔秋萍几乎笑
出来，龚瞪了孔秋萍一眼，他又不作声）

田奶奶　（同时）算了吧韩奶奶，别生气了。等我们打胜了仗，一块儿
回老家，再也不受这种气。

韩　妈　（把衣裳一件一件地理好）真是！打完了仗回家，为着这几块
钱，命不要了，连脸都不要了么？唉！

　　　　[老范又由右门走进。这次神色更为烦恶，轻蔑地对着这两个
女仆投了一瞥，慢吞吞由左门走出。

韩　妈　（摸模衣服）下雨天，您看，衣服晾了一晚上，还是潮几几的。

田奶奶　嘻，赶快到厨房，找个火盆烘烘算了。来，我替你拿竹竿子。

韩　妈　不用了，您还抱着孩子呢。（拿起衣裳同竹竿子，韩、田二人欲下）

孔秋萍　（立起）喂，等等。（走到她们面前，自己觉得非常斯文地）你
们以后可不可以不在这儿晾衣服？

田奶奶　　　　（满不在意）您说什么？
　　　　（同时）
韩　妈　　　　（抱歉地）先生，可 —

孔秋萍　我说你们以后不要在这儿晾衣服，这是办公室！

田奶奶　（振振有词）您说不在这儿晾，在哪儿晾？下面下着雨，楼上
打着牌，四面房子都堆着你们先生老爷太太们的东西，前面院
子住的是上千上百的伤兵。这上上下下洗好的衣服，我们不放
在这儿晾在哪儿晾？（说完就拉韩妈）走吧，韩奶奶，别理他。
　　　　[韩、田二人下。

孔秋萍　（半天哑口无言，忽然）总之，这种地方，三个大字："没办法！"
　　　　[此时左门外听见有人在咳嗽。老范打起棉门帘，跟随秦院长
先后踱进来。
　　　　[院外人和秦院长谈过话的，绝少不惊服他遣词用字的巧妙的。

他与外人谈起事来 — 自然对院中下属也如此，不过总变些花样，不太显然 — 有一个特征，在一般情形下几乎是一律地模棱两可，不着边际。"大概""恐怕""也许"这一类的词句，一直不离嘴边。和他谈上一点钟，很少听见他肯定地说出什么办法来，总是在不痛不痒模模糊糊的口头语里莫明其妙地作了结束。院中盛行两句打油诗："大概或者也许是，我想恐怕不见得。"就是为纪念秦院长的"言语"天才而咏的。固然他对于院中下属 — 尤其是低级职员 — 是另一种气派和口吻，但对公事的精神则内外无论，总是一致。所以他遇着大事要办，只好应付一下，小事就索性置之不理。等到事情办得出了差池，而下属又无其他对付方法，必须"请示"，逼到他头上的时候，他就强词夺理，把一切责任推到下属身上，发一顿院长威风，乱骂一阵，以"不了了之"的态度依然莫明其妙地作了结束。反正现在是省立医院，上面不来督察，得敷衍一阵，就敷衍一阵。

[抗战以后，他的私人医院虽然夤缘求得ⅩⅩ省政府的补助，同时也开始收容伤兵，而他的态度非常消极。由大城市搬到一个穷苦的小县份来，尤令他精神沮丧。每天抱着"五日京兆"的心肠，只想在他认为合法的买卖里埋头弄钱，眷眷不忘往日在北平、上海时期的舒适生活。

[他微微有些驼背，体质不强，不满四十，头发已经有些斑白。他生得眉清目秀，瘦长脸，高鼻梁，举止斯文，甚至有些弱不禁风的样子。他着一身古铜色细花绸面的棉袍和一件质料十分考究，熨得笔挺的藏青西服裤。脚下穿深灰色的羊毛袜子，拖一双略旧的闪光黑缎鞋。他眼有些近视，戴一副微黄的细边玳瑁镜，无名指上套一只素净的黄金戒指。他头上顶一个压发的黑绒睡帽，但一进门就脱下交给老范。

孔秋萍 (不料院长进来) 院长 …… (立刻回到办公桌子前)

秦仲宣　(面含愠怒，对他点点头。转对老范，自己一面系着扣袢，老范在侧帮忙) 是怎么回事? 谁让人非要把我叫起来?

范兴奎　陈，陈司药请的，刚才他已经来过一趟，我跟他说："院长睡得晚，现在 —"

秦仲宣　他说有什么事?

范兴奎　他说有，有要紧的事，非见您老人家不可。

秦仲宣　(十分不快) 好，让他进来。

　　　　[范由右门下，院长拖出那把咯吱乱响的破太师椅，一屁股坐下，面色阴沉，大家都不出声。他颇想倚着桌角，支颐养神，但觑见桌上的尘垢，他厌恶地缩进臂时，把头一偏，朝着右门候望。屋子冷，他打了一个寒噤。

　　　　[陈秉忠由右门走进。

陈秉忠　(苦笑) 院长，您早。

秦仲宣　(不耐烦) 早，— 什么事吧?

陈秉忠　(小心翼翼，结结巴巴) 秉，秉忠，原来不敢惊动院长的。可是秉，秉忠，秉忠实在为了难，而且时间非常急迫。问到这位，这位不管;问到那位，那位也不理。(琐碎而诚恳地) 院长，秉忠只知为国服务，不，不计其他。抗战是非常时期，无论什么事情，都刻不容缓，说要说要 —

秦仲宣　(耐不住，到炭盆前面烤火，回头) 陈司药，你有话，就请说，不要啰啰嗦嗦讲这一篇大道理。

陈秉忠　是，是，是，我是跟院长回 —

秦仲宣　那你就赶快说吧。(打了一个喷嚏) 这个地方怎么这么冷? (伸手又把睡帽拿回来戴上) 老范，到楼上快把我的獭绒袍子拿下来。

范兴奎　是。(对陈秉忠万分不满地瞪了一眼，由左门下)

秦仲宣　(见陈望着范) 说啊，陈司药。

陈秉忠 （回头，衷心不安）院长，真对不起，叫您早起，又叫您受寒。

秦仲宣 不要再废话了，我已经起来了，你快说吧。

陈秉忠 我，我是在跟院长报告。前，前天早上，丁大夫又把秉忠叫了去，问秉忠她上次开的那些药品，都发下来了么？秉忠就说："药品还没有到我手下。 大概不是今天到， 一定就是明天到。说不定药品现在已经到了医院， 就会要点交给我。" 我是这么跟丁大夫说的。 丁大夫是非常着急，（仔细地再申述一遍）院长知道，一个大夫要治病，而手下缺乏药，您想，她怎么不着急！她就跟我讲："陈先生，如果今天再，再没有药品 ……"

秦仲宣 （连打喷嚏）真是，（顿足）活见鬼！（走到门口）老范，老范，皮袍，我的皮袍！

陈秉忠 （跟在院长后面，对门外喊）老范，皮袍，皮袍子！（又转向院长，十分歉然）真对不起，院长，早知道，我 —（院长又打一个喷嚏，陈又忙向门外）老范！老范！

　　［老范拿着皮袍跑进来。

范兴奎 （解释）找了半天，方才您的獴绒袍不知道放 —

秦仲宣 （吼叫）少废话，穿上！（老范侍候院长穿衣服，陈在一旁呆望，不知如何才好。突然院长转对陈）说，说啊！

陈秉忠 是啊， 丁大夫就跟秉忠说， 说："陈先生， 如果今天再没有药来，那，那就不成 ……"秉忠听了非常着急，因为伤兵同志屡次几乎要打秉忠， 说 — 哎， 这也不知是哪里传来的谣言 — 硬说秉忠把药扣住， 预备拿到市面上卖。（觳觫不安）秉，秉忠有口难分，这种谣言真是天晓得 —

秦仲宣 （不耐烦）底下呢？

　　［范由左门下。

陈秉忠 （衷心委屈）可怜， 秉忠一生一世， 从来没有做过一件亏心事，尤其在抗战时期，国家既然 —

秦仲宣 (怕他再啰嗦下去) 既然是谣言，就无关宏旨。好了，底下是怎么回事？

陈秉忠 (依然忘不下自己的冤屈) 是的，这种，这种谣言的根据，除非是 ……

秦仲宣 (大叫) 陈司药，我问你底下呢，底下呢？

陈秉忠 (莫明其妙院长为何大发雷霆) 底下，底下，是的，丁大夫就叫秉忠找马主任，秉忠于是立刻去找。当时秉忠就到处都找，马主任是到处不在。秉忠只好告诉丁大夫说："马主任不在。"丁大夫说："你(指一指) 再找!"于是秉忠从前天晚上九点钟起，到今天现在九点钟为止，秉忠到处去找马主任，而马主任还是到处不在。今天已是十五号。按道理讲，药再不到，似乎再无法维持。秉忠在药局里实在坐也坐不下去。因为一则丁大夫一会儿就要来催，再则伤兵同志说不定就要来打 — 可怜秉忠在外多年办事，从来小心谨慎，想不到今，今天遇见这么为难，这么 —

秦仲宣 (官样文章) 马主任呢？

陈秉忠 就是 —

谢宗奋 (看不下去，挺身立起) 院长，不是您前天晚上派他出去办事了么？

秦仲宣 (似乎想起) 哦，是的，是的，大概的。那么，陈司药，你为什么不把药品现在不好办的话告诉丁大夫呢？
[范由左门上。

范兴奎 太太请您到楼上吃稀饭。

秦仲宣 不吃了，银耳煮好了没有？

范兴奎 煮好了，在上面。

秦仲宣 端下来。(对陈) 你怎么不说呢？

陈秉忠	秉忠早跟丁大夫说过了。 秉忠就照上次院长跟丁大夫说的话又说了一遍：现在外汇比战前高， 药价昂贵；再者战区太广，运输很困难，并且 —
秦仲宣	(烦躁) 算了，算了! 我知道，不用你背了。
陈秉忠	嗯，凡是院长说的，秉忠也都说了一遍。
秦仲宣	(走来走去， 仿佛泛泛对着正在办公的下属发牢骚) 前两个月没有这种名医来， 医院倒也办得好好的。 有了这么个好医生，这个不对， 那个不对，真不知添了多少麻烦!
	[范由左门端进一碗热气腾腾的银耳。
范兴奎	(送到院长手里) 院长!
陈秉忠	(正当院长滋补的时候) 院长，不知您现在预备怎么办?
秦仲宣	(把碗一放) 混蛋，你忙，你不知道我现在也忙吗?
	[陈不料当众遭受了羞辱，于是低头不语。
秦仲宣	(突然转了语锋) 谢先生。
谢宗奋	嗯。
秦仲宣	那些统计同表格赶得怎么样了?
孔秋萍	(立刻站起) 已经差不多了，院长。
秦仲宣	(没有理他，又转向谢) 谢先生?
谢宗奋	还有不少。
秦仲宣	快点赶，你们诸位。这一两天说不定就有视察专员来，要用的。万不可马虎 — 这是成绩!
孔秋萍	是，是。
秦仲宣	龚小姐跟况先生也帮帮忙。 你们诸位多辛苦两天。 (笑容可掬) 办好了，我要好好请诸位到楼上吃一顿酒。
况西堂	公事，公事!

龚静仪 （同时）不敢当，院长。

秦仲宣 （转身，和颜悦色地）陈司药，我倒想出一个顶好的折衷办法。现在不多多少少总还有点药品吗？你就按着诸位医官们开的药方减半配。开两钱改一钱，开一钱改半钱配，那不就又可以应付一阵了吗？（笑逐颜开，对着大家）诸位，你们看这个方案如何？

[大家无可奈何，随着干笑两声。

秦仲宣 陈司药，你以为如何？（陈不答）

龚静仪 那不治不了病了吗？

秦仲宣 但是也坏不了病哪！

谢宗奋 （爽直地）就是恐会耽误病的。

秦仲宣 （被人顶撞大不高兴）可是，诸位，我有什么法子？人多，事多，而经费总是不够。办药，我不是没叫马主任办，马主任也不是不在办，可是药品办不下来，一时买不着，运不到，难道叫我卖老婆弄钱来买么？钱还是第二件事，根本交通成问题，我再神通广大，还不是束手无策。诸位，不要认为我刚才说的是笑话！自从南京陷落，到现在快两个月，任何事都一团乱麻，一团糟。请问，我们有什么办法？陈司药，你说，是不是？

陈秉忠 （抬头）院长，秉忠 —— 秉忠想请长假。

秦仲宣 （不解为何方才一段讲词，不生效力）什么？

陈秉忠 秉，秉忠想辞职，秉忠干，干不下去。

秦仲宣 （勃然）荒唐！混账！你干不下去也得干。现在是抗战时期，做事要格外负责。我这个医院，既然奉命收容伤兵，也算是公立的。你不干，我就可以军法从事！办你，重办你，把你押起来！

陈秉忠 （忍不住，呜咽）天，天知道，秉忠怎么不负责！

秦仲宣 无论什么事交给你们办，就办得一塌糊涂，不能叫人满意。什么豆大的事都来请示，找我。我已经交给马主任办，你就找马主任好了。 现在院里经费东拉西扯， 只这一桩， 就够我头痛。 …… 真奇怪，不知你们存的什么心，非要在大清早上拿这么多事情，琐琐碎碎，麻烦我。

[范由右门上。

范兴奎 房东跟本地绅士都来拜生了，现在在楼上。

秦仲宣 知道。陈司药你可以回去想想。

[院长与老范由左门下。

陈秉忠 (半晌) 可怜! (咽声) 我，我有什么可想的? (向右门走)

谢宗奋 (立起) 陈先生，陈先生!

[陈独自由右门下。

谢宗奋 (走到门) 秉忠先生!

[静默，隔壁弹棉花声单调迟缓地传进来。

孔秋萍 (摇摇头，轻轻咂着嘴)

龚静仪 (鼻孔嗤出一声，似笑非笑的) 嗯!

况西堂 (喟然长叹，望着窗外一片冬景)

谢宗奋 我对我们这位院长有三句话的批评。

龚静仪 什么?

谢宗奋 (辛辣地) 旁若无人，死不要脸，理屈气壮。

[半晌，风声瑟瑟。

况西堂 (悒郁低吟)"国破山河在，城春草木深。(又听不见) …… "

龚静仪 雨又下起来了。

况西堂 " …… 烽火连三月，家书抵万金。……(又低得只听见蚊子一样的哼哼) …… "

谢宗奋 (突然) 连阴天，毛毛雨，搬到这个地方来，连一张日期近点的报纸都看不见。从南京失守到现在快两个月，我们整天就是这种鬼事、鬼人、鬼把戏。抗战仿佛是人家的事，我们只要整天坐在这儿谈闲天，鬼画符，事事嚷没办法，事情就可以办好了！(忿愤) 真是，国家民族养我们这些废料有什么好处？有什么好处？

[大家默然。

况西堂 (望望谢，拿起桌上的空杯，无可奈何地叹了一声) 唉，喝一碗热茶！(走向右门侧小几旁倒茶)

[隔壁弹棉花声盆发混浊刺耳，沉重纤缓，令人窒闷。

孔秋萍 (不耐烦，咬牙切齿) 我最恨阴天听房东家里弹棉花的声音！

龚静仪 (迟缓而暗塞的声音) 房东老太爷病得快要死了。

孔秋萍 死了好！这些混蛋死一个好一个。

[略静，楼上竹牌声清脆可闻。

况西堂 (吸一口长气) 冷得很！(望望屋顶) 奇怪，楼上太太们的牌局还没有散。

[况太太，一位年近四十，极善治家的妇人，由右门走进。她的生相颇和蔼可亲，丰腴的圆脸，扁鼻子，大嘴，笑眯眯的眼睛。她身量矮短，且略嫌胖重，但行路做事十分灵敏。眉宇间，一望便知不是懵懂女人。她很会谈话，尤欢喜诙谐，时常拿她的丈夫打趣。况西堂多少也从她学会了些幽默。她穿一件淡绿色，有条纹，灯草绒质的旧旗袍，样子肥大宽适，由一件男人旧衣服改的。袖口处露出一截赭红色绒线内衣窄袖，胖手指冻得又红又肿。她提着一个竹烘笼，捧着一个热气腾腾的纸包，还夹着用报纸包好的她丈夫的一双雨鞋。这些配搭她头上一顶况老先生多年夏天不戴的破"白盔"，盔上还流滴着雨水，和下面冻得绯红的圆脸，其形状至为颠顸可笑。

[她进了门愣了一下，用捧着东西的手臂揩擦眼角下的雨水。

况太太　　(笑) 好大的雨。

龚静仪　　咦，况太太。

况西堂　　(吃了一惊) 你现在来干什么？ (况太太把东西放在茶几上，用
　　　　　力踩下脚上的泥)

孔秋萍　　况太太，您今天一打扮，我简直不认识了。

况太太　　(对孔) 少贫嘴！ (对况) 西堂，跟你送烘笼来了。 (把烘笼放在
　　　　　况的桌上。 对孔) 今天真冷。 (立刻走到火盆前烘烤。 况得着
　　　　　"老妻"送来的炭火，欣然色喜)

孔秋萍　　这热烘烘的是什么？

况太太　　热包子。

孔秋萍　　好啊。(走过去)

龚静仪　　(意在言外) 这是况先生的点心。

况西堂　　(也走近茶几，和蔼地) 不要紧，诸位，大家吃。

孔秋萍　　好，大家吃，大家吃。(拿起一个，放在口里)

况太太　　(走过去，热诚地把点心送到他们的面前) 龚小姐，你吃，你
　　　　　吃。 谢先生你也吃一点。 (谢点点头) 龚小姐，你吃啊。(龚只
　　　　　好拿起一个) 热得很！ 我自己做的，挺香的。 今天你们诸位到
　　　　　医院到得真早啊！

孔秋萍　　(口里还未嚼完) 什，什么医院哪！ 简直是一群 ——

龚静仪　　(睨视) 要饭的窝就是了。

况西堂　　(看"老妻"还戴着那顶不伦不类的帽子，幽默地) 喂，贤妻，可
　　　　　否把那顶要饭的白帽子暂时取下来？
　　　　　[大家笑起来。

况太太　　(笑着取下来) 你们诸位不要笑， 这是我大前年夏天跟西堂买

的"白面斗"。戴了半个夏天，他嫌晦气就不戴了。(对龚) 你看，下雨天戴着出去，不也很漂亮?

孔秋萍 　(吃完了) 怎么? 况太太，(指着纸包) 您还送了小菜?

况太太 　这不是。这是西堂的雨鞋。(看看还在细嚼烂咽的丈夫，半开玩笑) 西堂，我就恨你这点忘性。说好了下雨天穿雨鞋，省得又筋痛腿痛乱哎哟。你看你又忘了。(况避着人稜了她一眼。况太太故意点破，眄目指着他笑) 你别做那个怪样，当着人我也要说你。(对龚) 这么大年纪，当人叫自己老婆说两句有什么寒伧?

孔秋萍 　(羡慕不置) 况太太，你们这一对老夫妻真亲热，要是我家田的——

况太太 　什么亲热? (睨笑) 这么侍候他，他还不满意，想着歪心思呢。

况西堂 　(岸然) 不要乱说，闺阁的事我最不爱胡谈。

况太太 　(十分喜欢她丈夫在这些地方毫不苟且) 你看你，跟你开开心，就这样板起面孔。(对孔，得意地) 我们西堂真是个老腐败。
　　　　　[老范由右门上。

范兴奎 　(拿着片子对门外) 嗯，嗯，请您外面等等，我去问问看。(对孔) 院长不在这儿?

孔秋萍 　(翻翻眼) 你看不见?
　　　　　[范由左门下。

况太大 　西堂，我家的人又来信了。(由袋中取出信来)

况西堂 　哦! (接过信带上眼镜阅读)

龚静仪 　(很关心) 况太太的娘家现在在哪儿?

况太太 　上海。真造孽，拖一大家子人，先由南京搬到芜湖，又由芜湖赶回杭州，又由杭州才逃到上海，真是作孽。

谢宗奋 　他们没有说南京失守之后，什么情形?

况太太 　我们家里连地板都叫日本人拆去了。我们隔壁人家最惨，男女大小十三口，日本兵进了城，只跑出来一条老狗，连一个十二岁的小女儿都没有逃出来。

谢宗奋
龚静仪　怎么样？

况太太　(严肃地) 你们猜还会怎么样？

龚静仪　(忿愤) 不是人，真不是人！

况西堂　(看完信，摇头) 唉！又是接济，又是接济！

　　　　[范由左门进。

范兴奎　(持片交况) 况先生。

况西堂　(看片) 哦！

范兴奎　院长说不见，叫我交给您，说您知道。

况西堂　哦，知道，知道。

范兴奎　您见他？

况西堂　不用了，你告诉他，就说院长说的，事情妥了，请他明天早上到差就是了。

范兴奎　是。

　　　　[范由右门下。

孔秋萍　(拿起名片) 谁呀？"王 — "这不是跟院长送礼送了好几趟的那位先生吗？

况西堂　嗯，明天，这屋子又来一位同事。

谢宗奋　真是，平时已经没有事干，不知还添一位坐着干什么？

况西堂　(老于世故地) 亲戚！亲 — 戚！

龚静仪　(又是俏皮话) 跟我们马主任属于一类，一个是外甥，一个是 —

孔秋萍　(第一件关心事) 薪水定多少？

况西堂　(手一比) 法币六十。

孔秋萍　(吃一惊) 六十元?

况西堂　嗯，比我们方才多做事多挨骂的陈司药还多三十元。

孔秋萍　(不由又牢骚起来) "可怜儿"，先不必提了，就说我吧，一天做
　　　　事不算少，家里还有一个最能化钱的老婆。想当年我在交通
　　　　部，我一个月赚一百八，那时候何司长就对我说 —

谢宗奋　屁! 请你不要再乱吹好不好?

　　　　[孔愣住，龚嗤一声笑出来。

况西堂　(对其妻，拿着信) 你预备怎么样?

况太太　(猜透了他的心理) 没有钱拿什么接济? 一

孔秋萍　(神志恢复) 老谢，我反对你这么称呼我，我，我不欢迎。

　　　　[马登科由右门上。马主任素来聪明自负，一种踌躇满志的神
　　　　色，咄咄逼人，全院中几乎无人不厌恶，尤其是直属他手下的
　　　　孔秋萍。他好吹善捧，浅薄空虚，年岁不过三十二，而"狡"
　　　　"伪""私""惰" 的习性已经发挥尽致，不可救药。幼时无教育，
　　　　年长又和腐败的老父执们久处，耳濡目染，都是蝇营狗苟的勾
　　　　当。眼光小、脸皮厚、表面看，似乎异常精明干练，而实际却
　　　　愚昧无知，糊涂得可怜。份内的事他不屑办，份外的事他也做
　　　　不好。只因生来两片锋利的嘴，随他鼓唇摇舌，说得愚笨蠢弱
　　　　的人口服心服。他衣冠楚楚，但颜色剪裁却是非常俗气，而质
　　　　料也并不高贵。他穿一身蓝缎皮袍，带着黑丝绒的礼帽，手持
　　　　一根粗杖，御着纸烟，脚下方头黑皮鞋嘎吱嘎吱的。

　　　　[他颧骨颇高，面颊凹进，薄嘴唇，暴突的牙齿，瘦长脸，发向
　　　　后梳。红光满面，下巴生了许多疙瘩。他眼神暴露，举止无
　　　　定，那根手杖不知怎样摆弄才好。他也戴一个戒指，也有一副
　　　　备而不用，只为装饰的眼镜。

马登科　哦，诸位早到了。(仿佛忽然看见孔秋萍) 哟，你在这儿。

孔秋萍　(立起) 是，马主任。

马登科　(戏弄地) 屁，你的太太在外面找你。(对着大家，匆忙地) 我
　　　　要先见院长一下。(忙由左门走出)

孔秋萍　(气极) 真是 —

马登科　(忽由门口迈回来) 哦，忘了。(把帽子同手杖放在桌上又出去)

孔秋萍　(放下心) 真是混蛋。

　　　　[孔由右门下。

况太太　(诧异) "屁"？ 这跟孔先生起的什么外号？

龚静仪　况太太，您看他从上到下不象个屁象什么？

况西堂　(又转了题目) 喂，龚小姐，我这个人顶不喜欢贴娘家了。 —
　　　　[外面大吵。

孔秋萍　(在外面) 好，好，请你先不要吵。

孔太太　谁吵了？ 谁吵了？ (一面气汹汹地由右门走进来)

　　　　[孔太太看样子有二十五， 实际或者比这个年纪大。 她穿得颇
　　　　为讲究， 浓装艳抹， 却总有些乡气。 这时正和丈夫大发威风，
　　　　精神抖擞， 在人前预备恶闹一场。

孔秋萍　好，好，你先不要吵，我们有话好说，这是办公室。

孔太太　我跟你说什么？跟你说什么？你不过是个屁! (着重) 屁! 屁! 屁!

孔秋萍　(无法) 我就是屁，屁也是你的丈夫啊。

孔太太　你丈夫，就怎么啦？ (龚小姐忍不住笑出来)

孔秋萍　(稜了龚一眼，对其妻，外强中干) 我是丈夫，就不许买。

孔太太　我就买了。不但买了，而且做了；不但做了，今天晚上吃席我
　　　　就要穿。你敢把我怎样？

孔秋萍　(又无办法) 你知道这是什么时候？

孔太太　(两眼一翻) 九点半，该吃稀饭的时候。

孔秋萍　太太，国难，国难！

孔太太　国难不能叫我不穿衣服啊？

孔秋萍　国难我没有钱，国难大众都不好过。

孔太太　(鄙夷的神色) 哼，你痛痛快快说你没有钱就得了，什么屁事也得把国难扯上！

孔秋萍　你呀，中国就叫你们这帮妇人女子给害了的。

孔太太　(跑到孔面前，来势甚恶) 你呀！ ——

况太太　(和事佬) 孔太太，算了吧，您不是来跟院长太太拜生的么？(拉着她) 走，我们一同上楼去。

孔太太　(理由充足) 是啊，高高兴兴告诉他我托人买件材料做件衣服，你看他大惊小怪的样子，偏要当着人做这么许多穷酸相！

况太太　(推她) 走，上楼！

孔太太　(回头) 哼，亏你还配姓孔。

　　　　[孔太太由左门走出。况太太对况伸伸舌头，预备走出。

况西堂　(幽默地) 贤妻，您的雨帽！

　　　　[况把白盔递给她，况太太笑着由左门下。

　　　　[马登科由左门上，回头与况太太打招呼："况太太，您上楼？"

马登科　(兴高采烈) 喂，西堂兄，今天晚上你可以大喝一下。我托房东特意把本地顶好的厨子叫来办的"俭德席"，与众不同，三十元一桌，十桌！

谢宗奋　什么？三十元？

马登科　怎么？

况西堂　三十元一桌的俭德席，毋乃太贵乎？

马登科　(滔滔不绝) 你不晓得，院长尽管嘴里嚷"太贵！太贵"，到了好菜谁不喜欢吃？一个人在机关做事，花钱就要花在刀口上。

(大拇指一伸) 这个家伙嘴里不说，心里喜欢这一套。"伪组织"自然更不用提。这种女人好容易巴结上一个院长嫁。这次过个生为什么不愿意热闹热闹？反正钱又不是她花？

龚静仪　(冷笑) 倒霉的还不是我们这群小职员？

况西堂　登科兄，我可声明在案，鄙人老妻昨日已和鄙人严重交涉。自从南京一路搬来，家用已经亏空四五百元之巨。以后无论什么应酬，院长夫人过生也好，院长过生也好，甚至于你老兄过生也好，鄙人以后每次至多只以二元为度。

马登科　(没料到) 怎么，你们几位都不赞同。

龚静仪　(尖酸地) 有钱谁不愿意当漂亮人，象您马先生各方面都行得开，帮着院长做生意，见识广，手头大。象我们这些穷公务员 ——

马登科　笑话，笑话，你们不肯出，就不出得了。反正这机关大，有的是人出，至不济，我一个人出！

况西堂　好极，好极，佩服之至！

孔秋萍　(灵机一动，忽然立起) 马主任，您看见了今天的签到簿了么？(拿起签到簿)

马登科　(盯着孔) 看见了，怎么？

孔秋萍　(嗫嚅) 马主任，我今天是七点钟到的。

马登科　怎么？(竖起眉毛) 我也是七点钟到的，你要怎么？

孔秋萍　(感觉局势危险) 我，我不要怎么？(委屈地) 那，那么我们都是七点钟到的。

马登科　(指着) 你老拿着签到簿于什么？

孔秋萍　我说，我说 ——

马登科　(尖利的冷笑) 你说今天晚上这顿酒席，你也不预备加入是不是？

孔秋萍　(抑压不住) 谁，谁说的？(放下签到簿，一腔怨气化为 ——)马主任出多大份子，(着重) 我也出多大份子。

马登科　(眄视) 你?

孔秋萍　(挺胸) 我!

马登科　(大笑) 好，好。

孔秋萍　(回到自己办公桌，低声) 看你还瞧不起人!

马登科　(回头) 况西翁，你不要见怪，我刚才也是说着好玩，闹笑话。

况西堂　(莞然) 不，多年做事的人，哪儿会! 你老兄前程万里，处处都
　　　　是进取的气象。鄙人三十年书案生涯，眼前又有一大群孩子，
　　　　我如今只想守成，回家还有一碗稀饭喝，就万事足矣。

马登科　(不学无术，非常推重搬弄笔墨的人) 啊，况老先生，您的文
　　　　章是了不起的，您一个字就可以定天下，转乾坤，那真是了不
　　　　起的 ——

　　　　[范由右门上。

范兴奎　马主任，丁大夫问您在不在?

马登科　(仿佛都不记得) 丁大夫?

范兴奎　她问您的药?

马登科　(不耐烦) 知道了，回头说。真是讨厌，一件事还没了，又有
　　　　一件事。(对况) 刚才院长还叫我慰留老陈，象"可怜儿"这种
　　　　人，芝麻小的事情，总看得象天大。

况西堂　(同情) 刚才他大为伤心，要辞职。

马登科　就说的是呀! (忽然记起) 哦，西堂兄，那你催药的呈文办了没有?

况西堂　大前天晚上就办妥了，就等你老兄来，而你老兄两天没有照面。

马登科　嗳! 你不知道! 麻烦，麻烦，这两天，不只是为我们这个(伸拇
　　　　指) 办事，还要为这个(伸出小指头，轻蔑地咧咧嘴) 办事! (非
　　　　常得意) 真是没法子，(转换语气) 怎么样，公文在哪里? 为什
　　　　么不前天就发了呢?

况西堂　(拿出公文) 不是等你老兄过么? 院长说归你专办，就请你

老兄过目吧。

马登科　(手一甩) 过什么目哟, 你老兄还会有错么？ 拿去发了算了。
　　　　　(把公文夺过来) 老范, 拿去交给收发处发出去。

[范持公文由右门下。

马登科　哦, 谢先生, 方才院长又提赶快赶出表格啦。昨天我在外面打
　　　　听, 谣言很多。说上面特意派个什么专员来督察我们这个机关。并
　　　　且说, 这个专员非常精明强干, 但是怪！又非常不知人情, 不
　　　　通世故。听得我是莫明其妙, 糊里糊涂。总之, 我们得预备, 表
　　　　格要赶好, 完全赶好。

龚静仪　什么, 现在完全赶出来？

马登科　那有什么法子？ 这是成绩呀！ 不过所谓督察也并不一定难对
　　　　付 — (孔秋萍偷偷离开办公桌向右门走) 喂, 小孔, 你上哪
　　　　儿去, 还不快赶表？

孔秋萍　(恭谨) 是, 我出去换一支好笔就来。

[孔由右门下。

马登科　(神气十足) 其实什么专员, 还不都是人。两顿好饭一吃, 酒
　　　　一喝, 再清楚他的出身背景, 哎, 什么话都好谈！不过, (自觉
　　　　老练异常) 总是预备一下好。 — 哦, 院长还叫我看看前面病
　　　　院, 该洗刷的都要洗刷一下, 其实这也不过是以备不虞就是了。
　　　　连天下雨, 天气冷, 路又不好走。谁是大傻瓜？ 都是公家事,
　　　　急急忙忙地跑来视察干什么？ 对了, 我还得到"可怜儿"那儿去
　　　　一趟, 真讨厌, 越忙他越添麻烦。(走了两步, 又回来) 西堂
　　　　兄, 我看你也帮着他们赶一下吧。

[马洋洋得意, 施施然由右门走下。

况西堂　(目送他出门, 感慨) 真是得意忘形！

龚静仪　俨然是个小院长。

况西堂 (手指在空中指点了半天，打趣地) 他呀，他是现在德国的"希特勒"，什么事都管，什么事都要干涉。

谢宗奋 (气愤) 听见了没有，专员要来，院长吩咐你们赶表。

[三个人又低头办事，刚静了一刻。 —

[田奶妈匆匆忙忙地由左门走进。

田奶妈 (进门便四下乱翻，一面撅着嘴，低声唠叨) 真是的，真是不知怎么疯才好。到底是当小老婆出身，是有点邪行。(找到龚小姐桌上)

龚静仪 喂，你找什么？

田奶妈 针，一盒唱话匣子的针！(又找到谢先生的桌上)

谢宗奋 (烦躁) 针，怎么会在这儿？

田奶妈 (不理他) 哼！一盒针算个什么？我们孩子拿去玩一会，也值得你指鸡骂狗，说那么一大堆屁话？(还在谢的桌上四处乱翻)

谢宗奋 喂，你是怎么回事？

田奶妈 怎么回事，人家牌打腻了，现在又要跳舞了。(一边找一边数落) 真是，可摸着有人跟你做生了。牌打了一通宵，现在，好！干脆不睡，大清早上，要唱话匣子，又要显摆她会跳舞了。(又回到龚小姐的桌旁乱翻)

龚静仪 (耐下) 你还在这儿乱翻什么？

田奶妈 (一直想方才受的委屈，并未听见。仍继续找) 嗤，你骂我们孩子在你床上撒尿。哼，这点"童便"以后你要我们撒，我们还不撒呢。我叫你沾上这点童男子气，你好添儿子啊，哼，美得你！不要脸，整天咧着嘴，又是吐，又喝醋地装着有喜来骗人。

况西堂 (早在自己桌上寻觅，忽然举着一个亮晶晶的铁盒) 喂，这个是吗？

田奶妈 (一手抢过来) 对了，就是这个。(返身就走)

谢宗奋 喂，你是哪家的奶妈？

田奶妈　　(大模大样) 马主任 ──

　　　　　[田奶妈由左门下。

谢宗奋　　(拍案) 这办的是什么公?

　　　　　[马登科偕陈秉忠由右门上。

马登科　　(照例的慰勉) 不要难过了, 我们一同就去见见院长 ── 算了。

陈秉忠　　(还在悲痛) 我, 我不想去, 秉, 秉忠做事从来负责, 不知为什么还骂我不, 不负责任。

马登科　　(觉得他迂拙可怜) 喉, 就是因为你太负责任了。

陈秉忠　　(擦擦眼泪) 秉忠自问对得起国家。 我每天看见丁大夫同别的医官们不分昼夜, 跟伤兵们看病, 秉忠总觉得自己做事做得太少。 尤其是这两天看到药品不够分配, 一沓一沓的药方子交给我, 我眼看着手里拿不出药来, 我心里真是不知多么着急。

马登科　　(顺口一说) 唉, 那又何必呢?

陈秉忠　　屡次丁大夫自己拿出钱来买药, 分给病人。 而且时常一夜一夜地不睡, 照护重伤的同志, 秉忠有时天亮起来, 时常看见她一个人走出病房, 流着眼泪? (握拳击掌) 那时候秉忠只恨自己无权无能, 帮不了她一点忙。 (噙住眼泪) 我真怕丁大夫万一气走了, 那时候的医院(摇头) ──

马登科　　老陈(敷衍) 你是个好人。

陈秉忠　　(抬起头) 可怜! 秉忠一月薪金三十元, 我还图什么? 秉忠的女人非常地贤慧, 每天省吃俭用, 跟我苦过。 我只求心安, 在我份内的事情我都做得非常之好, 我就对得起我的祖宗, 我的书就算没有白读。 (忽然愤慨地) 现在院长骂我混蛋! 又说我"不负责任"。 又想出那种方法叫我配药, 这, 这我是不能做的。院长说要办我, 要重办我, 要把我押起来, 那, 那 (悲从中来) 我在此地只有我的苦女人是我的朋友, 那 (抽咽) 那只好随他

把我押起来，他爱押多久就押多久就是了。(呜咽不止)

[半晌。大家凄然无语。

龚静仪 (十分同情) 唉。

[忽然楼上鬼啸似地响起骚闹的爵士音乐，接着一串女人的充溢了色情性的欢笑，而屋顶也仿佛巍巍颤动起来。

[大家引颈向上望了一望。

马登科 (走到陈面前) 啊呀，先生，你不要这样神经。院长说话就这样。说过去就算了，你记着这些个做什么？(推着他) 走吧，跟我一同去见他，说你并不想走，顺便跟院长太太拜个生。

陈秉忠 秉，秉忠是不去的。

马登科 那你要怎么样？

陈秉忠 (执拗) 在药品问题未解决以前，秉忠是不干司药的。

马登科 你忘了抗战期间这不比平时，许多事情非要迁就不可。

陈秉忠 (摇头) 秉，秉忠想过。这，这件事延到现在，秉忠是不能迁就的。

马登科 (鄙吝的奸笑) 陈先生不要忘了，三十块钱虽然不多，然而没有也似乎不成。

谢宗奋 (早已忍不住，摔下笔，低声) 真是混蛋。

[谢由右门跑下。

陈秉忠 (望着马，沉缓地) 这件事秉忠也想过。秉忠的女人还能洗衣服，秉忠自己可以烧饭，跟人当厨子的。

马登科 (拱拱手) 好，好，好，你本事大，我拗不过你。(推他) 你先下去，我们回头再谈。

陈秉忠 是，马主任。

[陈由右门下。

马登科 (对况) 这种人太死心眼，早晚只有受社会淘汰，没有其他的路可走。

况西堂　(曲为转圜) 怎么，马先生，就这么样让老陈走了？

马登科　(汹汹然) 那怎么成！

龚静仪　(吃了一惊) 怎么，真把他押起来？

马登科　押起来？ 司药的人找谁呀！ 象他这样"价廉物美"的人到哪里去找？

况西堂　喂，马先生，药品是快办好。 听说昨天丁大夫还问专员什么时候来呢。

马登科　就是呀，一个丁大夫，一个陈秉忠，都是我心上两块活宝，成天地跟我找麻烦。 不过你们看着，早晚我要把他们两个弄到我手心里来，在我手里团团转。

龚静仪　(刻薄地) 当然咯，您马主任多有本领啊。

马登科　有本领不敢讲。 不过我相信，在机关里做事，我们只要有办法，有步骤，有聪明，有口才，不必一定要出洋，也一样可以钻得很快。 特别是现在这么乱哄哄的年月，说出头，就出头。弄得好，司长，秘书长就是一说。(得意地) 要不怎么叫"大时代，变动的大时代"呢！ (走近况) 喂，西堂翁，前些日子你给我批的八字，说我三十二以后，准大交红运。 我昨天晚上又找一位批命的老先生看了一遍 —

[范由右门跑上。

范兴奎　(鬼鬼祟祟) 马，马主任，丁大夫来了。

马登科　哦 — 哦 —

范兴奎　(非常紧张) 她找您来了。

马登科　(力持镇静，瞪眼) 你这么大惊小怪做什么？ (对龚、况) 你们看，看我怎么对付她！ 况西翁，你看着，你看 —

[丁大夫由右门上。

范兴奎　(警告地) 丁大夫来了。

[马登科蓦回头，满脸堆着笑容。

马登科　(小脑壳向前伸一伸) 丁大夫。

[丁大夫看去只象三十刚开外， 其实她已经是个十七岁孩子的母亲了。她不加修饰，穿一身深蓝色线条织入淡灰毛呢质底的旧旗袍，外面套一件宽敞的医生白布外衣，外口衣袋里，还露出一段诊病的橡皮听管，她穿一双半高胶底黄皮鞋，走路做事非常敏捷有力。她的脸有些男相，轮廓明显，皮色看去异样洁净， 薄唇角微微下垂， 眼睛大而锐利， 满面是刚健率直的气概，在愤怒时，有威可畏。她的身体较普通女子略高，十分健壮。

[她有一双细柔而秀丽的长手， 圆下巴丰润而敏感。 再看她软垂下来的大耳轮，我们会感觉到她是一个慷慨而又易于动情感的人。事实上最近她常哭泣，当她独自想起自己的理想逐渐消灭的时候，当她谛听着那些来自田间朴实可爱的病人，偶然讲起在战场上一段悲壮惨痛的经历的时候。她性颇偏急。自从加入了这个后方医院，她已一再约束自己，学习着必要的忍耐和迁就。然而尽管在医务上有时作不得已的退让，她私下认定在任何情形下她决不肯迁就到容忍那些腐败自私的官吏的地步。她所受的高深的科学教育不但使她成为中国名医， 并且使她养成爱真理，爱她的职业所具有的仁侠精神的习性。

[抗战开始， 她立刻依她所信仰的， 为民族捐弃在上海一个名医的舒适生活，兴奋地投入了伤兵医院。早年在国外，和她同去就学的她所深爱的丈夫，既因病死去，以后医院事业便占据了她的心灵。现在她的十七岁正在求学的独儿，在开战之后立刻自动加入战地服务团，参加工作，她更是了无牵挂，按她一直信仰着的精神为着人们话着。

[她来了， 她受了许多折磨。 看到多少惨痛的事实使她益发相信自己更该为这个伟大的民族效死，应竭力提高一般后方医院的救护和治疗知识，减少伤兵同志不必要的痛苦。她现在比来

时消瘦些，精神依旧是饱满的。为着发现一件无可再卑鄙的事实，她暂时按下满腔的愤怒走进来质问马登科。她看马登科有如一只残忍的狗，贪婪的狼，愚蠢的猪，她是那样深恶痛绝地鄙视着他。

[她背后手里拿一张白纸包好的公文。

丁大夫　（冷冷地）马先生！

马登科　（忙拉出一张椅子）丁大夫您请坐。

丁大夫　我不坐，我还有事。

马登科　（顺口乱捧）啊呀，您太辛苦了，中国人要都象您这样，事情就好办了。啊，请坐。（对老范）你傻站着干什么？倒茶！

范兴奎　（一直紧张地望着，才清醒过来）是。

丁大夫　不要倒，我不喝。

[范无可奈何地望望马主任，逡巡由右门下。

丁大夫　马先生，今天是十六号。

马登科　（感觉来势汹汹，搭讪着）是啊，十六号。本来，丁大夫，我说的是十六号 —

丁大夫　（冷眼逼视）药该到了。

马登科　就说的是呀！我不早就跟丁大夫说过么？无论如何我们这次一定要设法。（先发制人）本来嗄，这也太难了。您想，已经叫您催了许多次了，一次，两次，三次，这次已经是您正式催第四次了。我们再不把药品弄来，自问也说不过去呀。再说治病怎么可以没有药，伤兵同志是我们国家的栋梁，您是伤兵同志认为最好的中国名医 —

丁大夫　（明白马一向的应付方法）我想，你心里也知道这是废话！我并不要你来夸奖，我不要你给我讲救国大道理。这次我只要一样东西 …… 药品。（斩钉截铁）没有药品，你知道我会怎么办。

马登科	(缓冲) 好办，好办，您先别着急，药品总是要来的。(诤笑) 您先请坐，我们慢慢谈。(高声) 来人，倒茶!
丁大夫	我不坐。我再告诉你，我也不想喝茶。我要立刻办好，我还有病人。
马登科	对啊，丁大夫您说的对呀，谁不想立刻办好? 您想我愿意屡次麻烦您一趟一趟地跑么? 可是事实办不到有什么法子? 抗战开始不到半年，凡事都还没有个一定的头绪，新机关添，旧机关裁，上上下下，并没个接头的准办法。一件公事送上去，这个人说不该归他，那个人说不敢负责。推过来，"诿"过去，您想公文这一绕，弄清楚了，也得半个月，不说旁的，就说我们这次药品 —
丁大夫	马先生，你既然知道，推推诿诿不是个好办法，我想你今天一定可以把药品拿出来咯。
马登科	(逼得索性招认) 我的天，丁大夫，我要是已经弄来了，我还老受这个活罪干什么?
丁大夫	什么? (沉重地) 你说什么?
马登科	实在对不起，丁大夫，药到现在还没有来。
	[沉默。龚小姐望见丁大夫气色不对，立刻机警地若无事然，溜出左门。
丁大夫	(由白布外衣口袋内拿出一张信纸) 马先生，这是谁写的?
马登科	我，丁大夫。
丁大夫	是你亲笔写的么?
马登科	(赔笑) 怎么不是。
丁大夫	(气极) 我当是狗爪子爬的呢。
马登科	(恐吓地) 丁大夫，你说话要知道轻重，我是院长特派来办这件事的。
丁大夫	哼，你既然知道你是院长派来的，你为什么不办?
马登科	你怎么知道我没有办，我天天在办，时时刻刻在办。

丁大夫　(冷笑) 马先生，也用不着你这样热心，你只要每天还记得做一点公事，少打算怎么捧你的院长，哄你的院长就够了。

马登科　(突然傲慢) 丁大夫，请你不要过份欺负人。我要提醒你在这个地方大大小小我也是个官。

丁大夫　(强硬地) 那么，我也提醒你，你既然记得你还是个官，当官就要做官事。

马登科　(翻脸) 我请问丁大夫，我怎么没有做事？

丁大夫　我上次催你，你打电报问了么？

马登科　当然打了。

丁大夫　报文呢？

马登科　用不着给你看。

丁大夫　复电呢？

马登科　没有。

丁大夫　为什么？

马登科　(翻眼) 我知道？

丁大夫　第二次，你公事办了么？

马登科　自然办了。

丁大夫　在哪儿？

马登科　早发了。

丁大夫　多少天以前？

马登科　十五天。

丁大夫　你没骗我？

马登科　(翻眼) 骗你？

丁大夫　(追问) 真的？

马登科　(发怒) 岂有此理，你当我是靠骗人吃饭，说谎起家么？

丁大夫　(切齿痛恨) 你这个天大的骗子！(把手中纸包的公文扔出，爆发) 这是什么？

马登科　(包散开，露出方才叫老范送出去的公文，变色) 这是 — (还想拿起展阅)

丁大夫　看什么？ 你心里知道这就是你刚说的十五天前发出去的催药公文。(愤怒) 我真不懂你是什么心肝。一次两次地拖延，骗我哄我。到了今天，催药的公文还没有发出去！

马登科　丁大夫！

丁大夫　你还有什么话说？

马登科　(乞怜) 丁大夫 —

[况西堂忍不住轻咳一声，斜视了丁大夫一下，偷偷由右门溜出。

马登科　(瞥见况已溜出) 丁大夫，请你千万不要见怪。

丁大夫　我不怪你，我怕全国的忠勇将士要怪你，全国的公正国民要怪你的。

马登科　(低首下心，委屈婉转) 不过丁大夫，发出去有什么用？ 您要明白，铁路是下通的，航运是断了的，公路是不好走的，天上有日本的飞机，地上十条路有九条路都是烂泥。 从这站到那站，中间不知要经过多少危险，过河爬山处处都还有翻车的可能。而且办公是有手续的，公文就前三十天发出去，药品能来不能来还是问题。

丁大夫　马先生，你饭可以不吃么？ 水可以不喝么？ 饭没有了，上天不是也要弄来么，水没有了，空手挖井你不是也于么？ 病人们的药难道不比你的饭食重？ 为什么你的饭每天非吃不可，我们伤兵同志们的药你不肯设法弄来呢？

马登科　谁说我不肯？ —

丁大夫　马先生，我不愿再听你的狡辩。中国如果要想翻身，抗战中的官吏是要负起责任来的。我告诉你，马先生，事实上也不允许你们不负责任。 你不要以为你们在抗战中的中国你们还能敷敷衍衍苟苟且且活下去， 抗战会叫你们现出原形的。 你们如果是有生气的， 你们将来还配跟新的中国一同生长， 如果你们还同往日一样， 敷衍一时是一时， 早晚有一天， 你门死了， 骨头都没有人收的。 (看他那冥顽不灵的样子) 仿佛跟你说也是废话。再见!

马登科 (忽然恐慌) 丁大夫， 您先别走， 请问您预备到哪儿去?

丁大夫 你当然知道， 我预备到哪儿去。

马登科 (鄙笑) 丁大夫， 事情要好说， 什么事情总有个挽救的办法，您何必出此下策。

丁大夫 (硬硬地) 什么叫下策?

马登科 (赔着笑脸) 丁大夫，你就是告到上头去，不也是毫无办法?

丁大夫 哼， 你以为我还会找你们的院长说话? 我够了， 我怕见他就跟怕见你一样。 敷衍， 应付， 虚伪， 苟且， 事情到了你们这般人手里， 有办法也变成没办法。 (忿极) 我恨不得我能立刻发明一种血清， 打到你们每个人的血管里， 把你们心里的毒质："懒"毒， "缓"毒， "愚""毒"， "无耻"的毒， "自私"的毒， "过份聪明"的毒， "不负责任"的毒， 一起洗干净。这样， 抗战的前途才真有办法。 (短促地叹一口气) 再见。

马登科 (拦住她) 喂， 丁大夫， 你到底到哪儿去?

丁大夫 (怒视) 你为什么拦我?

马登科 (赔笑) 我不敢拦您， 丁大夫， 不过， 丁大夫您就是告到他那里， 岂不是徒徒地跟我们过不去， 事情还不是办不到么?

丁大夫 (烦恶地) 我跟你说过， 我不会告到你们贵院长那里。

马登科 (顺势奉承) 是啊， 丁大夫素来是体贴人情的。

丁大夫 (爆发) 我最恨人情! 你们这帮东西， 就是整天讲人情， 讲得一

点是非也没有，一点效率也没有，你们真是一群 — (突然不说)

马登科 　(忍气) 好，好，好，我都不跟你计较。你骂我什么都可以。不过您，您出去以前，您得想明白，凡事总得留个退步。— 喂，丁大夫，(胁肩谄笑) 说句老实话，院长那里倒没有甚么，我想回头您不会到新来的专员面前报，报告我办的这件小事情吧?

丁大夫 　(斜视他) 你说那位什么梁专员?

马登科 　嗯，丁大夫，(阴沉地笑了笑) 打开窗子说亮话，我们个人之间无冤无仇 —

丁大夫 　(突然) 你怎么知道我跟你无冤无仇? (逼问他) 你怎么知道我跟你无冤无仇?

马登科 　啊呀，丁大夫，我什么时候得罪您了? (旧账一数，忽然) 哦，我想起来了，您以为上次我跟院长做寿，故意地没请您是么? 嗐，那是那个混帐王八蛋的老范把请帖送漏了。(指天) 天地良心，我自己亲笔写的请帖，第一份请帖就是您丁大夫。临送的时候，我还当面对老范嘱咐了又嘱咐，连嘱咐三遍，(做势) 三遍之多，啊，丁大夫 —

丁大夫 　(哭不得笑不得) 马先生 —

马登科 　(忙应) 啊，丁大夫 —

丁大夫 　(冷冷望着他) 马先生，我真是奇怪 —

马登科 　(抢接) 奇怪，嗐，这有什么奇怪。(鄙夷地) 天生他们这种当奴隶的脑袋，根本就不知道怎么造的。

丁大夫 　(没料到) 是啊，(讽刺地) 我就是奇怪象你这种不当奴隶的脑袋，到底又是怎么构造的呢?

马登科 　(摸不着头脑) 怎么?

丁大夫 　(看他实在愚蠢可怜，不肯放弃这次使他能睁开眼睛的机会，怜悯地) 马先生，你难道想象不出? 有一种人活在世上并不是为的委委屈屈，整天打算着迎合长官，拍马吹牛，营私舞弊？你难道就看不出这种人生下来就预备当主人，爱真理，爱国家，言行一致，说到做到，把公事看得比私事重？(情感迸发) 真的，你不知道我们现在是家破人亡，整个民族要靠这次抗战来翻身？那么你为什么还不明白，一个人到了现在可以什么都不顾，就希望把自己这点力量献给国家，争到了胜利，好做一个自由的人？马先生，我跟您无私怨无私仇，但是你屡次对我拖延，撒谎，耽误公事。到了现在，药品还没有拿来，叫我眼看着伤兵同志受痛苦，病重，我只能站在旁边，一夜一夜地等，等，等，等到天亮而毫无更好的办法，我就认你是我的仇人，我的天大的仇人！

马登科 (愣住，呆滞地重复着) 何必呢？何必呢？(忽然满堆笑容) 那么，好办，丁大夫。我请客，我赶明儿就请客，我好好的办一桌席，把院长他们都请来，我当众赔不是。请罪，赔礼，什么都成。咱们是公事公办，私事私了。只要您眼前跟我凑个面子，不跟梁专员提，我是什么都可以，什么都成。

丁大夫 (看他不可救药，沉静地) 也好。

马登科 好？

丁大夫 可以。

马登科 (热心地) 您帮忙？

丁大夫 我原来就不预备跟这个什么梁专员讲。我也知道这些专员老爷们跟你们是差不多的货。跟你们合作两个月，我也明白你们官官相护，说也无用。所以(长叹) 马先生 —

马登科 丁大夫，怎么您 —

丁大夫 我要走了。

马登科 (假意慰留) 哎呀，那怎么成，抗战刚开始，国家正需要象您

　　　　　这样人才的时候 —

丁大夫　我预备到别的后方医院，我想省立的几个医院，恐怕也只有你们这个是最特殊的了。

马登科　是啊，"积重难返"，我也是说没办法，(摇头) 真没办法！

丁大夫　不过在我离开以前，我一定要把离开此地的原因跟伤兵同志们说清楚，我想你们诸位也愿意大家明白你们的真相的。好，我们再见。(走)

马登科　(慌了，拦住她) 可是丁大夫 —

丁大夫　(厉声) 闪开！

　　　　[丁昂头走出。马登科颓然坐下。

马登科　(又气又急，正坐发愣)

　　　　[慢悠悠地况西堂掀开了右门帘，斜着身量退进来，一面垫起脚，还望着丁大夫渐行渐远的背影。

马登科　(觉得有人走进，忍不住) 真是，世界上就会有这种不知世故人情的女人。

况西堂　(慢慢放下门帘，转身，嘘出一口长气) 厉害！厉害！(把扔在地上的公文拾起，摇着头，非常珍惜地掸擦上面的尘土) 荒唐，荒唐！(把公文放在桌上) 可惜，这里面的文章。

马登科　(看见谁都不顺眼，忽然跳起) 我问你，大前天既然办好，你为什么不立刻就发？哪个叫你压住这多天，(暴躁地) 什么叫我"过目""过目"的？

况西堂　(愣一下，面上依然心平气和地) 登科兄，请你记住，毋迁怒，毋贰过。如果丁大夫给你面子下不去，兄弟似乎还没有得罪你。你我两个老衙门，大可不，不必为这种小事情红脸。

马登科　(立刻看风转舵) 对不起，对不起。(说出心里的话) 可，可，我真有气，凭空被这个女人侮辱了一顿。

况西堂　(缓冲空气，幽默地) 此所谓"靠官吃饭，要人好看"哪。

马登科　你们诸位真够朋友，就扔下我一个人来对付她。(回头) 你看一个一个地都溜了。

况西堂　(笑着) 其实我们在这儿不也是多余？ 不是连我们一起骂在里面？ 你说 — (忽然瞥见龚小姐不声不响地由左门偷进来，向自己办公桌走) 咦，久违呀。

龚静仪　(忍不住笑起来) 我都听见了。我们"五十步与百步"，谁也不要说谁。

马登科　(忽然气忿忿地) 真! 你们听见她临走说的什么？

龚静仪　(尖刻地) 不是要跟伤兵同志宣布离职原因么？

马登科　西堂兄，你看，你看，这哪象在外面做事情的人？

况西堂　我想她还不至于吧。

马登科　你不明白这种女人，说到哪儿做到哪儿。她软硬不吃，就知道一味撒野，遇见这种不懂人事的人，你有天大的本领还也是白费。

龚静仪　(幸灾乐祸) 其实，她真宣布了又怎么样？

马登科　啊，真宣布了，我的妈，那我们这群伤兵同志一定立刻起哄，找到这儿来。龚小姐，请问，我们这几根瘦骨头有几斤重？ 受得住他们每个人一拳头。

龚静仪　马主任，那您可挡头阵，您是院长特派专办这件事情的。

马登科　龚小姐，别开心了。(转身向况) 固然啊，实无办法，我们可以把屡次催药的公文拿给他们看。

况西堂　(摇头) 先生，"秀才遇见兵，有理说不清"。这件事不闹则已，闹起来一定不可收拾。

马登科　(颓丧) 嗯，不可收拾，不可收拾。

况西堂　恰巧这一两天又要来个什么视察专员，到院里来，嗯，彻底，彻底。

马登科　(唉声叹气) 糟，糟，糟，这早晚会闹得他晓得。

龚静仪　并且我听院长说这个人相当麻烦，不易应付。

马登科　糟就糟在这上头。

龚静仪　又听说这个专员也是医科出身，办事不但认真，而且暴躁异常。

马登科　知道，知道。(低头)

龚静仪　(对况) 说是他查维县的时候，当地一个院长立刻撤职，一位主任三年监禁。

马登科　晓得，晓得。

况西堂　要真是政府特派这种人来查办 —

马登科　(五内焦灼) 别说了，真是"国家将亡，必有妖孽！"院长发的什么疯，为什么当初要答应什么女名医来服务。服务倒也罢了，为什么又让她一点一点地得势，这样得伤兵们的心。闹得现在一塌糊涂，横不是，竖不是。这样女人真是妖孽，妖孽，活妖孽！(气忿忿向右门走)

况西堂　你去干什么？

马登科　我要想办法，不是这个梁什么专员就要来么？

况西堂　可你 — (忽然) 喂，你说他叫梁什么？

马登科　他，他叫梁公仰。

况西堂　(恍然) 是他呀？

马登科　(忽然喜上眉梢) 怎么，你认识他？

况西堂　(摇头) 不认识。

马登科　(垂头丧气) 那说什么？

况西堂　我倒是有朋友认识他。

马登科　(又提起兴会) 谁？在哪里？

况西堂　唔，远得很，听说这个人现在山东当县长。

马登科　(又象瘪了气的球) 那又有什么用。

况西堂　不过，他的脾气，我倒是听说过。

马登科　(也颇关心) 对，他什么脾气？ 他喜欢什么？ 有什么嗜好？

况西堂　嗜好？ (摇头) 听说他毫无嗜好，性情非常严肃。

马登科　(又丧了志) 那又何必再说！ (立刻向右门走)

况西堂　你预备上哪儿去？

马登科　(自己也莫明其妙) 上哪儿去？

况西堂　你找谁呀？

马登科　就是说我现在找谁呀，找谁呀，真是糟透了，糟 —

　　　　[孔秋萍由右门急忙跑进。

孔秋萍　(一团高兴) 诸位先生们，专员来了，专员来了。

马登科　什么？

孔秋萍　哦，马主任 — 梁专员来了。

马登科　谁？ 你胡说。

孔秋萍　真的。

马登科　他在哪儿？

孔秋萍　正在前院。

马登科　什么地方？

孔秋萍　门口客厅。

况西堂　(同时) 好快。

马登科　哪些在陪？

孔秋萍　张副官，陈主任，李医生，胡医生，还有院长。

马登科　你亲眼看见？

孔秋萍　亲眼看见。

龚静仪　什么样，胖子，瘦子？

马登科　(烦躁地) 废话! (龚一气回去坐下) 他跟院长说什么?

孔秋萍　听不清楚。

马登科　那么他 —

　　　　[范由右门跑进。

范兴奎　马主任, 梁专员到, 院长请您马上到前面去陪。(对其余的人)
　　　　院长叫我告诉诸位先生们一声, 专员说不定就会进来视察。

马登科　妈的, 今天简直是过鬼门关。

　　　　[马仓皇由右门下。

　　　　[范把报纸略微整理, 也匆匆由右门走下。

　　　　[大家刚刚坐好, 况太太由右门捧着"白盔"喘着气走进来。

况太太　西堂, 西堂!

况西堂　你又回来干什么?

况太太　我告诉你们一件大事。

况西堂　快说吧, 太太, 现在不是谈闲话的时候。

况太太　(放下"白盔") 不得了啦, 我告诉你们, "伪组织"跟丁大夫打起
　　　　来了。

龚静仪　(立刻) 什么?

孔秋萍　(更忍不住) 怎么啦, 怎么啦?

况太太　(非常兴奋地) 铁床, 铁床, 我们这个(竖小指) 又为着那架铁
　　　　床找丁大夫去了, 丁大夫把她大骂一顿。

龚静仪　(尖刻地) 啊, 我们院长夫人叫丁大夫骂了。

况太太　骂了? 哼, "伪组织"被她连说带骂, 给赶出来了。

孔秋萍　怎么回事? 赶出来了?

况太太　这个女人真厉害。　她刚才就派人硬把院长屋里那张铁床拆走,
　　　　可是"伪组织", 我们这个(竖小指) —

况西堂 (素来谨慎) 喂，你不要这么大声"伪组织""伪组织"地乱叫，万一她，院长夫人跑进来 —

况太太 (对丈夫这种不认真的地方，素来不肯幽默) 什么院长"夫人"。她是个这个，(竖小指)"伪组织"，我说她是"伪组织"，是个(狠狠地竖起小指) 这个! 这点名分你可要弄清楚。

况西堂 (望望门口) 好，"这个"就"这个"，"伪组织"就"伪组织"。你就快说好了。

况太太 (竖起小指) 我们这个刚跳完了舞，回到房一看，床不见了。这一下就冒起火来了。不用问，这一定是丁大夫派人拆去的。头也不回，立刻从那边小楼梯跑下楼，一直就奔到丁大夫办公室去了。谁晓得丁大夫也刚回来，不知为什么也是气汹汹地，这两人一见面，你们猜 —

龚静仪 怎么？

[外面忽然听见一个尖锐喉咙的女人大声乱吵。

[那女人声：马主任，我搬家，我搬家。

况太太 (手一挥，谛听) 来了，来了，就是她 —

孔秋萍 (低声)"伪组织"？

[大家连忙若无事然坐下。

["伪组织"由右门吵上。马主任十分狼狈随在后面。

["伪组织"年岁有二十七、八，出身暧昧，早年斲丧过甚，到了现在面容已有些衰老。她瘦骨棱棱，一身过份艳丽的衣服，包起里面丑陋的肉体。她厚涂脂粉，狭长脸，眼泡微微有些肿，红嘴唇里露出一颗黄晶晶的金牙。她的眼睛很大，生得水灵灵地迷人，如今看人有时还不免那种"未免有情"的神气。她染上很深的恶嗜好，她的声音时而有些喑哑。她穿一双平底花缎鞋，肉色的丝袜子，戴起耳环，戒指亮耀耀地刺眼。她着

一件时髦而异常贴身的桃红丝绒旗袍，更显得瘦削。但走起路，倒也楚楚有致。头上插一朵表示寿庆的红绒花，苍白的手里把弄着一支象牙长烟管。

伪组织　（气咻咻地）马主任，我搬家，你赶快跟我找房子，我立刻就搬家。

马登科　（狼狈）何苦呢，院长夫人，这又何苦呢？

伪组织　（指天畫地）我从来没叫人这么欺负过。不要说我还是个院长夫人，就是平平常常一个小公务员的老婆，她也不能这么欺负人呀。我告诉你，马主任 —

马登科　算了，算了，别生气了。小心您又犯了胃病。

伪组织　胃病？她气也把我气倒了。我从来没见这种不讲道理的女人，简直是妖精，怪物 —

马登科　（得着知己）嗯 — 活妖孽。

况太太　（好心好意）是怎么回事情哪，秦，秦太太？

伪组织　（毫不客气，指着况太太）你问我？你知道，你还要问我？刚才我明明看见你站在小楼梯上听。你眼看着她一句一句地骂我，你在旁边一句也不开腔，你还假门假事地要问我？（一转头过去）
[况太太被她一顿抢白，拿起破"白盔"就向右门走。

况西堂　太太。（况太太在右门口对他挤挤眼，好象说："别管，让她闹去。"带着一点嘲讽的冷笑，由右门下）

马登科　（同时）别着急，院长太太，今天不是您的寿辰么？

伪组织　寿呢，什么寿？今天我非闹到底不可，我豁（拼）出去了。马主任，你现在跟我找房子，我就走，我要看看到底是她厉害，是我厉害？

马登科　算了，还是过生要紧。我们大家还要吃您的寿面呢。（只想赶快了事）其实大人不见小人怪，一张铁床的事，让给她也就算了。

伪组织　谁说的？我不，我偏不。（用那支长象牙烟嘴指指点点）铁床是公家的，并不是她丁疯子自己花钱买的。我用了。一个院长夫人拿一张铁床算什么？用十张铁床又怎么样？你告诉她，我不但睡铁床，将来我还要盖铁床，(略停，忽然) 吃铁床，喝铁床，把公家铁床拆碎了，扔在河里听响，看她把我怎么样？马主任，你们怕她，我不怕她。你赶快跟我找房子，今天不是我走，就是她走。

马登科　这又何必呢，院长夫人。大家刚搬来，都找不着房子，又不老跟机关住在一起 —

伪组织　(越劝气焰越高) 不，不成，我不能白叫她这么欺负糟蹋。她厉害，好！了不得，我叫我们仲宣辞职，不干这个受气院长。哼！仲宣早就想回上海，不愿意干。什么好差事？一个月薪水拿不到三百块，还不及我在上海一晚上赚的多呢。

[范急忙由右门上。

范兴奎　(匆促) 马主任，专员，专 —(看见了"伪组织"直眉怒目，又停住)

马登科　(想走又不能走) 知道，知道。(范急由右门下。马有苦说不出，于是 —)好吧，您说，您要怎么办吧。

伪组织　也好，(急转直下) 我叫你们在下边的人好办事。头一件，我马上要把那张床再搬回来。

马登科　好，好，我们想办法。

伪组织　第二件，我要她当着你们诸位大家的面，对我三鞠躬，叫我三声院长太太，承认自己是错了。

[龚、况二人互相对视微笑。

马登科　(伸伸舌头) 好，好，都好办，还有呢？

伪组织　还有 —哦，我要她房里那许多又长又宽的白布单子，叫她拿，拿三十条来。

马登科　(开始不耐) 您还有么？

伪组织　　还有 —

　　　　　　[谢宗奋忽又由右门急上。

谢宗奋　　马主任，伤兵同志们派代表见梁专员，专员现在马上请你去回话。

马登科　　哦，不得了！(翻身就走)

伪组织　　(一把拉住他) 哦，我想起来了，马主任 —

马登科　　对不起，您留着以后说吧。

伪组织　　(又拉着他) 不，我要她今天晚上酒席筵前当众斟酒，替我招 —

马登科　　(冒火) 哦，我的天，咱们回头说。(摔开就跑到了门口)

伪组织　　马主任 —

　　　　　　[忽然范兴奎非常威严地由右门走进。

范兴奎　　(立在门口打起帘子) 梁专员到。

　　　　　　[秦院长现在套上一件马褂，十分恭谨地由右门上。

秦仲宣　　(对着门外，微微弯腰) 专员，这就是我们第一办公室。

伪组织　　(满腹冤屈，要来申诉) 仲宣！

秦仲宣　　(怒目看她， 她不敢再说话， 院长转向已经立起的诸公务员)
　　　　　　立正！(大家肃立) 诸位先生， 这位是梁公仰梁专员。(半晌，
　　　　　　门外专员十分令人摸不着头脑， 肃静中每个都不自在。 一刻，
　　　　　　院长首先低声说) 您， 您不进来么？(突然把耳朵伸向前) 哦，
　　　　　　是的， 是的， 我们先看旁的地方。(不自然的笑了一声) 嗯，
　　　　　　是， 这就是马主任。

马登科　　(对右门外的专员深深一鞠躬) 专员，在下马，马登科。

　　　　　　[仿佛门外专员已向前走去。

秦仲宣　　(低声) 登科，你先陪着，我就来。

马登科　　是。

　　　　　　[马登科连忙由右门随门外的同事们陪去视察。

[大家才安心坐下，院长气嘘嘘地盯着伪组织。

伪组织 (喘了一口气) 什么，他就是 — 专员？

秦仲宣 (指着) 你！我真不明白你为什么偏偏在这个时候当着他，跟丁大夫乱吵？

伪组织 谁知道是他？他脸上写出来他是专员啦？ — 穿着个破军装，笨头笨脑地在旁边傻望着。

秦仲宣 (急出了汗) 你这种话，别再嚷好不好？

伪组织 (撒娇) 你管不着！(对大家笑嘻嘻地) 我心里想，哪儿抓来这么一个乡下佬跟我们当勤务呢。

[孔秋萍忍不住捧场似地笑了一声。

秦仲宣 (对孔) 不要笑，这个时候有什么笑头？

伪组织 (当众卖弄) 你刚才为什么只看 — 我一眼，就陪着这个家伙走了，你为什么连帮着我说一句话都不帮？你这个没良心的东西，你不要以为我老了，你不耐烦了。(腰一插) 我告诉你，今天不是我走，就是她走。

秦仲宣 (忽然) 你别再放屁。

伪组织 (再没想到) 什么？

秦仲宣 快上楼，少跟我丢脸，龚小姐，请你陪她去。("伪组织" 被这当头一棒打得头晕脑胀，昏昏糊糊地叫龚小姐扶持着走到了门口) 快走！

伪组织 (忽然转身，但为龚拦住) 我跟你拼了！(大哭大闹) 你这个死不了，没良心的老东西，你跟我摆的什么臭官架子？

秦仲宣 (同时) 快走，快走！

龚静仪 (同时) 上楼再说，我们上楼再说。(立刻把她连说带劝地由左门推了出去，然而不住地听见 —)

["伪组织" 在外面嚎淘大哭："你不要以为你是院长，你不能欺

负我。哦！爸爸呀，当初为什么不听你的话，嫁给这么一个死
(顿足) 东西。我真瞎了眼了，我是图他什么呀? (被龚小姐劝
着推着，走上楼梯，哭声渐远) 哦，爸爸，你听见了没有? 我
的爸爸，你听见了没有? 他当院长就变了心了。"

秦仲宣　(同时) 该死，该死，这是闹的什么? (一肚子的别扭) 登科简
直昏了头，怎么会催药的公文到现在还没有发。我真不明白。
诸位先生，你们这办的是什么事?

[马登科忙由右门上。

马登科　(对况) 公文? 档案! 档案! 十三号的，六号的，二十九号的。

秦仲宣　怎么?

马登科　(帮着况同翻函牍) 这位专员老爷真怪。(停手) 他仿佛什么都
明白。(对况) 快找。(况立刻找出许多函牍)

秦仲宣　怎么，他现在就要查看?

马登科　(恩忙收点公文) 嗯，嗯。— 我听一个伤兵说，前天就在此地
看见他。

秦仲宣　(大吃一惊) 什么?

马登科　嗯，前天，此地。(查清公文，点出一份对况) 这不是，这不
是! 要十三号的，(况在乱翻) 少十三号的。(况连忙又取出一
份) 这不 — 对，我的老兄，请你拿十三号! (况又捡出一份)

秦仲宣　(愣住。忽然对孔、谢) 表格，表格，各种表格，叫你们赶的表
格，拿出来，都拿出来。

孔秋萍　(同时) 是，是。(大家立刻查表格)

[一利时，表格，文件一齐都堆在马登科身上。秦、马二人正要出去。

秦仲宣　(止住马) 现在他干什么?

马登科　他要找丁大夫谈话，他 —

秦仲宣　(急了) 他说什么!

马登科　他 —

[范由右门上。

范兴奎　院长，专员现在药务处，请院长立刻就去。

秦仲宣　知道。(对马) 他说什么？

马登科　他对我笑笑，呆头呆脑，简直不知道他要说什么？

秦仲宣　唉，闷死人！(对马) 走吧！

[马与秦由右门下，后随范兴奎。

孔秋萍　况先生(鬼头鬼脑) 您过来，我告诉您一件秘密。

况西堂　别闹了，我心里烦。

龚静仪　(对谢) 对梁专员印象如何？

谢宗奋　(欣欣然) 我喜欢他。

孔秋萍　过来呀，况先生。

况西堂　(慢慢过去) 什么事？

孔秋萍　(得意地) 您知道那封催药的公文怎会落在丁大夫手里？

况西堂　怎么？

孔秋萍　您猜猜，丁大夫怎么会就知道公文没有发？

况西堂　是谁做的？

孔秋萍　您猜猜。

况西堂　谁？你说。

孔秋萍　(轻轻指着自己) 就是在下。

况西堂　(没想到) 是你？

孔秋萍　哼，我看那个混蛋还威风，还在签到簿上乱签到不？

况西堂　屁！(指着) 你真是个活妖孽！

— 幕急落

第二幕

这是丁大夫的诊断室。（实际上在医务忙迫的时候，其他的医官们也来占用）我们看到的只有切成三角形的半间屋子。三角右边墙育一面半洋式的大窗，悬挂着净洁的白布窗帷。窗外是走廊，对面立一堵高墙，阳光由上斜射下来，仿佛离着午刻不久。靠窗近台口是一扇门，直通天井。窗与门之间，放着一把半旧的长背椅子，上面堆起一盒饼干和几叠洋装的医学书籍。椅子旁边有一只敞开的木箱，似乎等待这许多书籍同屋子里丁大夫的其他零碎一并放在里面。窗前和墙平行正放一张米黄色的旧书桌，上面铺着白布，很整齐地放着文具，听诊管，玻璃水杯，体温表，火酒瓶，橡皮手套，棉花和一两本医学杂志。白磁盒里泡着一两件亮晶晶的纯钢钳铗也摆在桌上。桌后窗前立一把圈椅，椅内斜置丁大夫自己的一个紫绒靠垫，坐在里面，半面向观众，和椅子左手边一张凳上的病人可以很亲切地诊询。

正对观众，丙墙交缝间，竖着一只简单而粗重的白色医用器具柜。从那土制的玻璃看进去，一排排的外科用具：麦粒钳子，带钩镊子，平刀，开张器，子弹钳子，探针以及其他更精微的器械都陈列在纱布罩盖的架板上。这大半是丁大夫个人携来的器具，现在还未曾装箱的。柜顶放着两大玻璃缸的红汞水同紫色液体的高锰酸钾，下面各垂一铗塞好的橡皮长管。柜之左，立一硕大的圆桶消毒器。更左贴近左墙是一架高长的木制诊床，上面铺放着被单枕头，和医生的白实习服。床前有一张圆凳，床下暂时搁放一只皮箱。床旁是一扇门，通到里面的诊疗室，手术室，病室等等。近门靠台前是一对白磁面盆，各放铁架之上。架上有三四瓶红汞水，来苏水，酒精，碘酒和纱布药皂之类。架下是存蓄开水的铁壶。

屋中气象，整洁简朴，墙上只挂一份大日历和一只旧温度表。

[开幕时，秦院长形色焦灼，在窗前望望阳光，又来回踯躅，仿佛在等待什么。他现在换了旧蓝布罩袍，外面套上一件旧黑马褂。

[由左门走进来夏霁如小姐，一位随丁大夫学习的看护，活泼而又胆小，是个不十分知悉事故的女孩。她穿着看护的白色制服，手里捧着白磁盘。

秦仲宣 (回头) 怎么样？跟丁大夫说了没有？

夏霁如 (并不重视院长的尊严，走向中间器具柜) 她现在还在开刀室，不能见人。(接着打开柜门，钳出里面的器具)

秦仲宣 (无可奈何叹一口气) 好，夏小姐，你把她这封辞职信退给她吧。(递出信)

夏霁如 (把手里的东西一举，表示无法再拿，半笑着) 请你放在桌上。

秦仲宣 你就说，我特意到这儿来挽留她。

夏霁如 晓得。

秦仲宣 并且坐在这儿等了她半点钟。

夏霁如 知道。(欲由左门下)

[外面有摇铃声，由远渐近。

秦仲宣 还有，(由书桌上拿起一封信) 这是我留的一个便条，请她看完，务必多考虑，多帮忙，不要走。

夏霁如 (嘴一撇) 晓得，放在桌上好了。

[夏匆忙由左门下。

秦仲宣 (为人轻浮，深致不满) 哼。

[范兴奎一手摇铃，一手推开右门上。

范兴奎 院长，该办公了。

秦仲宣　(不耐烦) 知道，你这样子来干什么？

范兴奎　饭前您不是吩咐我下午办公，各处摇铃么？

秦仲宣　(才想起。忽然冒起无名怒火) 嗯！接着摇！

范兴奎　是，(立刻接着摇了一下，突然停住，低声) 院长，专员又到各处办公室去看啦。

秦仲宣　(烦躁) 见了鬼，走！

[于是一前一后，院长整好衣服，施施然走在前。老范莫明其妙，大摇铃铛，傀傀然随在后，二人走出右门。

[铃声渐行渐渺，慢慢隐约听出远处唱起一段愉快的歌词："我们都是神枪手，一颗子弹打倒一个仇敌 ……"是一个童音初变的男孩子，满腔欢欣地在高唱。歌声步声很快地移近耳边，仿佛他踏着拍子大步走来，旁边还随着人，和他谈话。

[阳光已经直照门上，忽然右门大开，走进来丁昌同胡医官。

[丁昌 — 丁大夫的独子 — 现在只有十七岁。但是身体高壮，圆润透红的脸，大眼睛，粗眉毛，阔厚的嘴唇，笑起来露出两排整洁的牙齿。蓦然看去，他仿佛是个成人，略处久些，就感出里面还是一个赤子的童心。慷慨而勇敢，好谈话，好笑，好遗失东西，好穿破旧的衣服。抗战之后，他和同学组织战地服务团，走了战区里许多穷苦地方。四五个月的现实教育使他不只脸上挂了风霜，心里也多增强了对于中国目前社会的认识。他非常爱她的寡母，更爱他所朝夕研致的 "真理"。活泼而顽强的眼神里望得出是他对于中国将来的肯定。在他母亲所给与他的培养"独立的精神"的教育下，他锻炼出自信和一副强健的筋骨。他现在穿一身普通兵士的棉大氅，里面是一件臃肿的军服棉袄，外面紧紧束好他母亲赠给他的一副讲究皮带。他围了一条深蓝色绒围巾，很短。胸袋前有白布章，插了万年笔和小笔

记簿。

[他现在敞开了大氅，手里拿着军帽，虽然很有威风地大步蹚进，但满脸还是一片稚憨的笑容。

[随着后面是胡医官。他约有三十四五，精神顽健，身体不高。在同事中他非常钦佩丁大夫。他是一个老实、谦虚而自己无什么推动能力的平庸医官，然而在这个医院里，他的医道已经使他列入佼佼之流。他可以成为一个极负责任的医生。有了适当的领导，他也可以去出生入死，做出自己都会不能相信的英雄事迹。他穿着军装，外面套上医士的白布外衣，外衣口袋里也有一副听诊管。他十分和蔼地和丁昌交谈。

胡医官 (愉快地望着他) 走累了吧？你来得真好，刚出太阳，你就来了。

丁　昌 (把帽子放在桌上，望看窗外) 嗯，嗯，怎么，胡医官，你们现在也跟上学似的，大家办公，也是摇铃？

胡医官 (点头，斜眼笑笑) 嗯，嗯。今天特别! — 好，你在这里坐一坐，我去给你找她来。

丁　昌 (拉着他) 不，我等一等好。

胡医官 不要紧的。(又走)

丁　昌 (又拉转他) 不，我等等。

胡医官 为什么？

丁　昌 我母亲给人看病，她总不愿人打搅她的。(顺便坐在桌旁的凳上)

胡医官 (和蔼的目光) 你当然是例外。

丁　昌 (憨笑) 不，不例外，不例外。(不自觉翻翻桌上的杂志)

胡医官 (非常喜欢他) 你又胖了。

丁　昌 (放下杂志) 嗯，— 我们又要走了，胡大夫。

胡医官 上哪儿去？

丁　昌 华北 — 山西。

胡医官　去那么远？

丁　昌　(欣欣然) 这次打游击。

胡医官　(拍拍他的肩膀) 小心，别叫日本兵把你们这帮小孩子们逮去。

丁　昌　(不在意他的话) 胡大夫，我跟你商量点事。

胡医官　好，什么？

[由右门走上孔秋萍。

孔秋萍　(非常秘密) 胡医官。

胡医官　有什么事？

孔秋萍　梁专员不在此地？

胡医官　不在，怎么？

孔秋萍　您看，糟不糟？太阳又出来了。

胡医官　我知道出来了。

孔秋萍　(煞有介事) 我听说，秘密消息，日本飞机一百二十架，已经，已经进了省界啦！

胡医官　干什么？

孔秋萍　(万分严重) 空，空袭。就要空袭！您看这个小县份，什么防空设备都没有。(先见之明) 我早就说过，别出太阳，别出太阳，一出太阳就危险。您看，今天刚 —

[马登科由右门上，不知从哪里也弄来一件蓝布棉袍穿上。

马登科　丁大夫呢？胡医官。

胡医官　在病房里看病呢。

孔秋萍　(殷殷勤勤) 马，马主任，您知道现在有消息，有严重的消息么？

马登科　(轻蔑地) 早知道，要有空袭。县政府有电话来，说有五架日本飞机过了黄县 —

孔秋萍　(代人操心) 那么专员，我们应该 —

马登科　院里的汽车早上好了油。一有警报，专员还不是一样拍着屁股就跑。

孔秋萍　（自己突然觉得重要起来）不过我怕飞机不只五架，我听说 ——

马登科　（毫不理会，转过头去）胡医官，请你再去看看丁大夫。

胡医官　她不愿意见，有什么办法。

马登科　梁专员已经请她好几次啦。

胡医官　她说她就要走，留着工夫要多看病，不愿意再跟官儿们谈废话。

马登科　（一愣）其实，哎，真走了倒也好。

胡医官　（老老实实）我倒看不出来丁大夫走了，对医院有什么好处。

马登科　胡医官，你们大夫只懂得开刀，剜大腿，不明白我们办事人的难处。您看她早不走，晚不走，偏偏等梁专员刚到了，要见她，今天又非走不可，你看这多么叫人为难。

　　　　[胡医官不理他，翻着杂志。

孔秋萍　（又搭讪）其实，马主任，她走就走得了。

马登科　（不理他）胡医官，顶糟的是，我现在还不知道，她跟伤兵已经谈了些什么？

胡医官　哼，她根本就不许我们告诉伤兵"她要走"。

马登科　真的，说回来，丁大夫为人究竟厚道。

胡医官　我想她没说什么，也不是为着个人吧。她说她怕伤兵同志听了院里办事的情形伤心。

马登科　哦 ——

胡医官　再我想要是真告诉了他们，伤兵一定闹起来，不会让她走的。

马登科　（摇头）没办法，没办法。哼，这位专员非见她不可，而这位大夫说什么也不愿意见。我们夹在当中，这两个人不见不好，见了也是不好。

孔秋萍　（听得津津有味，不觉插进去）其实不见倒也省事。

马登科　(望望他，又回头对胡医官) 就是这个专员怪，从早上到现在，足足四点钟，看了不知多少东西，查了不知多少地方，除了吃一顿三大碗的白米干饭，谈了两句淡话，此外一个字也不讲，一点意见也不说，真是闷得你叫祖宗。

孔秋萍　哼，说不定他根本什么也不懂。

马登科　(翻白眼) 你懂! 屁，你在这儿插的什么嘴，还不抄你的表格去。

孔秋萍　我 —

[孔斜睖了马一眼，口中仿佛念念有辞，撅着嘴由右门下。马坐在诊断床侧的凳子上。

胡医官　(对站在窗前的丁昌) 怎么样，你说，你要商量 —

马登科　哼，胡医官，无怪乎院长老说要回上海去。真，做这种不大不小的官，是没什么意思。(又倚坐在诊断床上) 咳，没法子，等她，等 — ，等丁大夫出来。(掏出香烟)

[丁昌半鄙视地望着马登科笑了笑。索性不在他面前和胡医官谈话。这时由右门范兴奎手提两只肥母鸡，一只火腿，抱着一盒大红寿蜡走进来。

范兴奎　(笑嘻嘻地) 马主任，你，你在这儿。

马登科　(蓦地立起) 什么事? 什么事? 你把这些东西拿来干什么?

范兴奎　这是县政府何军法官何太太派人送来的，说不知道院长太太今天过生，马上买礼又买不着 —

马登科　明白了，明白了，那你送给后院院长太太看好了。

范兴奎　— 是啊，我去啦。可是院长太太到现在连颗米粒都还没有吃呢!

马登科　怎么?

范兴奎　一直大哭大闹，从床上哭到床下，从床下又哭到床上，谁劝都不成。来拜寿的太太们，她都不理，这两只母鸡她更不管啦。

马登科　你把这礼物退回去好了。

范兴奎　送礼的人说什么也不肯拿回去。

马登科　叫他等着好了。

范兴奎　刚才我偷偷地跟院长说 —

马登科　(拂然) 谁叫你现在跟院长说?

范兴奎　(卑笑) 是啊，院长骂了我一顿，叫我交给您。看该给多少赏钱，给他多少赏钱。

马登科　(把烟盒一关) 妈的，这做的是什么官，简直是他妈的当家婆!
　　　　(狠狠地) 走吧!

范兴奎　哦，还有，马主任。(放下那两只肥母鸡) 还有，东门外几家绅士送来两张酒席票。(正要从口袋里掏出来)

马登科　(大声) 晓得! 别在这里多噜嗦，出去算!
　　　　[马登科气忿忿地由右门走出，后面老范也十分不高兴，蓦地从地上倒提起那两只受难的肥母鸡，也横着眉眼跟着出去。

丁　昌　胡医官，他们这是干什么?

胡医官　谁知道。

丁　昌　真的，我母亲要走么?

胡医官　(沉重地) 嗯。

丁　昌　究竟为什么?

胡医官　你不懂。(忽然) 我问你，你刚才要跟我商量什么事?

丁　昌　(沉思) 什么?

胡医官　你刚才?

丁　昌　(又转到欣快) 哦，胡医官，我们想捐一些绷带，纱布，还有一些药品，你能想法子么?

胡医官　(善意地取笑他) 战场还没有到，你已经想着要受伤了么?

丁　昌　唔，到了山西，这些东西我们总是有用的。

胡医官　那你为什么不找你的母亲？

丁　昌　她，她现在要捐得来这些东西，她会给此地的伤兵，不会给我的。

　　　　[左门外面喊着胡医官，胡应声，走到左边。同时，门略开，一个女看护探出半身。

陆　葳　胡医官，一百六十七号的伤兵，伤势很重，请你现在去一趟。

胡医官　好，就去。

陆　葳　(缩回头) 好。

胡医官　喂，你看谁来啦？

陆　葳　谁？

胡医官　我们的小丁大夫。

陆　葳　小 — 丁！

　　　　[那女看护跳出来，胡由左门下。进来的是一个胖圆脸，大手大脚的女孩子。她非常活泼，红润的脸上浮泛出同情和稳重，身材不高，而异常壮硕。她原和丁昌一同在战地服务团工作，现在留在医院，从丁大夫学习简单的战地治疗，是丁大夫得力的帮手。她名叫陆葳。

丁　昌　陆葳！

陆　葳　你怎么还没有走？

丁　昌　没有车。你在这儿好么？

陆　葳　好，忙得很。

丁　昌　(十分亲热) 你又跟我母亲学了几手？会开刀了么？

陆　葳　吓，哪有那么快。我告诉你，干妈来了信了。

丁　昌　干妈？

陆　葳　嗯。

丁　昌　(愉快地) 哪个干妈？安徽的？还是河南的？

陆　葳　(笑着) 自然是河南的那个。你忘了我们服务团到了沧庄，演戏宣传，你摔伤了，大家把你抬在那个顶可爱的乡下老太婆家里 ——

丁　昌　哦，我的张干妈。谁说忘了？(伸手) 信呢？

陆　葳　不在手边。回头拿给你看，我要照护一个病人，就来。

丁　昌　好，我等你。

陆　葳　哦，(沉重) 你母亲从早上工作到现在，还没有吃午饭呢。回头她来，你最好 ——

　　　　[左门外丁大夫在呼唤。

　　　　[丁大夫的声音："陆小姐，请你来。"

陆　葳　哦，(对昌) 她叫我，回头见。

　　　　[陆葳由左门下。丁大夫匆忙由左门上。她穿着实习服，头上戴了白布帽 —— 头发完全藏在里面 —— 口鼻罩满消毒白纱套，几乎只露一对眼睛。两手紧套着橡皮手套，她进门就脱下一只。她后面跟随第一幕出现过的那位诚朴可爱的伤兵。她一眼就望见丁昌。

丁　昌　(乐极) 妈！

丁大夫　(慈恺地) 别拉我的手，昌儿。(她一面脱那一只橡皮手套，一面指着他) 我方才就听说你来了。(走到盆前洗手，回头，欣慰地) 你怎么并没有走？

丁　昌　(跟过去) 今天我们才有车。

丁大夫　(失望) 什么？你今天还走？

丁　昌　嗯。

丁大夫　几点钟动身？

丁　昌　三点半。

丁大夫　这么晚还走？

丁　昌　我们要在晚上赶到小庄，明天清早好跟大队出发。

丁大夫　(望着他慢慢揩手) 哦。(把纱布放在铁架上)

丁　昌　妈，你为什么还不吃饭？

丁大夫　(把口罩取下，微笑) 哪个说的？

丁　昌　有人告诉我。

伤　兵　(不得已) 丁，丁大夫。

丁大夫　(对伤兵) 对不起。(对昌) 昌，我就来。(对伤兵) 他在哪儿？

伤　兵　就在外面。(伤兵由左门下，丁随在后)

丁　昌　(跑上去) 妈，你不吃一点东西？

丁大夫　我现在吃不下。

丁　昌　可是 —

　　　　[陆葳由左门上。

陆　葳　丁大夫，(急促地) 请你立刻看看吧。

丁大夫　好。— 昌，我就来。

　　　　[丁大夫由左门下。

丁　昌　(拉住正要走的陆葳) 陆葳，怎么回事？

陆　葳　一个小伤兵，大腿受伤，中毒，从老远抬了来。

丁　昌　(关心地) 不重吧？

陆　葳　很重，治不好，腿会断的。

丁　昌　一定痛的很。

陆　葳　那怎么会不，我看他很难过。这孩子一声不哼，他直要丁大夫来看。

　　　　[胡医官由右门持一电报上。

胡医官　丁大夫呢？

陆　葳　在看病。

胡医官　她真该休息一下。

陆　葳　　胡医官，纱布眼看着又不够了。

胡医官　(意在言外) 哼，怎么会够! 怎么会够!

丁　昌　　(对陆) 我母亲已经把这些(指椅上的书籍)东西都装箱了?

陆　葳　　你已经知道?

丁　昌　　嗯。

胡医官　(递出电报) 丁昌，这是从上海来的电报，发给丁大夫的，请
　　　　　你交给她。

丁　昌　　好。(接下，看了看把电报放在口袋内)
　　　　　[胡由右门下。

丁　昌　　(沉思) 真的，她预备到哪儿去呢?

陆　葳　　不晓得。

丁　昌　　她不会灰心吧?

陆　葳　　她不应该灰心。

丁　昌　　(摇头) 我母亲脾气躁得很。

陆　葳　　(看着他，严重地) 你不晓得。

丁　昌　　(忽然) 你呢?

陆　葳　　你母亲到哪儿，我到哪儿。
　　　　　[丁大夫由左门上。

丁　昌　　那小伤兵怎么样?

丁大夫　(半向昌，半对陆) 他大腿里还有碎片，慢性中毒，时候太久，
　　　　　需要立刻开刀。陆小姐，请你把开刀室再预备好。

陆　葳　　怎么，您还动手?

丁大夫　嗯。

陆　葳　　我看找胡医官吧。

丁大夫　他也忙，他有他的事。

陆　葳　　要不，找刘医官替您一次。

丁大夫　　这是我的事。我在这里多久，我就做多久的。

陆　葳　　是，丁大夫。

丁大夫　　你告诉夏小姐，把我叫她装箱那一套针同麻药再拿出来。

陆　葳　　再拿出来?

丁大夫　　嗯，这个小伤兵病得太久，营养不足，我怕他心脏太弱，回头
　　　　　你们预备大腿局部麻醉。收拾好，立刻来叫我。

陆　葳　　是，丁大夫。

　　　　　[陆由左门下。

丁大夫　　(长嘘一口气，把口罩放在桌上) 昌，现在我们可以谈一下了。

丁　昌　　(拿起桌上的玻璃杯) 你不喝杯水?

丁大夫　　好。(昌走去倒满，把水杯递给她)

丁　昌　　(抱起饼干筒) 饼干?

丁大夫　　(摇手) 我不想吃。(喝一口水) 昌，这次你一定到山西去了么?
　　　　　(坐在圈椅内)

丁　昌　　(不得已) 嗯，妈。

丁大夫　　(放下水杯) 你为什么不早些来看我?

丁　昌　　我们办壁报到村子里去宣传，简直没有一点工夫。

丁大夫　　(忽然) 咦，我上次给你做的棉袄，你怎么没有穿?

丁　昌　　(着慌) 那，那棉袄(望着母亲) ━

丁大夫　　(握着他的手，轻轻点着他，会心地笑起禾) 是又送人了?

丁　昌　　(忸怩) 嗯，我看林重没有衣服穿，我就，我就送给他啦。

丁大夫　　(两手轻抚着丁昌的大手掌) 我的大方孩子，那么你自己呢?

丁　昌　　(憨厚地) 我，我当然有衣服穿。

丁大夫　　(不觉查看他的衣袖)，哦，昌，我的羊毛衬衣呢?

丁　昌　(支吾) 我，我没有穿。

丁大夫　(摇头) 你不要骗我，那羊毛衬衣 —

丁　昌　(诚直地) 我送给一个伤兵了。

丁大夫　(略微有些责备的口气) 丁 — 昌!

丁　昌　妈，你要看见他，你也会把你的衣服脱了给他的。

丁大夫　(立刻拍着他的肩) 昌，我不是责备你不该这么慷慨。可是昌儿，
　　　　天气很冷，(摸摸他的破棉军服) 你穿得这么少，你不知道我看
　　　　见了(低头) 心里 — 多么难过。

丁　昌　我，我不冷，姆妈。

丁大夫　(突然很快地走去诊床前，拖出床下的皮箱，拿起一件厚绒衣服)
　　　　昌，你把这个穿上。

丁　昌　(走过来，笑) 真的，我不冷。

丁大夫　你拿去。

丁　昌　我不。

丁大夫　妈要你拿去。(递出绒衣)

丁　昌　(望着母亲，慢慢接下) 可是姆妈，你穿什么?

丁大夫　我可以买。

丁　昌　(傻傻地) 我，我也可以买。

丁大夫　(笑起来) 你拿什么买? — 哦，我上次给你的钱，你还有多少?

丁　昌　还有 —

丁大夫　(仁慈地) 问你还有多少?

丁　昌　(说不出来) 我，我 —

丁大夫　(看出他的神气，点着他) 又都送人了吧?

丁　昌　没，没有。

丁大夫　那么 —

丁　昌　(连忙) 这次没有。

丁大夫　(忽然明白) 那么 (爱得不忍深责他) 你 — 是 — 丢 — 了。

丁　昌　(似笑又不敢笑，瞥了母亲一眼，立刻低下头来) 嗯。

丁大夫　(管不住自己，仍旧笑出来，指他) 你这个丢三落 (读如"辣")
　　　　四，最象爸爸的孩子!

丁　昌　(也笑着) 那天我明明放在这个兜里，第二天，我一摸 —

丁大夫　(温和地申斥，一半笑容) 不要说了。(走到书桌，由抽屉里取
　　　　出一沓钞票) 这是九十块钱，昌，放在身上。

丁　昌　(不肯接，似笑非笑地望着母亲) 我不是跟你要钱来的。

丁大夫　(温和地瞪了他一眼) 知道，你总是有理由的。(又走回丁昌身
　　　　旁) 这次我跟你放在里面的口袋里，(手伸进他的棉袄里面，仰
　　　　头望着他) 万万不要再掉了。(摸着，眨眨眼) 咦，这 — 是什
　　　　么? (慢慢由里面口袋里掏出来)

丁　昌　(不好意思，立刻抢过去) 糖，— 花生。

丁大夫　你几岁了，口袋里还放这些东西?

丁　昌　(笑嘻嘻) 这是前天下乡，我们跟老百姓开联欢会吃了剩下的。
　　　　(不觉坐在诊床上，把一颗花生丢在嘴里，其余的放在大衣口袋里)

丁大夫　昌，坐好。(仍将钱一沓一沓放入他的衣内) 昌，钱在里面口袋。
　　　　记着，左口袋放了一半，右口袋放了一半。

丁　昌　(憨态) 嗯，知道，知道。

丁大夫　(把他衣服整一整) 好了，昌，站起来让我看你一下。(丁昌立
　　　　起，雄赳赳地) 居然也象个小兵了。(指着) 丁昌，现在我要严
　　　　重地跟你开一次谈判。

丁　昌　(吃一惊) 谈判?

丁大夫　嗯。

丁　昌　好，妈。

丁大夫　(沉重) 你这次要走得很远。

丁　昌　(急忙) 我一定跟你常写信。

丁大夫　你别说这些话，我不是不让你走。

丁　昌　(眼里笑笑) 妈，刚才一说谈判，真吓了我一跳。

丁大夫　昌，你很象你的父亲，你跟他一样地慷慨，一样地勇敢。你的父亲是我顶好的伙伴，他死后十几年，你一直是我惟一的 —— (略停，慈恺地) 好朋友。(昂头) 慷慨的事，我不反对你做；勇敢的事，我不反对你做。现在你到前线去，我决不愿哭哭啼啼地阻止你。但是(忽然柔弱下去) 在我看不见你的时候，你应该晓得照护自己。你自己最低限度的温暖，需要，你不应该再叫几千里以外的 (略停，望着他) 这个老朋友为你耽心。

丁　昌　(一直在低低应声，现在忍不住默默地流出来泪水) 嗯，—— 嗯，—— 嗯。

丁大夫　昌，(凝望着他) 我们是不是好朋友？

丁　昌　是，妈。

丁大夫　那，(拉起他的手) 你答应我，为着不叫我夜晚念着你睡不着，你要好好地照料自己。有了什么病，你立刻给我打电报，不要象上一次，摔伤了那么重，都不给我知道。

丁　昌　一定。我们老百姓都非常好的，那次摔伤就是一个顶可爱的乡下老太婆把我照护好的。后来她非要我拜她做干妈，其实，我们待她并没有一点好处。

　　　　[夏小姐由左门上，拿洗脸架上的消毒药水。

丁　昌　(点头) 嗯，乡下有的是这种可爱的好人。(忽对夏) 夏小姐，收拾好了没有？

夏霁如　还没有。(拿好药瓶) 哦，丁大夫，(走到桌上拿信) 这是院长刚才留下的信。

丁大夫　嗯。(接下信，拆着)

　　　　[夏由左门下。

丁　昌　(看出母亲读信的神色) 妈。

　　　　[丁大夫读完，把信一团，扔在桌上，厌恶地长嘘一声。

丁　昌　我听说你要走。

丁大夫　哪个告诉你的?

丁　昌　(随手拿起那团纸，又扔到桌下纸筐内) 是不是为着这个医院
　　　　太黑暗了。

丁大夫　(勉强) 没有，没有。

丁　昌　你说过你永远不许灰心的。

丁大夫　当然不。

丁　昌　那你为什么要走?

丁大夫　我(停) —

丁　昌　我看见，你把你的东西都要装箱了。

丁大夫　(沉重) 嗯，我是要走。

丁　昌　(觉得应该早晓得) 那你怎么不告诉我?

丁大夫　(叹一口气) 有许多事情我不愿意告诉你。

丁　昌　(低声劝慰) 闷在心里不更难过么?

丁大夫　我，我不想谈。(走到桌后圈椅坐下)

丁　昌　(慢慢追去，悯然) 妈，你现在瘦多了。

丁大夫　(摇头) 没 — 有。

丁　昌　(满怀同情) 我知道你受了许多打击。

丁大夫　(望着前面，声音低微) 没 — 有。

丁　昌　(低声) 你 — 失望了。

丁大夫　(噙住眼泪，更低) 没 —

丁　昌　(恳切，音略低) 告诉我你的痛苦，妈。

　　　　[丁大夫不语。

丁　昌　(痛苦) 妈，我们两个不是顶好的(略低) ── 好朋友么?

　　　　[丁大夫晶莹的泪珠静静流在颊上。

丁　昌　(慢慢) 妈，你哭了。

丁大夫　(抬头，沉痛的低声) 我不相信我们中国会没有办法。这么多勇敢的兵士，这么多有希望的青年，这么多可靠的老百姓! 昌，你觉得我们这个国家真没有希望了么?

丁　昌　(昂首) 当然不!

丁大夫　然而(摇头) 一看到这些腐败的官吏 ──

丁　昌　(迅速) 那是一时的，也是极少数的。

丁大夫　(摇头) 你怎么知道一定是极少数呢?

丁　昌　妈，你又怎么敢说一定是大多数呢? 你要看事实。(兴奋) 只看到一个特殊的现象就下了普遍的定论，这是不正确的，并且极容易造成失败主义者的理论根据的。

丁大夫　(闪出一丝笑影) 你在哪里学会了这许多新名词?

丁　昌　(不理她) 我上次介绍你的《抗战必胜》，你读了没有?

丁大夫　我忙得很，只看了一半。

丁　昌　你应该读完! (热烈地) 并且读了一遍还要再读! 再读! (下面的话说得异常诚挚而流畅，讲着走着，做着手势) 这本书会增强你对于抗战的认识;认识正确，你才能有坚强的信仰，(着重) 这信仰就是我们抗战必胜的根据。(指着) 妈，你是我们的技术人才，你必需有正确的世界观念、社会观念，更要紧的是正确的政治认识，你才能够广大地发挥你的力量，(一句比一句有力，逐渐嘹亮) 你才不会为一时的情感所左右，你才不失望! 不悲观! 持久地为我们的新中国服务，直到我们打胜了

为止！(突停，不知觉已走到左门前)

丁大夫　(为她儿子的充沛的精神所激动，满心喜悦，抑制地) 昌儿！

丁　昌　干什么？

丁大夫　(立起) 过来。

丁　昌　(走过去) 怎么？

丁大夫　(突然紧握他的一双手臂，颤声) 我的儿子！

丁　昌　(颟顸地脱离开母亲的手) 妈，我的话，你 — 你相信么？

丁大夫　(肯定地) 相信。

丁　昌　(笑着) 那么，你失望么？

丁大夫　(愉快) 我没有说我失望。

丁　昌　那你到哪儿去？

丁大夫　我到别的伤兵医院去。

丁　昌　(憬悟) 你 — 不是到上海？

丁大夫　哪个告诉你？

丁　昌　我以为 — 哦，刚才从上海来了一个电报。(从袋内取出递给她)

丁大夫　给我的？(收下电报拆看)

丁　昌　什么？

丁大夫　上海的朋友给我法币三十万元办医院。

丁　昌　你去么？

丁大夫　你想我会？

丁　昌　那怎么办，妈？

丁大夫　(把电报交给他) 你替我按地址复个电报，说(沉吟) —

丁　昌　说什么？

丁大夫　说"伤兵救护忙，不能去"。

丁　昌　真不去？

丁大夫　自然。

丁　昌　(大喜) 我的妈妈，我知道你不会叫我失望的。

丁大夫　(笑着) 我希望我永远不叫你失望，我的小先生！

　　　　[陆由左门上，口鼻蒙上了纱布，一手还拿着丁大夫的纱布口罩，一
　　　　手拿着消过毒的橡皮手套。

陆　葳　开刀室已经预备好了。

丁大夫　好，我洗了就来。(到铁盆架旁洗手)

陆　葳　丁 — (用手指着白衣口袋里) 干妈的信。

丁　昌　在哪里？

陆　葳　你自己拿，我的手消毒了。

　　　　[丁昌从陆的白衣口袋里取出信件。 陆走到铁盆架旁， 帮助丁
　　　　大夫消毒，戴好口罩同白帽。同时胡医官由右门上。

胡医官　丁大夫，您看见那封电报了么？

丁大夫　(忙碌着) 嗯。

胡医官　你真要走么？

丁大夫　走。

胡医官　您走了，(眷眷地) 这些伤兵会想念您的。

丁大夫　我也是舍不得他们。

丁　昌　(读着信笑起来) 有意思。 (对陆) 张干妈硬说我们给她照的相片，
　　　　不是她，是她的亲家。

丁大夫　(望丁昌，转对胡) 胡大夫，以后丁昌给我的信暂时请你转一下。

胡医官　是。

丁大夫　听见了没有？ 昌？

丁　昌　嗯，听见了。

丁大夫　昌，你还能待多久？

丁　昌　(看表) 二十分钟的样子。

丁大夫　昌，你走吧。

丁　昌　(听见，蓦然) 妈！(放下信，跑到她面前)

丁大夫　(缓缓地) 走吧，不要误了车子。这个手术不是一会儿完得了的。

丁　昌　嗯。

丁大夫　(忍住眼泪) 快 — 去 — 吧。(凝望他，半晌)

丁　昌　(蓦然) 我走了。(拿起帽子就向右门走)

丁大夫　喂，你的绒衣服！

丁　昌　哦。(回来一句话不说，抓起绒衣，手背顶着鼻孔，低头快步走出)

胡医官　丁大夫，我替你送送他。

　　　　[胡医官迅速由右门追下。

　　　　[丁大夫呆望门口，陆为她戴好白帽，罩上口罩。

　　　　[秦院长由右门匆匆上。

秦仲宣　丁大夫。

丁大夫　(没想到) 哦，你 —

秦仲宣　丁大夫，可拜望着你了。丁大夫，您看见我留的信了？

　　　　[丁大夫点点头。

秦仲宣　您是我们医院的台柱。您是义不容辞，非帮忙到底不可的。

　　　　[丁大夫摇头。

　　　　[陆葳静静地由左门下。

秦仲宣　不过，丁大夫，至少梁专员，您得见一见。

丁大夫　(依然在悲感) 我要去看病。

秦仲宣　请你无论如何要委屈一下。

　　　　[范兴奎由右门威风凛凛地走上。

范兴奎　梁专员到。

丁大夫　(对院长) 对不起，不陪了。(丁转身就走)

秦仲宣　(追了两步) 丁大夫!

　　　　[丁大夫由左门下。

　　　　[几乎同时梁公仰由右门上，后面跟随马登科。秦院长还在望着左门。

范兴奎　(大声) 专员到。

　　　　[梁公仰是一位五十七岁的老青年，穿一身旧灰棉军服，外套一件旧黄军呢大衣。脚下是一双式样笨重，而且蒙了尘土的长统黑皮靴。他体大胸圆，紫红的面色，微微透着苍老。鼻翼饱满，大嘴上有些斑白髭须。光顶，发根也是苍白的。他略微驼背，举止仿佛笨缓，但实际遇了大事，他行动走路既准且快。他目光含蓄而有神采，但他第一个印象并不引人注意。除非细细端相，一般人总看不出在他自然的收敛中，蕴藏着多少智慧，经历，了解和做事的精力。他眉毛粗长，但有时笑起来，十分慈祥。他深知中国官场的人情世故，然而遇见他所痛心疾首的事情，他又忍不住恶毒地讽刺，甚至于痛骂，毫不假借。他有些远视，口袋里带一副椭圆金丝老光镜。

　　　　[他稳步踱进来。

范兴奎　(又大声) 专 —

梁公仰　(指着范) 这位同志是谁?

范兴奎　(莫明其妙) 范，范兴奎。

秦仲宣　院里的勤务。

梁公仰　(斜眼望着他) 他又吓了我一跳。

马登科　(殷勤) 怎么，专员受惊了?

梁公仰　(很厌恶这里的官气) 以后请马主任不要叫他老跟在我后面，可以么?

马登科　(莫明其妙) 是，是。

梁公仰　(朴实地笑了一下) 我是个乡下人，进一个门他就这样一叫，我倒没觉得威风，总是他的威风把我先吓了一跳。(秦、马尴尬地随笑) 院长，我是说的老实话。

秦仲宣　(对范) 哪个叫你老跟着后面？还不快走。

范兴奎　是，院长。

[范由右门下。

梁公仰　(四面望) 这屋子看看倒还坚固，还整齐。

秦仲宣　是，我们把前面顶好的房间作为伤兵同志住的病房。

梁公仰　(含蓄的讽刺) 你们诸位的家眷住坏的。

马登科　(得意) 是，是。我们自然住 —

秦仲宣　(究竟院长懂得察言观色) 是，职员家属住在院里只是暂时的。最近就要在外面找定房子，一两天就搬。

马登科　(这才明白) 是，一两天就搬。

梁公仰　那就很好。(忽然) 丁大夫呢？

秦仲宣　她出去了。

马登科　她看见您来，反而出去了。

秦仲宣　刚才派人找了她三趟。

梁公仰　(一面参观，一面揣度丁大夫的性格) 嗯。

马登科　三趟她都故意地不见专员。

梁公仰　哦。

秦仲宣　这种名医平时就态度傲岸，时常不听长官的调度。

梁公仰　(沉稳地) 我看这也看哪种人来调度她吧。哦，丁大夫现在正做什么？

秦仲宣　(故不做声) 嗯 —

马登科　不晓得她又躲到哪里去了？

[陆葳匆忙由左门上。

马登科　喂，丁大夫呢？

陆　葳　(进门就拿她的器具) 在开刀室。

马登科　你告诉她，专员一直在等着她，让她立刻就来。

陆　葳　她没有工夫。

[陆立刻由左门下。

马登科　您看她手下的人见着长官都这样不知规矩。

梁公仰　(不理他，对院长) 听说她要走，是么？

秦仲宣　据说，有这么一说 —

梁公仰　为什么呢？

马登科　据登科想，总是嫌此地生活太苦，要回上海。人家在上海，有
　　　　家有业。您想(羡慕) 上海，上海，好，那多舒服！这个小伤兵
　　　　医院，又在内地，衣食住行都非常简陋。她又是个妇道，您想
　　　　哪有不想回去的道理？

梁公仰　秦院长的意思呢？

秦仲宣　这种猜想大概是不错的。

[况西堂抱着一堆表格由右门上。

况西堂　专员，陈秉忠就在外边。

秦仲宣　(吃了一惊) 他来干什么？

况西堂　专员吩咐的。

梁公仰　请他在外面候候。

况西堂　(对院长) 院长说是把表格拿过来。

秦仲宣　专员，请，请您过目这一部分的表格。

况西堂　(指点着)　这一张是医院设备的统计表格，　这一张是关于伤兵
　　　　人数同床位 —

马登科　这是医院里最准确的统计。

梁公仰　我看这些东西，还是不看吧。(随便问似地)　院长，　现在医院

床位有多少?

秦仲宣 (含糊其词) 有五百多。

梁公仰 五百几?

秦仲宣 (没想到问, 只好乱说) 大概有五百七十几张。

梁公仰 五百七十几?

秦仲宣 大概是五百七十四五吧。这 — 这要查表格。

梁公仰 我看不用了, 我方才数了一下, 是四百八十六张。贵院的表格
上面写了有六百 — (看表) 六百二十四张, 这中间很有出入的。

秦仲宣 (只好发挥, 对况) 这是哪个调查的?

况西堂 (圆滑之至) 马, 马主任知道。

马登科 这是 —

梁公仰 我看其他的问题还多, 暂时我们先不要追究这些。那么, 现在
院里还有多少空床?

秦仲宣 满满的, 恐怕是一张空床也没有。

梁公仰 哦, 今天早上有一位太太在这间屋子前面要的那张铁床, 不知
秦院长算在里面没有?

秦仲宣 (佯为不知) 哪个太太?

梁公仰 秦院长没注意到一位拿着象牙烟嘴的太太? 大声大叫铁床是非
拿回去不可?

秦仲宣 哦, 是的, 是的。(向马登科) 马主任, 这要切实的查查!

马登科 是, 是。

秦仲宣 查查这是哪家的太太? 怎么能任意动用公家的东西?

马登科 登科非清查不可!

梁公仰 那位太太的口气很凶, 我看秦院长无妨派两个兵把守一下。不
然, 一张铁床要回来, 又搬回去, 这手续似乎很费周折的。

부록(2): 曹禺의 抗戰劇 〈蛻變〉감상

马登科	(呆头呆脑) 不至于，不至于。
	[秦仲宣瞪了马一眼。
梁公仰	(讽刺地) 不至于，那就很好。(忽然) 关于前月贵院增加经费的呈文，已经转给我看过。哦，这篇文章是哪位先生写的？
秦仲宣	就是况西堂，况秘书。
况西堂	(鞠躬) 专员。
梁公仰	先生的文章写得非常之好。
况西堂	您多夸奖。
梁公仰	理由也很充足。
秦仲宣	(找着机会) 专员，您晓得上次由南京搬来，所用的迁移费用早已超过预算，以后仲宣设法腾挪开支，才勉强应付。后来伤兵一天一天地增多，病床要添，医务人员要加，病房不够，药费也不足。每月的经费总是东挪西补，寅吃卯粮 —
梁公仰	嗯，你用的人是很不少。
秦仲宣	不但用人多，而且待遇也尽可能地提高。因为仲宣所收集的都是国内的专门人才，医官们固然都有非常好的学识。职员们也都是将来国家的干员。事情多，一天忙到晚，真是事浮于人，在在都需要经费增加，才能办好。
梁公仰	在秦院长的意思，仿佛凡事只要有钱就可以办得好？
秦仲宣	当然这也不尽然，不过 —
梁公仰	如果，就照您的意见，每年增加二十五万的经费，是不是象马主任这样的人才还要多请几个呢？
马登科	专员！
秦仲宣	固然象马先生不一定算是了不得的人才，然而象他这样干练的人 —
马登科	院长。

梁公仰　好，那么，我就几件事实谈谈。修缮费项已经用了八千元，我看十间屋子有九间屋子是漏的。

马登科　回专员，此地房子太坏，再，这都有账可考的。

梁公仰　好，回头把账拿来。

马登科　(狼狈) 是，专员。

梁公仰　秦院长，我听说医药不大够用？

秦仲宣　是的。每月领下的棉花纱布，简直不够一千多伤兵的支配。

梁公仰　不过就这一点点的棉花纱布，我听说还有人拿去缝衣服，做蚊帐。这是怎么回事呢？

秦仲宣　这是他们胡造谣言。

梁公仰　陈秉忠。

　　　　[陈由右门上。

陈秉忠　梁专员。

梁公仰　我希望陈先生看在国家份上，对我说句实话。

陈秉忠　是的，专员。

梁公仰　纱布每月从上边领了多少。

陈秉忠　二百磅。

梁公仰　你实际领了多少。

陈秉忠　多则一百九十磅，少只有一百八。

梁公仰　其余的呢？

陈秉忠　秉忠没见到。

梁公仰　在哪儿？

陈秉忠　听说是 — (望马登科)

梁公仰　请你尽管说，我负责任。

陈秉忠　听说是马主任的太太拿去缝帐子了。

马登科　(大怒) 你放屁，你血口喷人。

梁公仰　马先生，现在不是你教训下属的时候。

马登科　回专员，(振振有词) 名誉是人的第二生命。 现在是登科性命攸关的事。登科要质问他，叫他拿出证据来。

梁公仰　要证据?

马登科　嗯。

梁公仰　(从从容容) 我想不用他，我就可以给你证据看。陈先生，请你找一位住在此地的医官，(拿出衣袋内的纸片) 叫，叫刘(拿眼镜盒) —

陈秉忠　刘从善，是么?

马登科　(气馁) 秉忠! 那，那，我看就 —

梁公仰　(放下眼镜) 如果你认为不必证据你也可以满意， 那么我们就再谈别的。院长，马先生是什么主任?

秦仲宣　管理庶务。

梁公仰　(爆发) 一个管理庶务的人，医药，纱布都要经他的手，催药行文也要经他看，这样越权做事，职责不分，不知贵院行的是哪种制度? (院长默然) 陈先生，你下去，请你找一位谢先生来。

陈秉忠　谢?

梁公仰　(看纸片) 叫谢宗奋。

　　　　[陈由右门下。

况西堂　(看见风头不对) 回专员，西堂还有些稿件要办，怕不能多侍候啦。

梁公仰　况先生，别忙走，坐一坐。一会儿你老兄也要帮一点忙的。

况西堂　(不安) 是，是。

梁公仰　听说马主任在外边大做生意?

马登科　(一味否认) 没有，没有。

梁公仰　这又何必客气，院长也似乎很发财。

秦仲宣　不知道专员意中指的什么？

梁公仰　有人说现在县里米贵，仿佛院长很有功劳。

秦仲宣　(局促) 专员似乎说我们在囤米？

马登科　这是万万没有的事。

秦仲宣　(对梁这种不讲情面，调查他个人的"私事"，十分不满) 这一
　　　　类的事情，即或有，恐怕也是个人的经营。似乎 ——

梁公仰　对的，怎样发国难财，才算犯法，政府法令并没有详细规定。
　　　　可是挪用公款来发国难财，是不是政府可以过问呢？
　　　　[谢宗奋匆忙由右门上。

谢宗奋　专员。

秦仲宣　挪用公款？

梁公仰　谢先生，我问你，据你知道是不是在西门城外，我们院里租了
　　　　一所最大的仓库？

谢宗奋　是。

梁公仰　公家的？私人的？

谢宗奋　公家的。

梁公仰　里面放的什么？

谢宗奋　米。

马登科　(抢说) 伤兵同志的服装。

谢宗奋　米。

马登科　(大声) 伤兵同志的服装!

梁公仰　马主任不必争执，我自己看过，到是谢先生说得对 —— 米。

秦仲宣　不过，(只好狡辩) 专员，实际上那房子是仲宣个人出钱租的。

梁公仰　谢先生，你说实话。

谢宗奋　院长，(耿直) 这不能欺骗专员，这是公家出钱租的房子。

马登科　这个，你能胡说八道么？

谢宗奋　专员，会计室有出纳账单可查。

梁公仰　好，谢谢你。你可以下去。

[谢由右门下。

梁公仰　那么，况先生，看见方才两位同事的榜样，我非常希望你老先生也照样帮忙。

况西堂　是，是。

梁公仰　现在这个机关里，究竟人浮于事，还是事浮于人？

况西堂　这个，(推托了事) 西堂不大清楚。

梁公仰　好，我说清楚点，你以为这个机关闲散的职员多不多？

况西堂　(含糊) 呃，没，我想没有。

梁公仰　真的么？况先生，我不大喜欢人说昧心之论的。

况西堂　(又怕累了自己) 专员，要真是有，我恐怕这也是一般的现象。

梁公仰　我看倒不是一般的现象，恐怕只有贵院才真是出类拔萃的。(开门见山) 况先生，据你知道拿干薪不做事的人有没有？

况西堂　(不愿开罪同事) 大概没有吧。

梁公仰　那么，每天在楼上喝酒，打牌，整日不到办公室的先生们，这是哪些人呢？

况西堂　那，那 —

[范由右门偷偷上。

范兴奎　(对院长严重地做手势)　太太！(指着屋顶，仿佛说："闹得厉害，请快看看。")

秦仲宣　专员，仲宣略微有点事，想 —

梁公仰　我看还是请你老兄候一刻。

秦仲宣　是。

[范由右门下。

梁公仰　(对况) 那，那怎么样，况先生？

况西堂　(逼出来) 那是有的。

梁公仰　这有多少人？

况西堂　呃，有些人。

梁公仰　有些？

况西堂　呃，很有些人。

梁公仰　有多少？

况西堂　差 — 差不多，—

梁公仰　况先生，请你说话肯定一点，我问你有多少是我们院长的远亲近戚？

况西堂　那 — 这些人里，多多少少 — 似乎都有些关系。

梁公仰　况先生，不要把个人当做我们的上司。只要你认清国家是我们的主人，国家对于真做事的公务人员，决不会不保障的。

况西堂　(第一次受这样盘问) 是，是。

[况逡巡由右门下。

梁公仰　院长先生，(冷笑) 你说经费太少，不能办事，我看照这样做法，经费增多，更不能办事。

秦仲宣　(恳诉) 仲宣一时有些失于检点，有些地方总是要请专员多多担戴。

梁公仰　院长先生，贵院搬到此地有几个月了？

秦仲宣　也就是三个月的光景。

梁公仰　我真猜不出在这一百天的工夫，院长先生办了什么事情。 第一，房子绝对不够用，病室差不多都是一碰就要倒的破屋子。人用的又滥又多，而伤兵治疗还是集中在少数的医官身上。(沉重) 院长，许多事情并不是要钱做，而是要人拿出精神来做的。但是现在，是公事，就放在那里，没有人管；而私事，就一来一大帮。多少不负责，不守法的大事，我先不多谈。我在贵院暗地观察了三天，最可怕的气象，是萎顿、迟缓，又乱，又慢。这种毫无法制紊乱缓慢的行政现象，是非彻底改革不可的。

秦仲宣 以后我们立志要在专员指导之下努力改革。

梁公仰 (闪闪眼，缓和地) 院长，什么时候搬到后方来的？

秦仲宣 在南京沦陷前两个半月。

梁公仰 哦，前两个半月就搬了。

秦仲宣 是的，到了此地，仲宣才由代理升为院长。

梁公仰 是呀，我正不明白先生升了院长，还是因为当初搬的时候，搬的快呢？还是因为现在做事做得慢呢？

秦仲宣 (悻悻地) 回专员，迁移也是奉上边的命令。再者，这个医院也有相当历史，而且许多人才都是仲宣多方物色 ——

梁公仰 什么人才，我怕你先生所物色的，不过是一群奴才就是了。
　　[远处锣声，人声乱响。有一个人在窗外喊："警报！警报！"

马登科 回专员的话 ——
　　[孔秋萍急由右门上。

孔秋萍 (异常慌张) 专员，专员。

秦仲宣 什么事？

孔秋萍 外面有警报。

秦仲宣 警报？

孔秋萍 (喘气) 街上的人乱跑，—— 大批日本飞机，—— 一百二十架！

秦仲宣 专员，我已经跟您预备好汽车，请专员立刻 ——
　　[况西堂由右门跑上，况太太提着小皮箱，小包袱，以及零零碎碎，随在后面。外面锣声大作。

况西堂	院长，警报！紧急警报！
	[梁镇静地站在一旁。
况太太	紧急警报，马主任，你们还不快跑。(忽然看见梁专员，愣了一下，对其夫) 快走，西堂。这个地方是目标！
	[况太太先由右门下。
况西堂	专员！我看 —
况太太	(复入) 快走，少啰嗦。(一手把况西堂拉出去。孔随下)
秦仲宣	(急慌) 专员上车吧。
梁公仰	你们有多少辆汽车？
马登科	多少辆？
梁公仰	先生们走了，这些伤兵同志怎么办？
马登科	(失措) 我，我们派人负责。
	[范由右门跑上。
梁公仰	谁，哪个？
范兴奎	院长，太太吞了鸦片烟了，请您赶快看看。
秦仲宣	专员，我去一下就来，(不等应允 —)
	[院长立由右门下。
范兴奎	马主任，马太太请您赶快去一趟。
马登科	专员，我，— (一面说，一面想走)
梁公仰	(厉声) 马主任，(马只好静立) 吩咐所有的勤务，把重伤同志抬到附近坚固的民房。
马登科	是。
	[谢宗奋、陈秉忠跑上。
谢宗奋 陈秉忠	(同时) 专员。

梁公仰 (简捷有力) 西边房屋一震就倒，赶快把里面的轻重伤兵，背到房东的屋子。

马登科 (连声答应) 是，是。

梁公仰 陈秉忠，你请院长立刻就来，照料指挥。

陈秉忠 是。

[陈由右门下。

梁公仰 谢宗奋，叫号兵吹号。召集全体职员，医官，大家一齐动手。

谢宗奋 是。

梁公仰 好，我们走。

[梁与谢、马由右门下。外面人声锣声乱糟糟一片。龚小姐由右门跑上，接着集合号吹起。

龚静仪 (大叫) 喂，诸位看护小姐，你们晾的那些白布单赶快收起来。紧急警报，飞机要来了。(到左门大喊)

[陆葳由左门上。

陆 葳 请你不要乱叫，隔一间屋，还在开刀。

龚静仪 (慌张) 警报! 你们的白布单。

陆 葳 已经有人在收拾，你不要乱喊。(她连忙拿起消毒喷管，向墙上四处喷洒)

[外面孔太太呼喊而来，拿着大衣，钱包。

孔太太 (由右门进) 秋萍，秋萍，死鬼，你上哪里去了。龚小姐，你看见我们秋萍没有?

龚静仪 没有。

孔太太 这个死鬼! 不得了，鬼子飞机，就来轰炸，房东大大小小都跑干净了。(说着向右门跑)

[院长气呼呼地由右门上。

秦仲宣　专员！

孔太太　院长看见我们秋萍没有？

秦仲宣　不知道。

　　　　[孔太太下。

秦仲宣　(对龚) 专员呢？

龚静仪　没看见，太太怎么样了？

秦仲宣　这个死女人！到现在还在装死卖活，跟我玩这一套！

龚静仪　鸦片烟没吃？

秦仲宣　哼，她？

　　　　[忽然飞机轰轰作响。

秦仲宣　(仰望) 糟，飞机来了！

龚静仪　来了，(仰望惊惧) 已经在头上！(颤声，埋怨) 警报不到两分
　　　　钟，飞机就到了头上，这办的是 ——

秦仲宣　别做声！(静默。看见陆还在工作，低声) 喂，陆小姐，你在干什么？

陆　葳　消毒。丁大夫开刀，放不下手，她怕那边屋子经不住震动，叫
　　　　我赶紧把这间屋子预备好。

　　　　[远处隐隐轰然一响，陆惊回头。"伪组织"披头散发由右门跑进。

伪组织　仲宣，要死啦，你！你还不快走。

秦仲宣　别再喊。

　　　　[陈秉忠由右门跑上。

陈秉忠　院长，专员现在领着勤务抢搬病床。请你立刻就去。

　　　　[陈由右门下，院长跟随在后。

伪组织　(拉他) 你别去，仲宣。

秦仲宣　别拉着我。

伪组织　(顿足) 我不叫你去。

秦仲宣　(大叫) 滚开!

伪组织　(大哭) 死鬼, 你这个没良心的死鬼。

[院长后面拖着"伪组织", "伪组织"后面有龚小姐推拥, 一同乱挤出去。

伪组织　(在外面大嚷) 死鬼, 我去死吧, 你们叫飞机把我炸死了吧, 我今天左右是不想活着的了。

[忽然近处轰然巨响, 外面突然静寂, 接着四周又有两声炸弹的声音。屋子的玻璃乱震。

[夏小姐振抖着由左门跑上。

夏霁如　小陆, 那边屋顶乱颤, 满, 满屋子是土。丁, 丁 —

陆　葳　病人怎么样?

夏霁如　丁, 丁大夫把他盖好, 要把他搬, 搬这屋来, 接着弄完。

陆　葳　(爽快) 那么, 走!

夏霁如　我, (怯弱) 抬, 抬不动。

陆　葳　(着急) 可现在哪里找人去?

[梁专员已脱却大衣, 满头尘土由右门急上。

梁公仰　丁大夫呢?

[陆、夏二人转眼望着这闯进来的陌生人。

夏霁如　丁大夫?

陆　葳　(忽然灵机一动, 对夏) 好, 就是他! (对梁) 走, 老头! 请你帮帮丁大夫的忙。

梁公仰　我?

夏霁如　(笑着指梁) 就是你。(拉着梁向左门跑)

[梁、陆、夏一同由左门出。

[外面轰炸的声音陆续在响。

[丁大夫由左门跑进，还穿着方才动手术的白衣服等等。

丁大夫 (大开左门，对外) 快搬! — 危险! — 稳一点，老头儿。 — 不要太着急，别碰着病人的腿。

梁公仰 (在外面应声) 丁大夫，您放心。

丁大夫 好，好。(回头走到铁架前连忙洗手)

[由左门进来梁与陆二人抬着担床，上卧小伤兵。 小伤兵面色黧黑，两颊凹进。一双澄清透明的大眼睛嵌在瘦削的脸上，浑厚诚恳，异常动人怜悯。夏随在后面一手托着面上遮盖了净纱布，里面摆满应用手术器具的白盘，一手持着放好两只药缸的铁盘。

丁大夫 (对梁) 放在床上。(对梁、陆) 还要亮，拉开窗帘! 把床拉过来。

梁公仰 (一面推床，一面对丁) 小心飞机扫射。

丁大夫 不要紧，对面墙很高。(对梁、陆) 床拉当中! (床放好)

[轰然一声，陆悄悄到铁架侧赶紧洗手消毒。

丁大夫 (到小伤兵面前) 怕不怕? (夏恐慌地把东西放下，神色不安)

小伤兵 不怕。大夫们，你们快去躲躲吧，我不要紧。

[飞机声略远。

丁大夫 痛不痛?

小伤兵 (咬牙) 还好。

丁大夫 就差一点了。略微忍耐一下，你的腿就保住了。

小伤兵 知道，忍的住。

丁大夫 陆葳。

陆　葳 (拿起器具盘) 这里。

[丁继续动手术，陆在旁端着上铺白纱布满放外科器具的白盘。梁静静走到铁架旁洗手消毒。

부록(2): 曹禺의 抗戰劇 〈蛻變〉감상

丁大夫　夏小姐，药。

[远处轰炸声。屋内人偶尔不觉抬头瞻望，但立刻又继续工作。

夏霁如　（怯弱地）嗯，丁大夫。（伸出右手紧握着的药缸，左手还掌着铺了纱布的空盘）

[丁大夫敏捷地施行手术，陆葳全副注意把一件一件的器具，递在她手里。丁用过又转给夏，放入她所捧持的空盘里。

[静默中只听见金属的器具碰击铁盘铿铿作响。

[飞机声又近。夏恐怖地望陆一眼，陆也不由得向屋顶瞥视，却 —

丁大夫　（同时低微而急促，对陆）陆葳！—靠后边站。—（不抬头）拿去！（夏用盘接下）拿去。（忽然附近轰然一声，夏失手将全副器具落在地上。屋中人全停手，屏息呼吸。丁略回头，又镇静地把镊子递给她，低促地）拿去！（夏颤巍巍地拾起空盘接下）

夏霁如　丁，丁大夫，飞机又，又在头上。

丁大夫　（力持镇静，不理她）现在几点钟？

[飞机声更响。

夏霁加　（没听见，吓得眼泪流下来）丁，丁大夫，飞机就在我们头上轰炸。

丁大夫　（轻轻呵责）夏小姐，病人！

[轰然巨响！梁立刻跑到窗前，丁也停止了手术。

夏霁如　（大惊）房子塌了。

小伤兵　（着急）丁，丁大夫你们走吧，我不要紧。

丁大夫　（实无办法，忽瞥见梁，急促地）你快来！（梁走近，丁扬头点着）那边洗手！

梁公仲　消过毒了。

丁大夫　（对夏）你走，交给这个老头儿。后院有个石洞。

[夏把药瓶器具交给梁，连忙由右门下。

[飞机仿佛就在头上绕，全体在紧张的镇静中望着丁继续工作。

丁大夫　几点钟？

梁公仰　(看表) 两点半。

丁大夫　(低声向梁) 麻醉的力量怕不够了。

梁公仰　(对小伤兵，温和地) 你痛么？

小伤兵　不。(眼泪流下来)

梁公仰　你哭什么？

小伤兵　(十分感动) 大夫，你们走吧。不要管我，死了一个兵，多的
　　　　　是；死了你们，我们打仗弟兄们就 —

梁公仰　不要哭，小同志，(和蔼地) 你比我们要紧!

丁大夫　(温存地) 怎么，现在痛么？

小伤兵　有一点。

丁大夫　(温笑着) 不要动，就好了。(对梁) 老头儿，抓紧了他。(低声)
　　　　　跟他说话。
　　　　　[以后对话中，飞机声渐远，陆在旁勇敢地微笑，不时望着他们。
　　　　　丁大夫继续工作。

梁公仰　(说闲话似的) 小同志，你家里有谁呀？

小伤兵　爹，妈。

梁公仰　还有谁？

小伤兵　哥哥，嫂嫂，我的奶奶。

梁公仰　(慈恺地) 你几岁啦？

小伤兵　十七。

梁公仰　你在家顶小？顶大？

小伤兵　顶小。

梁公仰　(回忆，蔼然) 我有个顶大的孙子就跟你一样大。

小伤兵　(感到亲切) 他在哪儿？

梁公仰　谁？

小伤兵　你的孙子。

梁公仰　在前线。

小伤兵　干什么？

梁公仰　打鬼子。

小伤兵　(不觉笑问) 你怎么舍得？

梁公仰　(欣快的同情，在眼里闪一闪) 你奶奶怎么舍得？

丁大夫　(忽然笑着立起来，对小伤兵) 还痛不痛？

小伤兵　不痛。

丁大夫　(把最后的一件器具丢在梁的盘内，高兴地) 已经好了。

陆　葳　他的腿？

丁大夫　我想可以没有问题了。

小伤兵　(数月的痛苦，失望，以为决不能治好 — 颤声) 真 — 好啦？

梁公仰　(点头) 嗯。

小伤兵　大夫，我 — (嘤嘤哭泣起来)

丁大夫　(安慰) 不要哭。小兵也不许流眼泪的。

陆　葳　好好调养，半年以内，一定可以跟好人一样。(小伤兵还在抽咽)

丁大夫　不要哭，小心你的伤口。

梁公仰　(低沉的声音) 这个孩子从心里感激你。

丁大夫　记着，我的孩子，好了以后，再上前线的时候，你务必要来看我一趟。

小伤兵　(点头) 我一定，大夫。

梁公仰　小孩子，丁大夫不许你哭了，静静躺着，不要再想，也不许再说话了。

小伤兵　嗯，嗯，(安静下去。丁大夫走去洗手)

陆　葳　(松弛，微笑) 飞机声音听不见了。

丁大夫	(叹口气) 这帮官们不知又捧着那位专员跑到哪里去了? (回头) 谢谢你, 老先生, 这次你帮了我很大的忙。
梁公仰	(走过来, 谦和地) 丁大夫, 让我自己介绍一下 —
	[夏一面喊, 一面由左门跑上。
夏霁如	(大喊) 丁大夫, 丁大夫, 手术室, 震, 震坏了。
丁大夫	怎么?
夏霁如	前院靠西的病房也塌了。
丁大夫	(跳起) 那我们的伤兵?
夏霁如	幸亏伤兵早已抢抬出去了。
丁大夫	哪个搬的?
夏霁如	专员搬的。
丁大夫	怎么讲?
夏霁如	说是专员带着院长, 职员, 在两分钟以内抢着搬走的。
丁大夫	两分钟?
夏霁如	(点头) 嗯!
丁大夫	梁专员?
夏霁如	(点头) 嗯!
丁大夫	(莫明其妙) 怪, 我们看看去。
	[丁与夏由左门跑下。
梁公仰	小同志, 不难过了吧?
小伤兵	不。
	[外面足步声, 人声乱作。从窗外看见许多职员, 勤务在走廊上跑过。
梁公仰	(对在床侧的陆葳) 好好地照护他, 我就来。(正要走)
	[院长由右门跑上, 后随谢宗奋、陈秉忠、胡医官及其他医官、看护、职员等。

秦仲宣　专员没有受惊?

陆　葳　(望梁) 专员? (陆欣快得不知若何是好, 蓦地由左门跑下)

谢宗奋　(亢奋地) 专员, 是您把他们都救了!

梁公仰　伤兵同志没有受伤?

秦仲宣　一个也没有。

胡医官　可是专员, 前院病房差不多都倒了。

梁公仰　(坚决地) 好, 那么就请院长告诉住在院里所有的职员家眷, 太
　　　　太小姐, 让他赶紧腾房。限他们在明天正午以前, 一律搬出!

秦仲宣　一律搬出?

梁公仰　嗯, 把房子让给伤兵同志们住!

秦仲宣　是, 是, 不过以后 —

梁公仰　以后? 你们在此地不会多久。(突然) 我奉了中央命令, 要把这
　　　　个医院重新改组。 公务员们, 负责的, 继续工作;不负责的,
　　　　或者查办, 或者革职。 政府要在半个月以内把这个医院改为前线
　　　　伤兵医院。

　　　　[大家互相惊视。

秦仲宣　(喘气) 回到前线?

梁公仰　大规模地组织救护站, 训练班, 医疗队, 积极扩大战地的救护
　　　　工作。

谢宗奋　(忍不住) 好!

梁公仰　(兴奋地笑着) 我再告诉你们一个更好的消息, 就是从现在起,
　　　　三个月之内, 我们前线必定打一个最大的胜仗! 这个胜仗以后,
　　　　我们长期抗战, 最后必胜的基础, 就稳稳地打定了。

　　　　[丁大夫由右门急上, 后随夏。

丁大夫　(满心惊服感佩地) 专员!

梁公仰　嗯。

丁大夫　(看完这个奇迹归来，非常感奋，走到面前) 谢谢你! 老先生!
　　　　两分钟的工夫，你做了我们在此地四个月的事情!

梁公仰　(同样敬重) 丁大夫。

丁大夫　对不起，我方才一直没有 —

梁公仰　(不肯让她说出抱歉的话，恳切地) 丁大夫，政府派我彻底整
　　　　理这个医院，改归部立，调向前线。我希望丁大夫不离开此
　　　　地，跟我一同服务。

丁大夫　(感愧) 老先生 —

梁公仰　(微笑) 我希望，我还不会老得不能同丁先生合作。

丁大夫　(突然发现这个人跟她所想的完全不同，诚恳地) 我愿意跟老
　　　　先生学习做事的精神。

梁公仰　那么你不走?

丁大夫　不!

梁公仰　谢谢你。(对秦) 秦院长，请你预备伤兵册子，开支账目。我
　　　　所知道关于贵院的其他种种，我们在今天晚上彻底详谈。

秦仲宣　是，专员。

梁公仰　(忽然) 马登科呢?

秦仲宣　在后面。

梁公仰　请你对他严加看管。事情未了结之前，不准他私自行动。

秦仲宣　是，专员。

梁公仰　你们先下去。

大　家　是。

　　　　[院长与谢等由右门下。

　　　　[同时梁走到书桌前，由棉衣里面笨重地掏出一小卷文件。

夏霁如　(躲在丁大夫背后，低声) 丁大夫，他就是专员。

梁公仰　(取出眼镜，正想戴上，偶然听见，慈祥地微笑) 不象么？

夏霁如　(摇头，天真地微笑着) 你不象个官。

丁大夫　(从心里说出，低低) 这才是中国的新官吏。

梁公仰　(把眼镜馒慢戴上，坐在桌后圈椅内) 警报还没有解除吧？

陆葳　　没有。

梁公仰　(翻着白眼从眼镜上边望过去) 丁大夫，请坐。(丁走过去) 这是
　　　　我所想的关于医院改革的计划，(和蔼地) 我们乘这个时候来研
　　　　究一下，好么？

丁大夫　好，梁专员。

　　　　[丁大夫端坐在桌旁凳上。 二人相对肃静研读。 陆、夏悄悄地
　　　　走到小伤兵旁边替他整理。

　　　　　　　　　　　　　　　　　　　　　　　— 幕徐徐落

◎ 한상덕 (韓相德) 약력

　경상대학교 중문학과 졸업
　성균관대학교 중문학과에서 석사학위 취득
　중국, 예술연구원 화극연구소 방문학자
　중국, 무한대학 중문과에서 박사학위 취득
　중국, 호북사범대학 중문과 강사 역임
　중국, 호북대학 중문과 교수 역임
　[현재] 중국, 호북민족학원 남방소수민족연구중심 겸임연구원
　[현재] 경상대학교 중문과 강사

중국 현대희곡 연구 및 번역 총서 2

중국 항전 희곡사

• 초판 인쇄	2007년 11월 30일
• 초판 발행	2007년 11월 30일
• 지 은 이	남해 저, 한상덕 역
• 펴 낸 이	채종준
• 펴 낸 곳	한국학술정보㈜
	경기도 파주시 교하읍 문발리 513-5
	파주출판문화정보산업단지
	전화　031) 908-3181(대표) · 팩스　031) 908-3189
	홈페이지　http://www.kstudy.com
	e-mail(출판사업부)　publish@kstudy.com
• 등　　록	제일산-115호(2000. 6. 19)
• 가　　격	15,000원

ISBN　978-89-534-7869-5 94820 (Paper Book)
　　　　978-89-534-7870-1 98820 (e-Book)
　　　　978-89-534-7865-7 94820 (Paper Book set)
　　　　978-89-534-7866-4 98820 (e-Book set)